怪奇物语

噩梦

宁航一 著

江苏凤凰文艺出版社
JIANGSU PHOENIX LITERATURE AND
ART PUBLISHING, LTD

目录

CATALOGUE

引子

我是兰成，一所大学的教授。我的学生们热衷于听我讲述各种稀奇古怪的故事，这些故事总是令他们感到震惊和恐惧。人类需要恐惧，就像他们需要快乐和感动一样，恐惧除了给人刺激，也让人警醒，提醒我们活着是多么幸运和可贵。

我所讲述的故事，很多跟我的经历，或者身边人的经历有关。没错，我到过不少地方，经历过很多奇人异事，也曾经疯狂过。当一个人遭遇或听闻诸多怪事之后，自身便仿佛具有了某种磁场——吸引奇人怪事靠近的磁场。于是随着时间的累积，我收集和获知的怪事越来越多，多到必须讲出来的地步，否则我终有一天会无法承受，脑子发生某种爆炸。

需要说明的是，我接下来要讲述的这些故事，很多听起来都会让人觉得不可思议，其中不乏让人睡不着觉的各种**怪谈**。有的我能给出解释，有的则根本不合常理。希望你们不必深究。有些人认为科学能解释一切，我深表认同，但前提是科学得发展到某种极致。我个人以为，距离这一天，人类还有很长一段路要走。

不得不说，人类对这个世界的了解，恐怕连千分之一都不到。每家书店都有一大堆“世界未解之谜”丛书，然而这只是冰山一角。最愚蠢的做法莫过于，每当遇到无法解释的事情，就自欺欺人地认为，这些都是虚假的、不存在的，或者是某种误会。掩耳盗铃不会让我们进步，只会让我们更加愚昧。

比如今天晚上我要讲的这个故事，就足以证明这一点——世界上我们无法理解的事情，真是多如牛毛。

老鼠，这种在地球上存活了几千万年的物种，比人类的历史进程更加久远。研究发现，老鼠和人类99%骨骼结构相同。在病理上，老鼠和人类的骨细胞也有很多共同之处——这就是很多医学实验都选用老鼠作为实验对象的原因。英国科学家甚至通过研究得出结论——老鼠基因密码链的长度与人类相差无几。80%的人类基因与老鼠完全相同，99%的人类基因与老鼠非常相似。所有这些指标，是在外形上与人类更为接近的猴子都没有达到的。

那么，这种物种为什么一直没有进化呢？

或者，只是我们认为它没有进化？

接下来要讲的这个故事跟老鼠有关：**《鼠男》**

鼠男

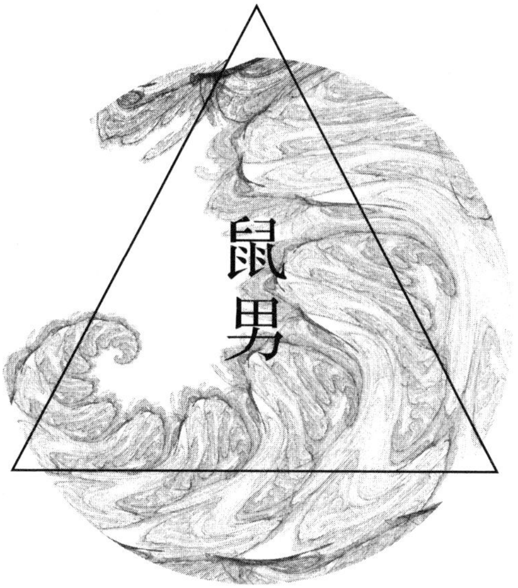

STRANGE STORY
NIGHTMARE

一

陈硕忍无可忍，本月第三次拨通了租房公司的电话。

接电话的是一位声音温柔的男性：“您好，请问有什么事吗？”

陈硕压着火气说：“我是租户，上个月通过你们公司租的创业花园公寓，8栋706。”

“嗯，您登记的电话号码就是现在打的这个吧，我马上查一下……是陈硕先生对吗？”

“对。”

“您租的房子有什么问题吗？”

“房子本身倒没什么问题，但这房子里有老鼠！”

“老鼠？”

“对，很烦人！一到晚上就出来活动！我昨晚……差点儿踩到了！”

实际上不是差点儿，是已经踩到了，只不过隔着一层拖鞋的鞋面。这该死的老鼠胆大包天、肆无忌惮，竟然钻进了放在床边的一只拖鞋里。陈硕晚上起来上厕所，右脚刚伸到拖鞋里，突然踩到一个鼓鼓囊囊的、软软的东西，他吓得惊叫了起来。被踩到的老鼠“吱”的一声叫，从拖鞋里钻出来，迅速逃窜了。

现在想起这一幕，他仍然心有余悸，浑身起鸡皮疙瘩。陈硕是陕西人，一米八五的大个子，年轻力壮、身材魁梧。一般人都会觉得这种孔武有力的汉子天不怕地不怕，但只有陈硕自己知道，他从小就怕老鼠，怕得要命。

追本溯源，可能跟隔代遗传有关系。陈硕的爷爷就很怕老鼠。在以前的老房子里，老鼠特别猖獗，有时成群结队地活动。听说爷爷为了驱除老鼠，不惜在粮食短缺的困难时期养了两只大猫。有时人都吃不饱，也要紧着猫，决不能把猫饿着了，不然晚上没力气抓老鼠。仅凭这一点，就能知道爷爷怕老鼠到了哪种程度。陈硕则有过之而无不及。仅仅是老鼠从他身边跑过，都能让他头皮发麻，惊出一身冷汗。

租房公司的工作人员说道："您反映的这个问题，我们没有从本小区其他业主那里听到过。创业花园公寓是前年才交房的新公寓，您又在7楼，怎么会有老鼠呢？"

陈硕不满地说："你什么意思，难道我说假话骗你不成？我吃饱撑的还是怎么回事？"

"不是这个意思，先生。我的意思是，你反映的可能是极个别的情况。"

"不管怎么样，现在这种情况已经严重地干扰到了我的生活和睡眠，我要求另外换一间公寓。"

"这个恐怕不行，现在是租房旺季，附近的公寓全都租出去了。"

"那你们退我押金，我不租了。"

工作人员十分为难地说："这也是不可能的。房子里有老鼠不是退租的理由。先生，如果这样都能退租的话，那屋子里有苍蝇、蚊子、蟑螂的租户，都可以要求退租了。"

"……"

陈硕一时语塞。他本想说老鼠跟蟑螂、苍蝇不是一回事，但貌似也没什么太大的区别。总不能说他有惧怕老鼠的特殊体质吧，估计没人能接受这样的理由，特别是对于他这样一个壮汉来说。

估计对方已经在心里骂他事儿逼了，表面上却还是好言相劝，同时出着主意："陈先生，房子嘛，总不会一点儿小问题都没有的。您租的是新公寓，比起那些二三十年的老房子，已经好很多了。老鼠嘛，在所难免。您自己想点办法可以吗，比如买点鼠药、捕鼠夹什么的？"

陈硕没好气地说："这已经是我第三次给你们打电话了。前两次你同事也是这么跟我建议的。我买了黏鼠板、捕鼠夹之类的东西，可现在的老鼠都成精了，就像认识这些东西一样，根本不上套！"

"那我们也没办法了。要不……您将就一下？"

陈硕看出来了，再跟他说下去也没有意义，于是挂断了电话。

躺在床上，双手反枕在脑后，陈硕吐出一口浊气，心中十分烦闷。"北漂"快三年了，仍是孑然一身，工作也没见多大起色，现在还住在这种十多平方米、盒子般的小公寓里。每天挤着公交车或地铁上班，回家已经累成狗了，还要受到老鼠的骚扰，这日子还能过吗？

想来也是怪了，确实是前年才交房的新公寓，怎么会有老鼠呢？况且这屋子就巴掌大的地儿，老鼠能藏哪儿？陈硕找过床下、柜子底下，都没见到老鼠洞。阳台上有地漏，难道是通过地漏钻出来的？可每天早上看到地漏的盖子都是盖好的呀，这老鼠不会真成精了吧，来去还能把盖子盖好？

最想不通的一点就是，老鼠光临他这儿，图什么呢？单身公寓连天然气都不通，基本上也没人在这儿做饭。为了避免招老鼠，陈硕连薯片、饼干之类的零食都不敢储备。按说这老鼠光临了几次，每次都一无所获，也该另寻门户了吧，怎么还天天晚上往他这儿跑？难不成知道他怕老鼠，专门拣软柿子捏，欺负他玩儿？

想到这里，陈硕气不打一处来。他这么一个大个子，竟然被小小的老鼠当成了戏耍的对象，真是是可忍孰不可忍。他发誓一定得抓到这只可恶的老鼠不可，但能想到的招都用过了，还能怎样呢？

住在同一栋楼的许晨，是陈硕的同事。当时两人一起到这家装饰公司应聘，一起租的房子，成了邻居。之后命运似乎也绑在了一起，都沦为了屌丝。许晨似乎比陈硕还要惨一点。陈硕虽然也穷，好歹身体强健，许晨跟他比起来瘦弱得像个小鸡仔，时不时生场小病，医药费又是一笔不小的开销。不过许晨这人脑子好使，鬼点子多，所以陈硕想看看他能不能给支点儿招。

敲门。许晨在里面问道："谁呀？"

"我。"

过了半晌，门打开了。许晨穿条裤衩，光着膀子，胸前的肋骨根根分明。陈硕足足比他高了一头，一走进屋，就看到桌子上笔记本电脑正在播放岛国无码爱情动作片，旁边是一盒抽纸。陈硕嚷道："你就不能含蓄点儿吗？有客人来了，好歹按个暂停，最小化什么的。"

"你算什么客人呀。"许晨问道，"要一起看吗？刚下的，妹子不错，真不错。特别是……"

"行行行了，我没心思看这个，你最好也少看点儿。本来就虚了，还要把身子彻底掏空不可？"

"不看这个我干吗呀？约个妹子出来逛街吃饭，晚上再泡个吧？咱消费得起吗？欸，你不也一样吗，要不大周末的你不出去玩儿，到我这单身狗的宿舍来干吗？"

"行了别贫了，你把它关了。我有事跟你说。"

许晨极不情愿地关闭了视频软件。陈硕打量着这间屋子：皱在一起的床单和被子、塞在床下的运动鞋和臭袜子、满地的零食包装口袋、桌子上吃完没扔的泡面盒和快餐盒……脏乱得连他这个大男人都看不下去。他嗫嚅道："真是见鬼了，耗子怎么不光顾你这儿……"

"你嘀咕什么呢？"

"没什么。我是想问，你住的这屋，有老鼠吗？"

“老鼠？没有啊，这又不是老式居民楼，怎么会有老鼠？”

看到陈硕郁闷地叹了口气。许晨问：“怎么，你那屋闹老鼠？”

“是啊，好多次了，晚上总在我屋里窜。越来越嚣张了，昨晚甚至钻进我拖鞋里，我差点儿踩到！”

“打呀！”

“怎么打呀？那老鼠跑得飞快，一眨眼就没影了。关键是这畜生来无影去无踪，我也不知道它藏在哪儿，想尽办法也逮不到它，真烦死了！”

许晨不以为然地说：“那就算了呗，一只老鼠罢了。它又没爬上床咬你小弟弟，你管它干吗？”

“我——”陈硕实在是说不出“我怕老鼠”这几个字，太丢人了。话都到了嘴边，又被他硬生生咽了回去。

许晨盯着陈硕，看到他一脸窘迫的模样，猜到了几分，说道：“你不会是怕老鼠吧。”

陈硕找不到别的理由，只好承认了：“嗯……”

许晨一听乐了，大笑起来：“你这么一个大个子，还怕小小的老鼠？哈哈哈，人家小姑娘还不一定怕呢！”

“够了！”陈硕涨红了脸，喝道，“我天生就怕，有什么办法？又不是我愿意怕的！”

许晨笑得更厉害了，直到陈硕做出要揍他的姿势，他才强忍住笑，说道：“那你想让我干吗？帮你抓老鼠还是打老鼠？”

“你要真能帮我抓到或者打死这只老鼠，今晚上我请客，地方随便你挑。”

“此话当真？”

“绝无戏言。”

“那敢情好！”许晨来劲了。吃了一天的方便面，一顿大餐的诱惑是难以抵挡的。他立即穿上衣服鞋子，跟陈硕来到同一层的706房间。

许晨右手持晾衣杆，左手拿着开启手电筒功能的手机，挨个儿搜寻了衣柜、床下等地方，生活阳台也找了，甚至连沙发垫都捏了一遍，根本没发现什么老鼠。他对陈硕说："你确定这老鼠是躲藏在你屋里吗？"

"我就是不确定。"陈硕说，"你找的这些地方我也找过，每次都以为这畜生已经溜出去了，可一到晚上，它就像幽灵一样出现了，我简直不知道它是从什么地方钻出来的。"

许晨思忖片刻，说："这只老鼠非常狡猾，它可能躲藏在某个我们根本想不到的地方，或者是从厕所里的下水道里钻进钻出的。这样的话我们就很难抓到它了。"

想到蹲厕所的时候，蹲便器的洞里突然钻出来一只老鼠——即便只是想象，也把陈硕的脸吓白了。"不会吧……老鼠真的会从厕所洞里钻出来？"

"难说，没准儿它是在偷窥你呢？"

"什么？"

"你刚才不是说，这老鼠每天晚上认准了到你家来吗？我猜这是只母老鼠，爱上你了……"

"你！"陈硕握起拳头就要朝许晨抡过去。许晨一边嬉皮笑脸地躲开了，一边说："好了好了，不跟你闹着玩了。房子我已经帮你检查过了，没有老鼠了。一会儿去哪儿吃呀？'金钱豹'还是'海底捞'？"

"吃个屁！你帮我抓到了吗？滚回去吃方便面吧！"

二

本来陈硕想，只要这只老鼠不再钻他的拖鞋，或者晚上不搞出太大的动静把他吵醒，他就睁一只眼闭一只眼算了。毕竟晚上睡着了，屋子里有没有老鼠活动他也不知道。但是这天晚上，惊悚的事情发生了。

陈硕习惯仰面而睡。这天夜里，他做了一个噩梦，梦中自己仿佛被一块陨石砸中，压得他喘不过气来。这种感觉十分难受，他努力让自己醒来，睁开眼睛，却还是觉得胸闷气短，仿佛有什么东西压在胸口。

他微微抬头，定睛一看，顿时吓得魂不附体。

一只体形硕大的老鼠，此刻正趴在他胸口的被子上，仿佛在注视着他。黑暗中，他虽然看不清楚这老鼠的样子，但是从基本的轮廓和胸口的感受便能判断出，这绝对是一只大老鼠！

"啊——"陈硕发出撕心裂肺的惊叫，然后猛地一掀被子，把老鼠从自己身上甩下去。他简直无法控制心头的恐惧，只有用接连不断的喊叫来宣泄。深夜里传出这样的叫声，犹如发生了命案，不知惊醒了多少周围的邻居。

陈硕打开床头灯，站在床上，惊恐地注视着地面。但是大老鼠已经不见踪影，也许是逃走了，或者藏了起来。陈硕努力平复心绪，咽了好几口唾沫，尽可能往好的方面想——刚才，会不会只是一个噩梦？

然而，他的乐观想法很快就被打碎了。因为他在浅色的床单上发现了清晰的老鼠脚印。刚才的事实已毋庸置疑。陈硕既愤怒，又恐惧。然而很快他又注意到一件事物，更是怒火中烧。

他的一双皮鞋，全靠它撑脸面的，只有在重要场合才穿的昂贵皮鞋，其中的一只被拖到了屋子中间。鞋面和鞋口都被老鼠的尖牙咬烂了。陈硕跳下床，抱着心爱的皮鞋，心痛不已。被咬烂的鞋面仿佛老鼠咧开的嘴，讥笑和奚落着：是我干的，你能把我怎么样？

这老鼠快发展到在他头上拉屎的程度了。一个身高一米八五的大男人，竟然遭到一只老鼠的挑衅和侮辱，真是欺负到家了。陈硕气得咬牙切齿。他把皮鞋用力朝墙角一掼，心中发着毒誓：该死的东西，我要把你碎尸万段！！！

第二天中午，在公司食堂吃饭的时候，陈硕把昨晚的遭遇告诉了许晨。一贯爱开玩笑的许晨，听说这事也笑不出来了。毕竟任何人遇到这种事情，都绝对接受不了。

许晨很认真地说：“我帮你想想办法。”

下午离开公司之前，许晨把陈硕叫到自己的办公桌前，点开电脑上的一个视频，说道：“你看看这个。”

视频的名字叫作——《老鼠：我走过最长的路就是你们人类的套路》。

这是一个视频合集，多个片段的剪辑，全是网络牛人们自制的捕鼠利器。摄像头记录下了一只只老鼠被抓住或困住的情景。方式多种多样，陷阱五花八门，一般人可以把它当笑料看，多半忍俊不禁。但陈硕的心态不一样，饱含着对老鼠的恨意，他看得格外认真，几乎是目不转睛。

几分钟后，视频播放完了，许晨说：“怎么样，你觉得这些招有用吗？要不要试一下？”

陈硕怀疑地说：“真的有用吗？这些机关陷阱跟捕鼠夹的原理基本上是一样的。我家那只老鼠特别狡猾，捕鼠夹都抓不到它，这些办法能行吗？”

许晨说：“这你就不懂了。老鼠也在进化。别说老鼠了，蚊子都是一样。你知道吗，家里用的蚊香、灭害灵什么的，都得换着牌子用。为什么？因为只要过一段时间，蚊子就适应某种灭蚊液的毒性了，身体产生了抗体，这种灭蚊液对它的作用就不大了！”

陈硕若有所思地点着头。许晨越说越来劲：“你想想，捕鼠夹这东西都诞生多少年了？老鼠祖祖辈辈都见识过这玩意儿，早就认熟了，自然不会中招。所以网上这些牛人，才要自制各种新奇的捕鼠工具。老鼠没见过呀，所以上套了！”

陈硕频频点头，觉得许晨说得极有道理。他说：“那你觉得我用哪招比较合适？”

许晨说：“你不是说那是只大老鼠吗，那什么饮料瓶、可乐杯这些就不管用了。我觉得这招可以。”

说着，许晨点开视频，拖动进度条，再次播放了其中的一段：屏幕上是一个白色的铁桶，桶边上夹着一个小型装置，类似跳水用的跳板。“跳板”的前端，放着做诱饵的一小块肉。这个跳板的特殊之处在于，老鼠趴在跳板的后半段没事（令它放松警惕），但只要靠近肉块所在的跳板前沿。跳板就会突然像跷跷板一样向下跷，让老鼠掉进铁桶里，无法脱身。

“这个好！”陈硕拍手道，“我家正好有个空油漆桶，只是这个装置……”

“自己做呀，我帮你做。要是抓到了老鼠，别忘了你之前说的话。”

陈硕拍着许晨的肩膀说：“没问题，只要抓到了老鼠，绝对请你吃大餐！”

两人就这样愉快地说定了。之后便迫不及待地乘车回到公寓，许晨心灵手巧，找来一小块木板、一个塑料盒和几颗螺丝，不一会儿就做出了跟网上几乎一样的装置。陈硕把这个装置粘在油漆桶的边缘，两人用玻璃球试了一下——OK，只要玻璃球滚到跳板前面，板子就会往下跷，玻璃球就会滚落进桶里。

对于这个自制的捕鼠神器是否能发挥作用，陈硕无比期待。他跟许晨去外面点了两份卤肉饭，然后把吃剩的一小块卤肉带回家，放在跳板的前端。设置好诱饵，陈硕立刻关灯睡觉，等待老鼠上钩。

心情是欣喜而兴奋的，他从来没有如此盼望过老鼠光临，甚至在黑暗中睁着眼睛，假装睡觉，希望能守候到老鼠跌落陷阱的一幕。可惜睡下去一个多小时了，一点儿动静都没听到。想来也有点愚蠢，哪有人守着老鼠出现的？老鼠又不会打卡上班，鬼知道它什么时候出现。

陈硕越来越倦，渐渐合上眼睛，睡着了。

第二天早上起床，他做的第一件事就是走到桶边查看，但是里面空空如也。他心中一阵失落。

到了公司，许晨关心地询问有没有抓到老鼠。陈硕沮丧地摇头，许晨也有些失望。

这天晚上加班做方案，陈硕和许晨工作到接近十点才回到住所，身心俱疲。回家后，陈硕直接倒在床上，累得不想动弹了。他小憩了一会儿，翻了个身，眼睛有意无意地扫了昨天做的捕鼠装置一眼。

几秒后，他睁大眼睛，发现放置在“跳板”前端的那一小块卤肉，不见了。

陈硕噌地一下站起来，然后一步一步缓缓地靠近空油漆桶。

他探着身子朝桶里一望，浑身的血液瞬间涌了上来——**桶里有一只大老鼠！**

三

陈硕的倦意刹那间一扫而光，激动、欣喜得难以自持，他猛地一拍大腿，兴奋得仰天大笑：“哈哈哈哈，终于抓住你了，该死的老鼠！”

陈硕的狂笑吓得桶里的老鼠一阵哆嗦。它蜷缩在角落里，似乎意识到了自己即将面临的悲惨命运。桶壁和底部全是爪子印，可见这老鼠刚刚掉落到桶里后，有多么惊慌失措。它肯定是在桶里胡乱瞎窜了许久，用尽一切办法企图逃出生天。无奈油漆桶很深，内壁也十分光滑，加上铁桶很重，老鼠根本不可能从里面把桶推倒。所以它忙活了半天，筋疲力尽，最后只能放弃，等着迎接死亡。

不过陈硕可不打算让它死得这么痛快。一种复仇的快感和凌虐的恶意油然而生。并且这一快感，他打算跟许晨分享。

陈硕打电话给许晨，告诉他老鼠抓到了。许晨本来想洗脸睡了，听到陈硕这么说，精神也来了，一分钟后来到了陈硕的房间。

“天啊，这么大一只老鼠，跟小点的兔子体形差不多了！”许晨盯着桶里的老鼠，惊叹道。

“这畜生嚣张到极点了，半夜爬上我的床，还趴在我胸口上，恶心死我了。这下非得出口恶气不可！”陈硕扬眉吐气地说道。

“你打算怎么灭掉它？”

“你说呢，什么手段最残忍？”

许晨说：“烧锅开水，倒进铁桶里，把它烫死。”

陈硕摇头：“太便宜它了。”

“那就浇点油，把它点了。”

“还是不够解气，而且烧焦了会不会味道很臭？”

许晨想不出来了：“水刑、火刑都不行，我也想不出来了。”

陈硕想到自己那双被咬得稀烂的皮鞋，恨意十足：“我想慢慢折磨它。”

“你变态啊！只是只老鼠罢了，又不是你杀父仇人，犯得着吗？”

陈硕也对自己人性中恶的一面感到惊讶。其实他这辈子除了苍蝇、蚊子什么的，从来没有杀过生，就连鱼都没剖过一条。现在这只肥大的老鼠落在他手里，生杀大权全由他掌握，他竟然有种对古代死刑犯处以极刑的想法。但想是一回事，具体实施则需要勇气的。太过残忍的刑罚，他还真有点下不了手，可内心又实在不愿意便宜了这只耗子，一时陷入矛盾之中。

这时候，鬼点子多的许晨想到新招了：“你就是不想让它这么快地死，对吧？我想到一个对它进行‘精神折磨’的办法。”

“精神折磨？”陈硕以为许晨是在说笑，“你还要让它失个恋啊？”

许晨一点儿开玩笑的意思都没有。他说了句“你等一下”，转身离开了陈硕的公寓。不一会儿，拿着一个几十厘米高的玻璃罐子回来了，看样子应该是装糖、饼干之类的罐子。

“你想干吗？把它做成标本？”陈硕问。

“不是，一会儿你就知道了。”许晨问，“你这儿有夹子一类的东西吗？”

“没有。”

“那你敢抓这只老鼠吗？”

光是想象徒手抓老鼠的手感，已经让陈硕起鸡皮疙瘩了。他赶紧摇头：“我碰都不敢碰这东西。”

许晨虽然不怕老鼠，但是面对这么大的耗子，还是有些心虚。他犹豫了一下，到阳台上找了一块破抹布，套在右手上，然后瞅准时机，骤然下手，准确无误地抓住了老鼠的尾巴，将这只大老鼠倒吊着拎了起来。陈硕下意识地往后一退，嘴里喊着“你小心点”，看在眼里也是胆战心惊。

老鼠被人提了起来，无比惊慌，它吱吱地叫着，身体在空中拼命挣扎。还好许晨抓得稳，将老鼠迅速扔进玻璃罐子里，然后松了口气，把抹布扔进垃圾桶。

老鼠从“铁监狱”换到“玻璃监狱”，在新环境中来回乱窜，显得惶恐不安。但玻璃罐的内壁比油漆桶更加光滑，想要爬出来，是绝对不可能的。

陈硕纳闷地问：“你到底想干吗？”

许晨并未回答，用实际行动来进行演示。他把装老鼠的玻璃罐放在桌子上，然后从口袋里摸出一些五香花生米，撒在玻璃罐的周围。老鼠见到花生，又闻到香味，立刻贴在了玻璃上，鼻子不断翕动着。但美食就在眼前，却隔着一层玻璃，看得见摸不着，干着急。

陈硕现在明白许晨说的“精神折磨”是什么意思了。许晨望着自己的杰作说：“你想想，几天之后，这老鼠饿得饥肠辘辘，但就是吃不到近在咫尺的美食，是什么感受？”

“还说我呢，你更变态！”

“不是你说要折磨它吗？”

陈硕想了想，这的确是一个既不见血，又能达到报复目的的手段，便对许晨说：“行，我就用这个办法，活活饿死它！”

许晨关心的是陈硕的承诺：“帮你解决大问题了，怎么样，明天请我吃什么呀？”

陈硕决不食言：“‘金钱豹’自助餐，可以吧？”

“得嘞！”许晨高兴得咧嘴大笑，拍着陈硕的肩膀说，“那我回去睡了，明天白天我不吃饭，晚上去‘金钱豹’大吃一顿！”

说完哼着小曲就离开了，陈硕心头困扰已久的事情解决了，也着实高兴，这个客请得心甘情愿。

折腾这一阵，已经晚上十一点了。明天一早还要上班呢，陈硕不敢再耽搁，他到卫生间洗脸、刷牙，穿着拖鞋走到桌子面前，注视着玻璃罐子里可怜兮兮的老鼠，心中好不得意。

玻璃罐是没有盖子的，就算有也不敢盖上，那等于把老鼠活活闷死了。陈硕琢磨着老鼠会不会从玻璃罐里爬出来，想来应该不可能。不过为了保险起见，他找到一本厚厚的《英汉字典》，压在玻璃罐口，留了一条缝隙给老鼠出气。

想到今天晚上不用再担心被老鼠骚扰了，陈硕格外开心。他关了灯，脱了衣服钻进被子，打算美美地睡一觉。

然而，躺在床上许久，他并没有睡着。一种荒诞的、难以言喻的感觉困扰着他。陈硕知道，这肯定是心理作用。但是，**他真的感觉，有双眼睛在凝视着他。**

屋里没有别的生物，除了玻璃罐子里的老鼠，这个房间没有第三双眼睛了。

这种感觉让他很不舒服，甚至令他恐惧。他是害怕老鼠，但这是建立在老鼠对他造成威胁的基础上。正如所有人都不应该害怕被关进监狱的强盗、杀人犯一样，他也不应该惧怕关在玻璃罐子里的老鼠。他很清楚这个道理，却就是无法抑制心中的恐惧之情。

十多分钟后，近乎失眠的陈硕从床上坐起来，打开床头灯。然后扭头望向桌子上的玻璃罐。

他惊讶地发现，居然不是错觉。罐子里的大老鼠，此刻正趴在玻璃壁上，一**动不动地注视着他。**

没错，这耗子并没有关注周围的花生，它正对着陈硕，视线全部集中在陈硕身上。

陈硕突然感觉毛骨悚然。他发现这只老鼠不管处于何种状态，都能对他造成影响和困扰。

但问题是，现在该怎么做呢？他忽然觉得之前的想法和做法过于孩子气了，他是人类，而且是个大男人，居然跟一只小小的老鼠置气，还打算对其进行“精神折磨”——真是可笑至极。都二十好几的人了，还这么幼稚。

成熟一点吧。陈硕摇着头苦笑了一下。他不打算再跟一只老鼠玩下去了。

他走下床，来到玻璃罐子前，把压在罐口的《英汉字典》挪动了一下位置，将罐口全部封死了。罐子里仅有的空气大概只够这只老鼠再维持半个小时的生命。第二天早上，他把死老鼠丢进垃圾箱，这事就算完结了。

“好了，我也不折磨和虐待你了，给你个痛快吧。希望你下辈子投胎，别再当老鼠。”陈硕在心里说道。他觉得自己也算是仁至义尽了。

关了灯，继续睡觉。去除了心中的杂念，他也没感觉到什么视线了。这一次，很快就进入了梦乡。

半夜的时候，那种胸闷气短的感觉又出现了。跟上一次的胸口压迫感不同，这次是更加难受的窒息感，空气越来越稀薄，缺氧已经影响了脑部供血，令人快要昏厥和死亡。

陈硕发现自己陷入一个圆形的玻璃容器之中，顶上盖着一本书。隔着玻璃，他能看到屋子里的情景。这就是他的卧室，餐桌、沙发和床。床上睡着一个年轻男人。

等一下，那不就是我吗？我看到了躺在床上的自己？那现在的“我”，又是什么形态？

陈硕低下头，看到了一双老鼠爪子，以及身上黑色的毛和身后长长的老鼠尾巴。他惊悚到了极点——我……变成了老鼠？！

氧气越来越少，他感觉自己快要死去了，作为一只老鼠死去。不！他猛然醒悟，这不是真实的，是一场梦！

他使劲地眨眼，在梦中做着一切能让他醒来的举动。终于，他睁开了眼睛，脱离了恐惧的梦境，张着嘴大口大口地呼吸空气，有种险象环生的感觉。

几秒之后，他打开电灯，倏然回头，看见了桌子上的玻璃罐。罐子里的老鼠已经趴在了底部，奄奄一息了，显然罐子里的氧气已所剩无几，它马上就要死了。

陈硕怔怔地望着即将死去的老鼠，之前梦中的经历突然令他心中产生一个荒诞的念头——**这只老鼠，就是刚才的自己。**

他呆了几秒，猛地跳下床，冲到桌子前，一下拿开了压在玻璃罐顶部的《英汉词典》。丰富的氧气立即充盈罐内，生命垂危的老鼠瞬间恢复了生命力，支撑起身体，在罐子里活动起来。

陈硕松了一口气。同时觉得荒唐透顶——为什么刚才那一瞬间，他感觉拯救的是自己？

重新回到床上，他睡不着了，开始思考这一切。他真不知道自己做错了什么，为什么上天要安排一只老鼠来惩罚他？这只老鼠仿佛用任何方式都能骚扰到他，包括诡异的视线和恐怖的梦境。更可怕的是，它甚至让陈硕感觉自己跟它命运相连。

陈硕不得不思索一个问题：**这老鼠究竟是何方神圣？它接近我，到底有什么目的？**

四

陈硕失眠了大半个晚上，第二天早上精神状态极为不佳。一脸的倦容加上黑眼圈，公司的领导和同事都看出来他昨晚没有休息好。但陈硕很难跟他们解释这是怎么回事，含糊其词地应付过去了。

他能倾诉的人，只有许晨。在中午吃饭的时候，陈硕把昨晚发生的怪事告诉了许晨，许晨一副不以为然的样子，说："你这完全是心理作用，怕老鼠怕得太厉害了，所以才会做这种怪梦。"

陈硕说："那是因为你没有亲身经历，所以不知道我当时的感觉有多么真切。你知道吗，有那么一瞬间，我真把自己当成老鼠了。"

许晨正喝着紫菜蛋花汤，听他这么一说，胃口也被影响了，他放下碗，蹙着眉说："你还真是入戏了，以为这是什么，庄周梦蝶？问题是人家梦到变成蝴蝶，还挺美，你这变成老鼠算怎么回事呀？"

"你以为我愿意呀？"

"那你到底打算怎么办吧，如何处置这只老鼠？"

陈硕烦闷地说："我也不知道了，总觉得怎么都不合适。"

"有什么不合适的？不就是只老鼠吗？你要实在觉得难办，就把它交给我！"

"你打算怎么处理？"

"还能怎么处理，弄死呗！难道当宠物养起来呀？"

"不行……"

"为什么不行？"

陈硕心中有种难以言喻的怪异感受："我也不知道该怎么说，总觉得这老鼠似乎有点灵性。如果把它弄死，说不定会引来什么灾祸……"

许晨盯着他："你走火入魔了。"

陈硕耷拉着脑袋，缄口不语。

许晨说："算了，随便你，但是你可别以心情不好为由，晚上不请我吃大餐啊。今儿中午我可只喝了一碗蛋花汤。"

陈硕苦笑了一下，说："没问题，肯定请你。"

下午下班之后，两人直赴"金钱豹"自助餐厅，许晨早已饿得饥肠辘辘，别看他人瘦，食量比陈硕还大。平常基本都吃工作餐、简餐，早就盼望着能在高级料理店胡吃海塞一顿了。许晨拿了一大堆鹅肝酱、生鱼片、大闸蟹、生蚝、鲍鱼和哈根达斯冰淇淋，大有把自助餐费吃回本的趋势。

陈硕始终有些心事重重，家里那只老鼠的样子在他脑子里挥之不去，像得了强迫症一般。眼前总有老鼠的影子，食欲自然好不起来，他只吃了少量的食物，感觉有点暴殄天物，但也无可奈何。

许晨几乎是扶着墙离开"金钱豹"的，肚子已经撑到极限了。为了消化一下，他们走了一段路，然后才坐车回家。

到公寓已经十点钟了，陈硕进入房间，打开灯，眼光自然落到了玻璃罐子上。

罐子里的老鼠安静地趴在底部，看起来已经接受了它的命运。有人推门进来，打开顶灯，它都不为所动。陈硕差点以为它死了，走近一看才发现没有。它只是放弃了挣扎，摆出一副“随便你吧”的消极态度。

当然也有可能是饿扁了。五香花生就在玻璃罐外面，看得见吃不着，估计也让它心累了。陈硕忽然觉得这家伙有些可怜，他甚至萌生了丢几颗花生进去的想法。但是转念一想，我×，还真把它当宠物养起来了？这叫什么事儿？

他一时想不出来该怎么处置这只老鼠，加上昨晚没睡好，早就困倦了，心想管他呢，明天再说吧。

脸都没洗，脱了衣服倒在床上就睡着了。

果不其然，他又变成老鼠了。在梦里，他的身心都跟困在瓶子里的老鼠一致。悲观、绝望，甚至是干渴和饥饿，他都感同身受。水和食物就在他的面前，但他无法触碰；能解救他的人正在床上呼呼大睡，却没有生出丝毫怜悯之心。这种感受真是比死了还难受，他乞求得到解脱……

醒来之后，陈硕掩面哭泣。他打开灯，走到桌子前，发现玻璃罐里的老鼠一双小眼睛正盯着他看，他瞬间读懂了这眼神中的意味，随即产生一种想法——**这不就是刚才的“我”吗？**

陈硕被这惊悚的想法吓了一跳。他使劲拍了自己的脸两下，试图保持清醒。同时告诫自己：不能再这样下去了，我快分不清自己是人还是老鼠了！

陈硕到卫生间洗了把脸，然后走到桌子旁。凝视着罐子里的老鼠。摆在他面前的，有两个选择：

1. 杀了它；

2. 放它走。

几分钟前，他在梦里就是这只老鼠。如果现在把这只老鼠杀死，他无论如何都有一种自戕的感觉；但是如果选择放走老鼠，他又心有不甘。

纠结许久，他不由自主地伸出手，把罐子微微倾斜。里面的老鼠有所感应，趴在了罐壁上。但倾斜的角度仍然不足以令它逃出去。陈硕保持这个姿势很久，然后鬼使神差地慢慢放低了罐子。倾斜到某个角度的时候，老鼠瞅准时机，一跃而出。尽管饿了足足两天，但奔逃的速度仍然快如闪电。它逃上阳台，不见踪影了。

放走老鼠的瞬间，陈硕心中突然一阵后悔，同时又感觉一阵轻松。他怅然若失地呆了数秒。心中想道，这下总结束了吧。这老鼠再不识趣，有了这般经历，也不敢再到这里来了吧。

他再度睡下。后半夜，果然没有受到任何形式的骚扰了。

第二天，陈硕把放走老鼠的事告诉了许晨。许晨骂他有病，费尽心思抓，抓住了又放走，真是吃饱了撑的。不过反正陈硕是请了客了，他也不亏，所以也没多说。

这天晚上又是加班，回到家接近十点，人已是筋疲力尽。陈硕为了不再想起老鼠的事，早上就把那空玻璃罐子扔了。他洗了个澡，上床睡觉。

……

一条阴暗、肮脏、臭气熏天的下水道里，他匍匐着向前爬行。一些同类从他身边经过，然后跟他一起，从某个打开的下水井里爬出来，偷偷摸摸地来到一条僻静的背街。这里有一个垃圾场，堆放着各种食物残渣和生活垃圾，是老鼠的乐园。这里有数量众多的同类，它们在垃圾堆里寻找着各种可以吃的东西，他也很快加入了这个行列，没有感觉到丝毫不适。

然而梦做到一定程度，就会幡然醒悟，意识到这是在做梦。陈硕发现这一点的时候，他所化身的老鼠正在啃着一根骨头上残留的肉渣。老鼠的意识被人的意识所取代，他感觉到一股强烈的恶心，胃部剧烈翻腾，快要呕吐出来。

陈硕努力让自己摆脱梦境，终于从老鼠梦中醒来。他浑身是汗，甚至怀疑自己此刻到底是何种形态。他颤抖着摸着自己的脸颊、手臂，没有摸到黑色的毛和老鼠的胡须，这才放下心来。但胃部的不适并未消除，他冲到卫生间，打了好几个干呕，却又吐不出来，难受到了极点。

陈硕坐到沙发上，喝了一杯冷水，感觉稍微好了一些。之前的梦境历历在目，令他心悸胆寒。最可怕的还不是变成了老鼠，而是他刚刚做梦的时候，那种自然而然的感觉。他一开始居然没觉得变成老鼠有什么不对，仿佛他本来就是这种生活在阴暗角落的啮齿类动物。陈硕惊恐地意识到，**他对于（在梦中）变成老鼠这件事，竟然越来越适应了。**

天哪，这到底是怎么了？他痛苦地撑着额头，苦恼万分。以前从来没听说过人会在梦境中变成某种动物的事情，况且也不该每天晚上如此呀！

这件事，显然已经不正常了。他怀疑自己遭到了某种诅咒，老鼠的诅咒。

可我已经把老鼠放走了呀。还要怎么样？他感觉自己快要疯了。他只是数万“北漂”族中的一员，做着正经的工作，为人本分，也没有得罪过谁，为什么会遇到这样的事情？

关键是，他现在开始惧怕夜晚、惧怕黑暗了，并怀疑这个诅咒不会轻易结束，从此之后，他恐怕每天晚上都会变成老鼠，在梦境中体验阴沟和下水道里的生活。

很不幸的是他的恐惧猜想应验了。一连三个晚上，陈硕都做了这种老鼠梦。他觉得自己的精神快要分裂了。白天，他是人类；晚上，则是老鼠。**而且恐怖的是，作为老鼠的那一部分，在逐渐扩大。**也就是说，他做梦的时间越来越长了。也许某一天，他的人格会被老鼠彻底侵占，变成一只彻彻底底的大老鼠。

陈硕的精神快要崩溃了。但他不知道该怎么办，陷入了深深的迷惘。

五

周末，公司部门聚会，陈硕这段时间一直被老鼠梦困扰，精神、心情都欠佳，但是对于独自在外闯荡的年轻人来说，集体活动是很重要的，如果推诿不去，很容易被冠以“不合群”的帽子，对今后的发展不利。所以他还是强打起精神，参加了聚会。

地点是望京的一家潮汕牛肉火锅。十几个同事坐在大包间内，喝酒聊天，好不快活。陈硕强颜欢笑，尽量配合各种酒桌上的游戏。他心情本就烦闷，便有些借酒消愁。接连几杯白酒下肚，整个人有些飘飘然了。

同事们只当陈硕是喝high了，一起鼓掌，夸赞他好酒量。吃完饭之后，大家意犹未尽，又去KTV唱歌。陈硕索性一醉方休，说不定彻底醉了，晚上就不会做梦了呢。于是坐在角落，喝起了闷酒。

还是女生心细一些。同事当中，有一个叫作邱婷的小女生，半年前才入职的，年轻漂亮，嘴又甜，最难能可贵的是，还懂照顾人，比起有些娇生惯养的同龄人，不知好了多少倍。邱婷注意到，陈硕分明有几分买醉的意思，任他这么喝下去可不行。她坐到陈硕身边，把他手中的酒杯夺了，说道：“硕哥，差不多了啊，今天喝得不少了。再喝就真醉了。”

陈硕已经上头了，醉眼惺忪地说：“没事，来，咱们走一个。”说着就要去抓杯子。

邱婷把啤酒和杯子全都挪开了，望着陈硕：“你是不是有什么心事啊？”

KTV里有点吵，陈硕没听清楚，加上酒精让反应变慢了：“你说什么？”

邱婷叹了口气，摇了摇头，把陈硕扶起来，带他到卫生间洗了把脸，然后把他扶出KTV包房，在外面大厅的沙发上坐下。这里就安静得多了，邱婷再次问道：“硕哥，你是不是遇到什么烦心事了？”

陈硕摇头道：“说出来，你也帮不了我的。”

“你怎么知道？讲出来听听吧。”

这几天连续做老鼠梦的事情，陈硕没有跟任何人说过，包括许晨在内。他不希望给人一种神经质的感觉，况且说了又能怎样，难道别人还管得着你晚上做什么梦吗？但憋了几天，心情着实抑郁，此刻便产生了倾诉的欲望。他望着邱婷，说道：“你相信人会变成动物吗？”

“啊？”邱婷没听懂。

陈硕换了种说法：“你梦到过自己变成某种动物吗？”

邱婷望着天花板想了想，说：“没有。”然后嘿嘿一笑，“我倒是梦到过自己变成仙女什么的。”

陈硕苦笑了一下，垂着头不说话了。

邱婷问道：“硕哥，你梦到自己变成什么动物了？”

陈硕沉吟片刻：“老鼠。”

邱婷“扑哧”一声笑了出来：“哪种老鼠？普通的老鼠，还是可爱的小仓鼠？”

“你看我像可爱的小仓鼠吗？”

“你也不像贼眉鼠眼的那种老鼠呀。”

“我就是梦到自己变成了阴沟里的老鼠，每晚如此。”

邱婷收起了开玩笑的意思：“每天晚上，你都梦到自己变成老鼠？”

“对，连着好几天了。”

“是不是工作压力太大了？”

陈硕摇头，然后把家里闹老鼠，他和许晨设陷阱抓老鼠，以及后面发生的所有事情，都告诉了邱婷。

邱婷听完后，露出匪夷所思的表情：“怎么会有这种事？”

“我就是想不通，为什么会遇到这种情况呢？”

邱婷安慰陈硕：“你别太在意了，只不过是做梦罢了。变老鼠就变老鼠呗，反正又不是真的，就当体验一下动物世界好了。”

陈硕说：“关键是，随着做这种梦的次数越来越多，我开始觉得，这不是单纯的梦那么简单。我有一种奇妙的感觉——这只老鼠的命运，似乎跟我连在一起了。我就是它，它就是我。”

邱婷身子往后仰了一些，定睛望着陈硕。

陈硕说：“你不会是觉得我疯了吧？”

“那倒没有，但我觉得你需要帮助。”

“谁能帮我呢？梦这种事，别人恐怕没法介入吧。”

“你有想过咨询心理医生吗？”

“想过，但直觉告诉我，这不是心理因素导致的。不管我对老鼠是畏惧还是厌恶，都不是我在梦里变成老鼠的理由。”

邱婷想想也是。她沉思了一阵，忽然想起了什么，说道：“对了，我有个朋友，是生物学教授，他对跟动物有关的各种事情都非常在行。你要不要咨询一下他，问问这是怎么回事？”

“动物学家主要是研究动物的，但现在出现问题的不是动物，是我。”陈硕不认为生物学家就能帮上自己。

“但你遇到的事情，跟动物——准确地说是老鼠，有很大的关系呀。不管怎么说，听听他的意见，总没有坏处吧。”

陈硕还是有些迟疑。这时有几个同事走到大厅来了，看样子是专门出来找他俩的。一个中年女同事开着玩笑说：“还说你俩去哪儿了，结果在这儿讲悄悄话呀，怎么，打算单独发展下感情？”

邱婷的脸红了，嗔怪道：“别瞎说，王姐，我跟陈硕说事呢。”

大家拉着他们回去唱歌、喝酒，这个话题自然没法继续了。众人一直high到凌晨一点，才纷纷散了，回家休息。

这一夜，陈硕又是以老鼠的身份度过的。

六

星期天的上午，陈硕睡得迷迷糊糊，被手机铃声吵醒了。夜里的老鼠梦，严重地影响了他的睡眠质量，导致他整个人都浑浑噩噩的。他拿起电话看了一眼，是一个陌生的号码。

陈硕接起电话："你好。"

"你好，是陈硕吗？"一个中年男人的声音。

"是我，你是？"

"我是你同事邱婷的朋友，做动物研究的，姓秦。"

陈硕愣了半晌，这才回想起昨天晚上，邱婷跟自己说过的话。看来她把自己的手机号码给了这位秦教授。人家主动跟他联系了。陈硕赶紧坐起来，礼貌地说道："啊，秦教授，您好！"

"别客气。我大概听邱婷说了一下你的事，挺感兴趣。可惜我现在在外地开一个学术研讨会，没法当面跟你交谈，所以只能电话交流了。你现在方便打电话吗？"

"方便，方便。"

"你说，你抓到一只老鼠之后，就每天晚上做梦，梦到自己变成了老鼠，对吗？"

"是的。但我已经把那只老鼠放了，这种状况却还是没得到改变。您知道这是怎么回事吗？"

"你遇到的这种情况，可能跟我正在研究的课题有关系。"

"什么课题？"

"动物的超能力。"

"什么？动物的……超能力？"陈硕呆住了，觉得这似乎是科幻小说的题材。

对方笑了一下："没错。当然我说的超能力没有《X战警》中的那么夸张，而是指某些动物在漫长的进化过程中，为了生存和延续种族，发展出的超乎寻常的能力。"

"嗯……"陈硕似懂非懂地点着头。

"你肯定听说过，蝙蝠可以发射超声波进行定位，对吧？"

"是的。"

"这就是超能力的一种，海豚也有类似的本领，这些都是我们已经熟知并习以为常的动物超能力。其实还有很多动物都拥有不可思议的超能力，比如狐狸犬能对人类或其他动物进行催眠，令人出现幻觉，等等。"

"那么老鼠……"

"我知道你最关心的是老鼠。你对老鼠的了解有多少？"

陈硕想了想，说："我只知道老鼠的繁殖能力很强，所以它们数量众多。"

"没错，老鼠拥有惊人的繁殖能力，有科学家做过一场神奇的实验：把一雄一雌两只家鼠放到了一座原本没有老鼠生存的小岛上，它们的后代在仅仅五个月内就占据了整个海岛。成年家鼠每二十到三十天，就会产下一批新的幼崽。这些幼鼠在六个月之后就性成熟了，又开始繁殖下一代……如果不加以控制，它们的数量就会呈几何级增长。"

对老鼠天生有恐惧感的陈硕，仅仅是想象成千上万只老鼠的画面，就感觉浑身不舒服了。而动物专家一旦进入自己的领域，说起话来便滔滔不绝：

"如此惊人的繁殖能力，就是老鼠进化出的特殊能力之一。它们处在食物链的底端，天敌实在太多了：猫、蛇、鹰、人类，等等。所以应对之策，就是大量地繁衍，以保证种族永远不会灭绝。对很多人而言，这就是他们对老鼠的全部理解。仿佛数万年以来，'繁殖'就是老鼠唯一的生存之道。"

"难道不是这样吗？"

"人们经常搞混两个概念——'延续种族'和'维持生存'的定义是完全不

一样的，也是进化的两个不同方向。前者只能保证种族不被灭绝；后者则能提高生物个体的生存概率。就拿人类来说，一方面需要通过生育来繁衍后代，但生育并不是唯一的目的，另一方面人类还得进化和掌握更多的技能，以便自身能更长久地生存下去，对吧？”

“没错。”

“所以，并不是每一种动物，都像老鼠一样只通过大量繁殖来延续种族。很多动物选择的是尽可能提高自身生存的概率，来让自己不那么容易被消灭掉。这种例子太多了，比如变色龙能改变身体的颜色、跳囊鼠可以五年不用喝水、水熊虫能忍受一切极端环境……简直不胜枚举。

“现在说回你最关心的问题——老鼠。这种貌似低级的物种，在地球上已经生存了几千万年，在**漫长的岁月中，它们真的没有进化出除了‘超强繁殖’之外的其他能力吗？**”

陈硕的身体为之一颤：“您觉得它们还可能拥有什么能力？”

教授沉默了一阵：“我不知道。”

陈硕的心往下一沉，失望地想——说了这么半天，结果回答就是“我不知道”四个字？

教授解释道：“我以前带的一个研究生，也是我的助手，曾经研究过这个课题。但是很遗憾，研究没能进行下去，中途中断了。”

“为什么会中断？”陈硕问。

又是一阵沉默。之后，教授缓缓地说道：“**因为研究对象和研究者，都死了。**”

七

陈硕的心倏然绷紧了，问道：“您说什么……都死了？”

教授悲痛地说道：“**我的助手和他研究的那只老鼠，在同一天死去了。**”

“怎么回事？”

教授说：“这是一年前的事，我的助手小凌，打算对家鼠做一系列的研究。其实生物研究经常用到的是小白鼠，而不是普通家鼠。我不知道他是从哪儿弄到那只老鼠的，我只记得，那只老鼠很大，比一般的老鼠体形要大一些。”

陈硕心里“咯噔”一声，仿佛被什么东西击打了一下。但他没有打断秦教授的话，等待他继续说下去。

“这个实验课题，是想研究家鼠在密封空间内的反应和适应能力，具体的实验过程我不是很清楚，因为这是他的研究课题，作为老师，我只在他遇到困难的时候给予必要的指导和帮助。我记得，这只老鼠被装在一个透明的方形容器内，进食和饮水都受到了严格的控制。

“一开始实验进行得很顺利，后来，我发现小凌的精神状态每况愈下，就问他怎么回事。小凌没有明确告诉我，只说最近晚上都没有休息好。我问他为什么睡眠不好，他显得有些难以启齿，含糊其词地说，他遇到了一些怪异的状况。我当时没有继续追问下去，心想过段时间，他总会自己调整好的。

“几天之后，小凌没有来到实验室。我以为他生病了，便打电话询问。他的手机无人接听。我感觉不对，让别的研究生去他的住所看一下。他们发现，小凌已经死在自己的床上了。”

“怎么死的？”陈硕问道。

“心肌梗死。”教授说，“死亡时间是半夜，似乎就是在睡梦中死去的。没人知道他在梦中经历了什么。”

陈硕握着手机，整个人都僵硬了，感觉身体一阵阵发冷。

体形偏大的老鼠装在透明的容器中，每天晚上的噩梦——几乎每一样，都跟小凌的经历重合了。

秦教授似乎感受到了陈硕正陷入巨大的恐惧之中，他说：“抱歉，不是我想吓唬你，但是到目前为止，你遭遇的状况，的确跟小凌的情况十分相似。”

“那么，后来呢？这件事有调查出什么结果吗？小凌为什么会死？”

“不知道，警察到现场后，排除了他杀的可能性。法医的验尸结果就是心肌梗死。但我和熟悉小凌的人都知道，他身体很好，根本没有心脏方面的问题，怎么会心肌梗死呢？现在没人能回答这个问题了。”

“您刚才说，研究对象，就是那只老鼠，也死了？”

“对，得知小凌去世的消息之前，我就到过实验室，发现这只大老鼠已经死在玻璃容器里了。至于它是怎么死的，我不清楚。实验动物在研究过程中死亡这样的事情很常见，所以从一开始并没有引起我的重视。直到得知小凌死亡的消息，我才想起他表现出的一系列反常状况，都是在研究这只老鼠之后出现的。所以我不得不产生联想——小凌的死是不是跟这只老鼠有关系？

“我最先想到的是某种鼠疫。但是鼠疫不可能引起人类心肌梗死。况且我之后解剖了这只老鼠的尸体，也没有发现病毒的迹象，它似乎是自然死亡的。但是有一点引起了我的注意。”

“是什么？”陈硕急促地问。

“死亡时间。这只老鼠，跟小凌几乎是在同一时间死去的。”

陈硕的心脏再次被重击了一下，他问道：“您觉得这是怎么回事呢？”

“这种事情很罕见，我后来查找了很多资料，包括国外的网站，也没有见过相似的事例。我本来以为这是一个巧合，直到今天早上，我听到邱婷跟我说起你遭遇的事，觉得跟我助手的经历，有几分相似。”

“对！您能给出解释吗？”

秦教授有些迟疑地说：“我们做学术研究的，应该遵循客观事实，不能凭主观臆想做出判断。虽然我对这件事有一定的猜测，但是缺乏足够的事例来支撑和证明这个理论，所以……”

“没关系，秦教授，就把您的猜测告诉我吧！这不是学术研讨会，您不用如此严谨，就算是猜测，也能帮我寻找方向。我现在真的非常迷茫，而且恐惧。”

“好吧，我明白了。”秦教授顿了几秒，“回到我们刚才说的话题——一些动物在漫长的历史进程中，进化出了令人叹为观止的超能力。有些能力跟‘心灵感应’有关系。之前有事例证明，猫能够感应到主人回家的时间；老鼠和蟾蜍能感应到即将发生的地震；英国甚至有一条狗在很远的地方感知到主人即将发生意外身亡——这些都是真实的例子。”

陈硕不敢打断，仔细聆听。

“从中世纪开始，老鼠就被欧洲人认为是最有灵性的动物之一。所以它们往往会成为女巫的仆人。甚至有学者认为，**老鼠具有通灵的体质，以及一些神秘的能力**——当然，这种说法缺乏科学理论依据，但是从某个侧面说明，老鼠的确是一种神奇的动物。

“在中国，人们一直把老鼠当成四害之一——‘老鼠过街，人人喊打’——见到或抓到老鼠，只需要立即消灭它们就行了，很少有学者去认真研究这种动物，所以对它缺乏了解。

“现在我们假设，**某些老鼠进化出了用意念控制人类意识的能力——犹如对人类施加了类似‘心灵链接’的咒术，让你的命运跟它（老鼠）紧密相连。**”

陈硕听得毛骨悚然，感觉匪夷所思，嗫嚅道：“有这种事吗……”

秦教授说：“人类对动物的探索，就如同对宇宙的探索一样，只触摸到了冰山一角。所以很多发生在动物身上的离奇事件，都无法用现有科学进行解释。但我们起码应该做出大胆的假设，让一切变得有迹可循，才不会处于被动的劣势。”

陈硕急切地问道：“如果真是这样的话，等于我被那只老鼠下了咒？我该怎么办呢？”

“别着急，我们先来分析一下。首先，可以肯定，不是每只老鼠都具有这样的超能力，否则全世界不知道发生过多少起这种事件了。其次，要出现这种情况，得具备一定的条件。”秦教授想了一会儿，问道，“你抓到的那只老鼠，体形比较大，对吗？”

“是的，大概有一只小点的兔子那么大。”

“老鼠的寿命不长，最多只有两年左右。像你说的这么大的老鼠，寿命一定在两年以上了。当初小凌抓到的那只老鼠，也是这么大。由此可见，具有这种超能力的老鼠，体形和寿命都远超同类，算是老鼠中的‘极品’了，甚至有可能是鼠王。”

“鼠王？”

“动物世界虽然没有人类社会那么明确的阶级划分，但某个区域内的动物，也会有一个头领，这不奇怪。”

“嗯。”陈硕在心中自嘲道：我运气可真好呀。碰到这种“耗子精”了。

秦教授继续分析：“然后，你们抓到这种‘特殊老鼠’之后，都将它放进了一个透明的容器之中。如果我没猜错的话，这应该是促使老鼠使出超能力的重要因素——关在透明容器中，它才有机会近距离、长时间地观察人类，从而对人类‘施咒’。可见要使出这个超能力，需要一定的时间。”

陈硕说：“可是，我已经把这只老鼠放了呀，怎么还是每晚都做变成老鼠的噩梦呢？”

“你说的这种情况，恐怕谁都没有遇到过。唯一可能的解释是，这只老鼠虽然被放走了，但它并没有对你解开诅咒。所以你才会一直持续这种状况。”

“如果一直这样下去，会出现什么结果？”

对方沉默了很久，说道：“陈硕，我不想吓唬你。但我猜，你如果继续这样下去，有很大可能会跟我的助手小凌一样的结果。”

陈硕脑子里嗡嗡作响，他艰难地说：“我也会跟他一样，在睡梦中死去吗？”

秦教授叹了口气：“我不知道，只是这样猜测罢了。但是你现在每晚都会梦见自己变成这只老鼠，并且感受越来越真切，对吗？那么你想想看，如果在梦中变成老鼠的你恰好遭遇死亡，你的精神和心灵，会不会也同时死去？”说到这里，他又补充了一句，“只有你经历过这样的梦境，所以你设想一下吧，是否有这样的可能性。”

没错。陈硕恐惧地想道：他不是在吓唬我，而是在提醒我。他说的这种情况，真的有可能发生。而且不是已经发生过一次了吗，那个叫作小凌的研究生？

沉默许久，陈硕问出他最关心的一个问题：“那么，我现在该怎么办？”

秦教授遗憾地说：“我也不知道，我没有经历过这种事情。”

陈硕悲哀地说：“秦教授，您帮我分析这么多，最后就告诉我，您对此束手无策吗？那就算弄清楚这是怎么一回事，又有什么意义呢？”

秦教授说：“陈硕，我是一个生物学家，不是消灾解厄的术士。你遭遇的事情太过特殊，恐怕没有人能准确地告诉你，接下来应该做什么。但是，如果非要我给你一个建议的话……”

陈硕仿佛看到了一丝希望，赶紧问道：“您的建议是什么？”

秦教授沉吟片刻，说道：“以我多年跟动物的接触，我觉得大多数动物都是有感情的，老鼠也不例外。你抓住了它，却并没有伤害它，最后还放走了它，对它来说也是一种恩情。假如你能找到这只老鼠，并且善待它，也许能让它解除对你的诅咒。”

“您的意思是，让我找到这只老鼠，然后想办法感化它？”陈硕感到一阵阵眩晕，“且不说我能不能感化它吧。城市这么大，我上哪儿去找一只老鼠？这不是大海捞针吗？”

“陈硕，”秦教授提醒道，**“你忘了你每天晚上做的‘老鼠梦’了吗？”**

陈硕一时没反应过来：“啊？”

秦教授严肃地说：“如果我没猜错的话，**‘梦’就是你跟这只老鼠联结的唯一渠道**。你跟它心灵相通，命运相连，你在梦中看到的，就是那只老鼠实际的经历！”

陈硕呆了半晌，猛然明白了：“您的意思是，让我**通过梦境，寻找这只老鼠的踪迹？”**

“对！”秦教授说，“我知道，这听起来有些荒唐，但这是我能想到的唯一的办法了。”

陈硕握着手机没有说话，但他心里清楚，他恐怕没有别的选择。

秦教授最后提醒道：“陈硕，如果你真的要这样做，动作一定要快。**老鼠面临的危机是很多的，每时每刻都有性命之忧。**”

“如果这只老鼠不是在我梦到它的时候死去的，我也会受到影响吗？”

“我不知道，没人能告诉你确切的答案。但如果你的命运跟这只老鼠联系在一起了，情况就会很不妙。所以别以身犯险，这是我给你的忠告。”

八

挂了电话，陈硕失魂落魄地靠在床上，神情惘然。

通过梦境来寻找一只老鼠的踪迹，这种事情如果讲给别人听，只会让人觉得自己疯了。但这就是他要面对的事实。

如果可能，他真想现在就睡下，进入梦中寻找线索。可他刚刚睡了十几个小时，哪能说睡就能睡着的呢？

跟自己最讨厌的生物命运相连，世界上没有比这更讽刺的事情了。关键是他还必须把这只老鼠找到，然后呢？给它建造一个温暖的小窝，每天好酒好菜伺候着，乞求它的原谅？

就在陈硕胡思乱想的时候，外面传来了敲门声。他问道：“谁啊？”

“我。”许晨的声音。

陈硕下床，打开门。许晨走进来，看到陈硕穿着背心、短裤的样子，说道：“你还没起床呀？这都中午一点了！”

“昨晚不是喝醉了吗？”陈硕懒得跟许晨解释，他朝卫生间走去，“我洗个澡。”

“快点儿啊，等你一起吃午饭。”

半个小时后，两人来到熙熙攘攘的大街上。宿醉后的人，最想吃点酸酸辣辣的东西，于是他们选了一家卖重庆小面的小店，分别点了酸辣粉和麻辣小面。

热腾腾的面和粉很快就端上来了，许晨大口大口地吃起来，陈硕其实也早就饿了，但他心事重重，一边吃着面，一边望着街道对面发呆。

突然，一个黑色的小东西出现在他的视线范围内。是一只老鼠。陈硕的心一下揪紧了，放下碗筷，直愣愣地盯着那只老鼠。

这只老鼠是从人行道的绿化带中钻出来的，由于是大白天，它不敢明目张胆地在街道上跑，只敢在植物和一些物件的遮挡下，小心翼翼地沿着墙角爬行。不注意的话，根本不会有人发现它。陈硕自己都感到奇怪，他为什么能一眼就看到这只老鼠？难道跟老鼠“命运相连”之后，他对于“同类”就特别敏感了吗？

这个想法令他打了个寒噤。随即，更为重要的问题接踵而至。

这只老鼠，不会就是“那只老鼠”吧？

他知道，这个概率微乎其微。城市里的老鼠成千上万，恰好遇到他要找的那只老鼠，简直比中彩票还难。但问题是，他也没法确定，这一定就不是那只老鼠。包括他之后见到的每一只老鼠，都存在这个问题。老鼠不像人，可以通过长相、发型和衣着来进行辨别，全天下的老鼠都长一个样。要在这么多老鼠中找到“那只老鼠”，难度可想而知。

体形。这也许是唯一的分辨标准了。秦教授说过，一般的老鼠活不了这么久，也长不到这么大。陈硕盯着街对面那只老鼠，不由自主地站了起来，想看个清楚，它的体形有多大。但那只老鼠离他有十多米远，而且周围没有什么参照物，实在难以判断。

许晨正吃着酸辣粉，看见陈硕站了起来，呆呆地望着马路对面。他也扭头望过去，却没有看到任何特殊的事物。他问道：“你看什么呢？”

陈硕并未回答，目不转睛地盯着那只老鼠，生怕一眨眼就不见了。他甚至有点想走过去看个究竟，但是老鼠岂会让人靠近？况且他也没有徒手抓老鼠的本事呀。

就在他犹豫不决、踯躅不前的时候，老鼠展开了冒险行动，从墙角跑到不远处的一家快餐店，那家店的后厨应该是它的目标。但是，就在它奔跑在人行道上时，两个眼尖的年轻女人看到了这只老鼠，两人一起尖叫起来：“啊！老鼠！”

她们的尖叫引起了旁边几个男生的注意。这几个男生穿着足球服，不知道是足球队的队员，还是业余足球爱好者。其中一个一眼看到了老鼠，而这倒霉的老鼠恰好从他脚边跑过。这男生反应极快，抬起右脚一记大脚，不偏不倚地踢中了老鼠。这老鼠贴着地面飞射到马路中间，还没爬起来，一辆越野车疾驰而来，朝它碾压过去。

陈硕目睹到这一幕，突然失控地大叫道：“不！！”

他这一声大喊，把面店里吃面的人，包括许晨在内，全都吓了一大跳。许晨正在喝汤，惊得一哆嗦，差点碗都掉地上了。周围过路的人也听到了这声惊呼，又看见这小伙子盯着马路，一脸惊恐的模样，以为出了车祸，有小孩被车撞到了什么的，集体紧张起来，目光齐刷刷地望向了马路中间。

越野车的司机也被这声惊叫吓到了，他赶紧踩死刹车，一个急刹车停了下来。后面的一辆奔驰轿车反应不及，“砰”的一声撞到越野车屁股上，追尾了。

陈硕的一声惊呼，竟然引发了一起小型车祸。但他关心的不是撞在一起的这两辆车，而是那只老鼠的命运。他走近一看，发现越野车的前轮已经从老鼠身上轧了过去，这只过街老鼠变成了一摊血肉模糊的肉饼。

陈硕眼前一黑，感觉天旋地转，仿佛快要昏厥过去。许晨见势不妙，立即冲上前去扶住他，喊道：“陈硕，你怎么了？！”

越野车的司机和奔驰车的司机也都从车上下来了。越野车司机是个三十多岁的中年男人，他看陈硕快要昏死的样子，以为轧死了宠物之类的，急促地问道：“怎么了，怎么了？”赶紧查看车下，结果只看到一只被轧死的老鼠。

围观群众都聚拢过来，所有人都想知道刚才到底发生了什么事。踢飞那只老鼠的足球队员，呆呆地站在路边上，显得不知所措。

奔驰车司机气急败坏地问越野车司机：“你急刹车干什么？”

越野车司机立即指着陈硕：“问他呀！这小子冷不丁大叫一声，我还以为轧到人或者动物了呢！”

奔驰车司机看到了变成肉泥的死耗子，诧异地说道：“就这个？一只耗子？”

所有人都望向了陈硕。陈硕已经缓过神来了，意识到自己并没有昏厥或死去，刚才的眩晕感只是心理作用。此刻他无法面对众人，为刚才的行为做出解释。

越野车司机又大声质问陈硕为什么大叫。陈硕只有说：“我就是看到那只老鼠……快被你轧到了。”

越野车司机鼻子都气歪了：“真是因为这只耗子？轧到就轧到了呗，你大呼小叫地做什么？一只耗子有什么好紧张的？”

追尾的奔驰轿车价值一百多万元，驾驶者知道原委后，更是气不打一处来，当即骂道：“我×，就因为一只老鼠，你神经病呀？！”

这些天本来就郁闷、压抑，加上被人辱骂，陈硕的火一下子就蹿上来了，他一把揪住奔驰车司机的衣领，瞪着铜铃般的眼睛说：“你骂谁是神经病？！”

陈硕足足比那人高了一个脑袋，身材也要强壮许多。那奔驰车司机虽然是个有钱人，但好汉不吃眼前亏，一时也不敢作声了，一张脸憋得通红。

许晨怕事情闹大了不好收场，赶紧打圆场。他把陈硕拉开，然后对两位车主说：“我帮我朋友赔个不是，不好意思啊！”一边说，一边拉着陈硕离开了。陈硕自知理亏，毕竟是自己突兀的举动导致了这起车祸，识趣地走了。

两个司机望着他俩的背影，气愤填膺，却又一筹莫展。那声惊呼毕竟是间接因素，交警来了也没辙，只有自认倒霉了。

两人回到租房的公寓，在陈硕的房间里坐下。许晨刚才也有点被陈硕的样子吓到了，此刻试探着问道：“陈硕，你到底是怎么了？一只过街老鼠被轧死，你紧张什么呀？”

陈硕很想把秦教授跟他说的话，全都告诉许晨，但最终还是忍住了。男生的性格就是如此，在确定朋友帮不上忙的情况下，不愿像女生一样跟闺密倾诉烦恼，那只会让他显得懦弱和无能。

于是陈硕只是轻描淡写地对许晨说，他没怎么休息好，精神过度紧张罢了。聪明的许晨当然知道这不是实话，他猜到陈硕有什么难言之隐。但是既然陈硕不愿说，他也不便追问，于是离开了陈硕的房间，叫他好好休息一下。

陈硕倚靠在床上，根本睡不着。平静下来，他才发现，自己刚才被那个奔驰车司机破口大骂，生气的原因，并不是他被骂为“神经病”。

而是那个人说的前面一句话——**“就因为一只老鼠”**。

听到这句话的瞬间，他胸中升起一股无名火，仿佛自己遭到了辱骂。

天哪，他恐惧地想，在我心里，潜意识的深处，都把自己当成一只老鼠了吗?

九

在家里百无聊赖地过了一天，终于到了晚上。陈硕感到庆幸，他没有出现任何状况，证明那只老鼠还活着。但正如秦教授所说，他的时间不多了，除老鼠可能面临的各种危险之外，还有另一个隐患——这只年老的老鼠，本来的寿命也不会太长了。

今天中午那一幕，现在还历历在目，不知道这算不算上天给他的警示：老鼠这种生物，真是每一秒钟都会面临死亡。

陈硕喝了一杯牛奶，躺在床上，闭上眼睛。他等待着，甚至是期待着，在梦境中变成老鼠，并有所发现。

事实如他所想的发生了。

又是下水道。老鼠活动的场所大概百分之八十都在下水道中。“他”在污水中穿行，寻找着食物和出口。下水道里阴暗潮湿，但变成老鼠的他，却能清晰地看清黑暗中的事物。当然，这可能也跟这是一场梦境有关。

他找到了一些几乎无法分辨形状的食物残渣，尝试着咬了几口。这恶心的味道大概连老鼠都无法接受，迅速地放弃了。

他朝前面探索。一些同类出现在他的面前。老鼠似乎发现了什么东西，那是一个塑料袋，里面装的不知道是什么，但灵敏的嗅觉告诉他，应该是食物，或者是可以被当成食物的东西。

他加入了撕咬袋子的行列。它们的牙齿异常尖利，虽然这种材质的塑料袋十分厚实，但也很快就被咬开了破洞。只要有一个切入点，接下来就好办多了，顺着破洞一点一点咬下去，口子越撕越大。

塑料袋里的东西滑落了出来。这是一些碎肉，分不清是什么动物的肉。对于老鼠来说也许一点都不重要。它们是这个世界上最原始的杂食动物，只要是能填饱肚子的东西，都能成为它们的食物。

他开始进食，似乎还吃得津津有味。直到一只手——人类的手从袋子里滑了出来。

他大惊失色，胃里一阵翻腾。接下来，他听到自己发出的惊叫，然后从噩梦中醒来。

陈硕满身是汗，梦境中那只有些腐烂的手此刻仿佛还在眼前。他控制不住恶心的感觉，冲到卫生间，一阵狂吐。

之后，他脸色苍白地回到房间，倒在沙发上，思考着一个问题：

这是一个单纯的噩梦，还是某种提示？

他当然倾向于后者。每个城市的下水道里，只有老鼠才会接触到的阴暗角落，也许都隐藏着不为人知的罪恶。可他能怎么办呢？他中了恶咒，已是自身难保。况且他也没法依据这个而报警，难道对警察说“我梦到城市的下水道里有被肢解的尸体，请你们立即进行调查”？会被当成精神病患者的。

不过，这件事始终令人担忧。陈硕想道：那只被他放走的大老鼠，只要没跳上垃圾车，就应该还在附近不远的范围内活动。这么说来，**难道这附近有一个杀人魔？**

陈硕双手撑着脸庞，揉搓着额头，感觉脑子里越来越乱了。通过梦境寻找那只老鼠的位置和线索，已经够麻烦的了，现在还冒出了杀人魔这种事。

他不能报警，不代表什么都不能做。起码应该从侧面了解和打听一下，这段时间有没有发生杀人、失踪的案子。

星期一的早晨是最忙的，例会、一周工作安排和常规工作之后，已是中午一点了。陈硕跟许晨和另外几个同事一起在公司外面的小餐馆吃饭。在进餐的过程中，他上网查看了最近几天的本地新闻，并没有看到任何跟凶杀、失踪有关的报道。

难道真的只是一个单纯的噩梦而已？陈硕心想，也许是我神经过敏了？

当然还有另一种可能。那就是，**这桩杀人碎尸案，连警察或者被害人亲属都还没有发觉。**

在这个城市里，不知道有多少像他一样的“北漂”一族。有些人拥有固定的工作和收入，有些人则做着临时工，像浮萍一样漂浮在城市中，难以生根。这些单身男女很多都独自居住在一间狭小的公寓里。如果被人谋杀，也许很久都不会被人发现。这种可能性不是没有。

陈硕抬头看了一眼跟他一起吃饭的同事们。他们分别来自山西、贵州、广西和四川的中小城市，在这个大都市中举目无亲。想到这里，陈硕觉得有必要隐晦地提醒一下他们。

“听说最近发生了失踪案。”

同事们都在吃饭，陈硕这句话显得有些突兀。有个男同事一边夹菜，一边漫不经心地问道：“谁失踪了？”

“不知道，可能是跟我们一样的外地人吧。”

“现在人心浮躁，每天都有离家出走的无知少年，或者说走就走的背包客，有什么好奇怪的？”

“但我听说警方已经介入调查了，怀疑不是失踪这么简单，有可能是凶杀案。”

许晨停下吃饭，望着陈硕：“你听谁说的？”

陈硕胡诌道：“一个朋友，是公安局的刑警。”

“我怎么不知道你有刑警朋友？你每天接触的不就是我们这些人吗？”许晨说。

“我不能有网友吗？”

“网友的话你也信？”

“我跟他认识不是一天两天了，他不可能骗我。”

“如果有这样的事，新闻上怎么没报道？”许晨问。

“这件事还在调查之中，所以不让媒体报道。”陈硕顿了一下，问道，“你怎么知道没上新闻？”

“我每天都关注新闻，特别是本地新闻，当然知道。”许晨说。

陈硕不想再继续编下去了，他的本意也只是提醒一下而已，不想落个造谣的罪名。“反正注意一下吧，小心点儿总是没错的。”

许晨盯着陈硕看了几秒，埋下头继续吃饭，没有说话了。

十

又到了晚上，每天连续剧一般的“老鼠梦”已是毫无悬念。陈硕只希望这次能换个场景。如果又是下水道的话，恐怕再做一个月的梦都无济于事。全世界的下水道都是一个样，提供不了任何有用的位置信息。

可惜的是，场景还是一成不变的下水道。他在脏水中穿行、寻觅……然而并没有任何发现和收获。不一会儿，他注意到了一个打开一半的下水道井盖，决定冒险出去，碰碰运气。

沿着生锈的铁架往上爬，他轻松地来到了井盖口，脑袋伸出来一点，一双黑豆般的小眼睛滴溜溜地转，谨慎地查探周围是否存在危险。现在估计是凌晨时分了，街道上的车辆和行人都十分稀少，正是出来活动的好时机。

对面就是一家烧烤店。两桌坐在路边的夜猫子还在撸串儿喝酒。黑夜是最好的掩护，这个时候谁都不会注意到一只老鼠。他在确定没有威胁之后，迅速地奔过马路，来到烧烤店边上的垃圾箱旁边。地上有一些吃剩的烤串，可供他美餐一顿。

进食的时候，唯一需要注意的就是距离他只有几米远的，那几个吃烤串的男人。看样子他们都有些微醺了，但酒鬼也是不可小觑的，如果被发现了，没准儿一个啤酒瓶砸过来，可不是闹着玩的。所以他一边吃着烤排骨，一边注视着这几个人。情况不对，立即逃走。

渐渐地意识开始清醒，从梦中醒来了。陈硕睁开眼睛，回想着之前的梦境，记忆还十分清晰。他在床上躺了几秒钟，脑子里突然冒出一个念头，猛地坐了起来。

他很想立即验证一下，附近是否有这样一家烧烤店。

这个小区的周围，有几条老街，晚上的确做着烧烤等夜宵生意。但是以梦境中老鼠的视角，并没有看到烧烤店的招牌是什么。不过梦中所见，此刻仍历历在目，他或许能凭着印象找到这家店。

假如这家店真的存在，便证明了每晚所做的老鼠梦，绝不是子虚乌有。甚至——如果足够幸运的话——他能够找到那只垃圾桶旁的大老鼠。

想到这里，陈硕一秒钟都不想耽搁了。他迅速地穿上衣服，带上手机和钱包，走出了家门。

此时是凌晨一点，街道上十分冷清。正好有一辆的士停在小区大门口。陈硕跳上车，司机问道："去哪儿？"

"师傅，您知道附近哪儿有吃烧烤的地方吗？在小街、小巷里面的。"

"知道呀，随便一家都可以吗？"

陈硕说："这样，您带我一家一家地找。先从最近的一家开始吧。找到合适的您就把我放下来。”

的士司机瞄了他一眼，估计心里想，大半夜的吃个烧烤还这么讲究。不过反正按里程计费，他也不亏，就答应了。

十分钟后，车子开到一家海鲜烧烤的门口。陈硕一看就知道不对，这家店的堂口和规模都跟他梦中见到的那家小烧烤店有本质区别。他对司机说：“不是这家，麻烦您再去下个地方。”

司机问：“你是吃烧烤还是找人？”

陈硕搪塞道：“我是找我朋友给我推荐的那家烧烤店。”

“你朋友没给你说店名吗？”

“他忘说了，不过我只要看到那店面就能想起来。没事儿，反正车费少不了您的。”

于是车子继续开，在附近的小街、小巷转悠。又路过了好几家烧烤店，但陈硕都觉得对不上号。

直到车子开到槐花街中段，陈硕忽然眼前一亮。一家面积不过四五十平方米的小烧烤店出现在他眼前，名字叫“张记烤鱼”，看上去跟梦中的烧烤店有些相似。陈硕马上叫师傅停车。

那的士师傅估计想收班了。为了找家烧烤店在附近徘徊了半个多小时，也有些烦了，他说：“小伙子，就吃个消夜而已，差不多行了吧。”

陈硕也不好意思再让这师傅陪自己找下去了。他付了车费，下了车。

陈硕走到“张记烤鱼”门口，仔细端详这家店。像，真的很像。店面的大小、不远处的垃圾箱，包括街道对面的下水井，都跟梦中所见一样。可是也有不同，梦里这家店的门口摆的是两张折叠桌，这里却只有一张折叠桌；还有那个下水井，井盖应该是打开的，此刻却是盖好的。

这就让陈硕有些含糊了。到底是不是这家店呢？也许只是相似而已？毕竟垃圾桶、下水井之类的，都不是什么标志性的东西，很多店的门口都有。还有没有什么办法可以验证呢？

陈硕不由自主地走到垃圾桶旁边，怕老鼠的毛病仍然无法克服，但他也只有壮着胆子往里瞅，又找根树枝拨弄了几下，确定里面没有老鼠，不觉有些失望。

这时身后突然响起一个声音，把他吓了一跳：“你找什么呢？”

陈硕回头一开，是烧烤店的老板，正诧异地望着自己。他一时不知该如何解释，显得有些尴尬，丢下树枝，离开了这家店。

走在路上，陈硕有种说不清道不明的感觉，这番确认，到底有没有意义呢？这种似是而非的结果，反倒让人为难了。

他一边思索，一边走在清净的街道上。对面走过来几个搭着肩膀的醉酒鬼，陈硕无意中瞄了他们一眼，擦肩而过的时候，他看到了其中一个戴眼镜的胖子的脸，愣住了。

这个人看起来有几分面熟，似乎在哪里见过，而且就是不久之前……

突然，梦中的场景浮现在他眼前。他猛然想起了什么，倏然回头，追了上去，拍了那个胖子的肩膀一下。

那几个醉酒鬼停了下来，一齐望着他。陈硕问道：“不好意思，请问，你们刚才是不是在‘张记烤鱼’吃过烤串？”

那几个人醉眼惺忪地对视了一下，那胖子说：“对呀。你谁呀？”

陈硕心中一阵悸动。他摆着手说：“没什么，谢谢啊！”说完就走开了。背后有人嘀咕道：“有病啊？”

没错，没错！我在梦中看到的一切，都是真的！陈硕激动得身体颤抖起来。那老鼠果然就在离我不远的地方，只要根据梦境的提示来，我一定会找到它！

接下来的几天，陈硕已经没法把心思放在工作上了。白天对他来说度日如年，他期待的是夜晚的梦境。为了能尽快入睡，他每天晚上都去附近的公园长跑，大量消耗体力之后，再喝一杯帮助睡眠的牛奶，几乎倒床就睡着了。

星期二的夜里，“他”又行走在下水道中，没有任何实质性的进展；星期三，“他”像前天一样，从下水井里钻出来，来到路面上，但这次的街景完全是陌生的。醒来后，陈硕意识到这只老鼠已经通过下水道离开这附近了，而那是一条再普通不过的街道，没有任何的辨识度。要找到它，越来越困难了，这个事实令他沮丧。

星期四的晚上，事情出现了转机。

或者说危机。

十一

“他”在夜色的掩护下，溜进了一个小区。入夜后的小区十分安静，只有零星的几个晚归的路人，没有任何人会注意到草丛中的老鼠。他唯一需要提防的，就是这个小区会不会有被主人抛弃的野猫。或许多虑了，这是一个高档小区，野猫、野狗都被物业送去了动物收容所。有钱人居住的地方，垃圾箱里甚至能找到奶酪或者黄油这样的惊喜。他充满了期待。

他越过中庭，路过一个欧式喷水池，喷水池的中间是海神波塞冬的雕像，彰显了设计者的高雅品位和崇洋媚外。两个大垃圾箱就在距离喷水池最近的一栋楼的楼门口。四周一片静谧，没有任何威胁，他毫无顾忌地跑了过去。

然而结果令人失望。垃圾箱已经被小区的保洁员清理干净了。不过他很快就发现了新的目标——这个小区的一楼是架空的入户大厅，二楼距离地面并不算高。从旁边的银杏树很容易就能到达二楼的阳台。而阳台跟厨房是相连的，那里面肯定有很多美食。

老鼠非常灵活，擅长攀爬。他轻易地爬上了银杏树的树梢，然后悄无声息地跳到阳台上。厨房门是开着的，他几乎闻到了猪油的味道，这种吸引力对老鼠来说是致命的。

结果，还真是，致命。

他循着香味跑进厨房，还没看清这里的环境，一条腿已经踩到了某个物件上。这东西的触感令他暗叫不妙，但是已经迟了，“啪”的一声，一个铁夹子猛地弹过来，夹住了他的一条腿。他仿佛感受到一股钻心的疼痛。然后，梦醒了。

陈硕倏然睁开眼，背心已经被汗水湿透了。刚才梦中的一幕，真实得仿佛令他感受到了痛感。他丝毫不怀疑，如果老鼠在那一瞬间丧命，他也会在梦中死去。

陈硕惊恐地意识到，他的命运真的跟那只老鼠绑在了一起。那现在的情况，真是危急到了极点——这只老鼠已经被捕鼠夹夹住了，虽然夹住的是一条腿，暂时死不了。但只要被那家的主人发现……天哪，这只是时间问题。

他必须赶在那家主人杀死这只老鼠之前，救下这只老鼠，不，是拯救他自己。

陈硕强迫自己冷静下来，努力回忆之前的梦境。老鼠进入了一个小区，这小区有一个喷水池，喷水池的中间有一个雕像，应该是海神波塞冬……

等等，**喷水池，波塞冬。**

他脑子里掠过一丝电流。有波塞冬雕像的喷水池——这个画面他似乎在哪里看过，不是刚才的梦境，而是不久之前，他似乎到过这个地方。

陈硕是一名家装顾问，工作需要，他经常前往市内的各个小区，为客户看房、测量，推荐合适的装修风格以及设计师。他想起来了，他的确到过一个高端小区。这个小区的中庭，就有这样一座喷水池，水池中间是海神波塞冬的雕像。

然而，要命的是，在这个节骨眼儿上，他想不起这个小区的名字了。

他从床上坐起来，绞尽脑汁回想，还是毫无头绪。突然他敲了自己的脑袋一下，骂了句“蠢货”，然后跳下床，打开桌子上的笔记本电脑。这上面有他最近一两个月内建立的客户资料，记录了他曾到过哪些小区。

陈硕迅速查找着，试图将小区的名字跟它们的外观联系起来。虽然他记不起每一个小区是什么样。但是中庭有这么大一个欧式喷水池的，他绝对应该有印象。

鹭湖宫。

这个名字映入眼帘的时候，他的记忆一下子复苏了。没错，就是这里！

陈硕一秒钟都不敢耽搁了。他迅速穿上衣服，夺门而出。他怀疑他的生命，已经按秒计数了。

来到大街上，他立即招了一辆出租车，告诉司机前往鹭湖宫。他估计车程应该只有十五分钟左右，幸好现在是夜里十二点过了，不会遭遇堵车。

快，快，快。他在心里催促着，心急如焚。司机似乎感受到了他的焦灼，车速比平常要快。结果只用了十分钟，就把陈硕送到了鹭湖宫小区的门口。

下车之后，陈硕才想起一个重要的问题：他没有业主卡，门卫是不会放他进去的。

如果是白天，还可以装成某个访客。可现在是凌晨十二点半，谁会在这个时候见客?

冒充送外卖的小哥，也是行不通的，门卫会要他出示工作证。硬闯更不行，搞不好直接把他当成强盗报警。该死的！都到门口了，却想不到办法进去。

就在这时，一辆的士停在了鹭湖宫的对面。一个明显喝醉了的男人，摇摇晃晃地从车子里出来，跌跌撞撞地朝小区门口走来。陈硕眼珠一转，计上心来。他走过去扶住这个中年男人，说道："喝多了吧大哥，我也住在这里，搭把手扶你进去吧。"

那男人满身酒气，醉眼惺忪地望了陈硕一眼，压根儿就没多想，拍着陈硕的肩膀说："那就谢了啊，兄弟。"

陈硕架着这个男人走到刷门卡的地方，那门卫估计是认识这个业主的，又见他喝醉了，便主动帮他刷卡开了门。进去的时候，陈硕故意说："今天咋喝这么多呀？"好像这男人是他亲哥一样。

也是巧了。这男人住的那栋楼，恰好就是陈硕要去的一栋二单元。陈硕架着他进来的时候，清楚地看见了中庭的喷水池和波塞冬雕像，甚至看见了这栋楼旁边的大银杏树。从梦境中看到的角度来判断，大老鼠进入的人家，应该是二楼右边的这一户。从外面看去，这家的客厅里还亮着灯，也许主人是个喜欢熬夜看剧的人。陈硕在心中祈祷，希望他能听我解释，把厨房里的老鼠交给我来处理。但是，我该怎么跟他说呢……

喝醉的男人好不容易摸出门禁卡，刷了一下，门开了。陈硕说：“大哥，我住二楼，你呢？”

“我住15楼。”

“走吧，电梯来了。”

陈硕扶着这个男人进了电梯。几秒之后就到达二楼了。那醉汉说：“你去吧兄弟，谢了啊！”

“不用谢，你慢点儿。”

陈硕走出电梯，来到202房的门口，深吸一口气。他真的不知道该怎么跟房主解释这件事，但性命攸关，就算再没办法也只好硬着头皮上了。

他按下门铃。过了一会儿，里面传来一个男人的声音：“谁啊？”

“对不起，我是你的邻居，有点事想麻烦你一下。”

“什么事？”

“能麻烦你开一下门吗？隔着门不太方便说。”

“你知道现在几点了吗？”

“我知道，真是不好意思，但确实有点急事。”

“你最好告诉我，有什么急事。”

陈硕的脑袋急速转动着，他不可能告知实情。如果对这个男人说“我想要您家厨房里的一只老鼠”，恐怕会被当成恐怖分子对待。“呃……是这样的，我突然有些腹泻，但家里找不到止泻药，外面的药店也关门了，所以想问问您家里有没有药。”

“腹泻？那你应该去医院的急诊科。”

“只是腹泻而已，没必要去医院吧。如果您家里有药的话，能给我一点吗？”为了防止对方断然拒绝，他又补充道，“你知道楼道和电梯里都有监控摄像头，我不可能是坏人。”

房主通过猫眼观察了他一阵，说道：“好吧，你等一下。”

几分钟后，房门打开了一些。陈硕看到了这个四十多岁、有点谢顶的男人。他穿着家居服，手里拿着一瓶氟哌酸，递给陈硕：“拿去吧。”

“谢谢。”陈硕接过药。眼看对方就要关门了。他一把抓住门，说道，“请等一下。”

男主人脸色一变，问道：“你还有什么事？”

“我……我不知道该怎么说，您能让我进屋吗？”

“不行！你要干什么？”

“您放心，我绝对不是坏人，我只是有点事想跟您谈谈。”

“谈什么？快出去！”

对方已经把他朝外面掀了，同时使劲把门往回拉。陈硕也死死地抠住门沿，拼命往里面挤。男主人惊恐万状，喊道：“你要干什么？抢劫啊？！”

陈硕一边用身体抵住门，一边费力地解释道：“不，我真的不是。你相信我，我只是有事情跟你说。”

“不！你赶快出去，不然我报警了！”

“没事，你报警吧。”陈硕豁出去了，没有什么比性命更重要，“就算警察来了，我也非进去说个清楚不可！”

他们僵持了一分钟左右。陈硕毕竟年轻力壮，渐渐占了上风，整个人都挤进了屋内。为了表示自己并无恶意，他举起双手说道：“对不起，我真的……只是想谈谈，没有任何恶意。”

男主人气喘吁吁地望着他，说道：“你到底想干吗？”

陈硕知道，不管他怎样叙述这件事情，都不可能让这件事变得合情合理，索性直接提出诉求算了。反正他的目的只是要这只老鼠，而不是让这个男人相信他的故事。

“您家的厨房里，是不是放了老鼠夹？”

“对，你怎么知道？”

“一只老鼠，现在被夹到了。”

男人惊讶地望着他：“你为什么知道我家里发生的一切？”

“不，我不知道您家里发生了什么。我只知道厨房里一只老鼠被夹住了。”为了让事情稍显合理一些，他编造道，“我看见它溜进您家的。”

“但你怎么知道它被老鼠夹夹到了？”

“我听到了它的叫声，猜的。”

男人狐疑地望着他。“那你想怎么样？”

“我只想把这只老鼠带走，然后马上离开您的家。”陈硕双手合十。

“为什么？”男主人诧异地问，“别说这是你的宠物。”

“不是，呃……就算吧。这只老鼠跟我有千丝万缕的联系，我几句话说不清楚。总之您是不会在乎这只老鼠的，就让我带走，然后帮您处理它，可以吗？这样也省了您的麻烦了。”

男主人盯着他看了许久，说道：“走吧，我跟你一起去厨房看看。”

陈硕也急于想知道那只老鼠是不是还被夹在那里，立即点头。

两人走进宽敞的厨房，打开灯，一眼就看到了被夹子夹住一条腿的老鼠。老鼠看见有人进来了，吓得吱吱地直叫。男主人表情惊诧，显得难以置信。

虽然全天下的老鼠都长得差不多。但陈硕的眼睛刚刚接触到这只老鼠，就百分之百地确定，这就是他苦苦寻觅的那只大老鼠。他此刻的心情难以形容，五味杂陈。

男主人骇然道：“你到底是谁？不会在我家偷偷安装了监视器吧？”

陈硕赶紧摆手道：“不不不，绝对没有。”

“那你怎么知道我家厨房的地上夹到了一只老鼠？”

“我刚才说了……”

“谁相信你的鬼话！况且就算你说的是真的，也证明你起码在窥视和监听我的家，不然你怎么解释这一切？”

确实无法解释，陈硕也不想解释。他说：“大哥，不管怎么样，您让我把这只老鼠带走，我就立马从您眼前消失，以后再也不会出现在您的面前。”

这个男人气呼呼地望着他，说道：“你打算怎么把它带走？”

陈硕说：“这个捕鼠夹，你还要吗？”

男主人烦躁地挥着手：“不要了，不要了，你一起拿走！”

“行。那最后麻烦您一件事，帮我找个盒子之类的东西，可以吗？”

男主人无奈地叹了口气，转身出去了：“我找个鞋盒给你吧。”

“谢谢了。”

陈硕蹲在地上，望着这只第二次被人类抓住的大老鼠，忽然觉得它有点可怜，对老鼠的恐惧感，似乎减弱了许多。他一时没想好应该怎样对待这只老鼠，不过既然已经抓到它了，带回去慢慢思考吧。

这时，本来已经放弃抵抗和挣扎的大老鼠，突然冲着陈硕吱吱地叫起来。陈硕不知道它是在求饶，还是别有意图。

仔细一看，这只老鼠并不是在冲着他叫，而是对着他旁边的一个橱柜叫。陈硕下意识地望着这个柜子，突然闻到一股血腥味。

他不由自主地拉开柜门，眼前出现一层红幕，脑子嗡的一下炸了。

柜子底部垫着一层塑料布，上面摆放着被肢解的人类尸体。

十二

陈硕倒吸了一口凉气，全身的血液仿佛瞬间冻结了。他惊惧地睁大了双眼，整个人差点瘫软下去。

在没有任何心理准备的情况下，骤然看到被肢解的人类尸体，一般人恐怕会被当场吓疯。陈硕这段时间噩梦缠身，对恐惧的事物产生了一定的抗体，才不至于昏厥过去。但他仍被这突如其来的恐怖画面吓得脑子一片空白，无法分辨这究竟是何种状况。

面前的老鼠发出更加尖厉的叫声，仿佛在提醒他危机将至。陈硕这才反应过来，倏然回头。迟了。

一个玻璃瓶重重地砸在他的脑袋上，顿时头破血流。他眼前一黑，昏倒在地。

秃顶男人手里拿着半截砸碎的玻璃瓶，瞪着一双神经质的、血红色的眼睛。他判断陈硕已经昏死过去了，才重重地舒了一口气。然后，他转过身，从橱柜里拿出一把还沾着血迹的剔骨刀。不知多少人成了这把刀的刀下亡魂。

他右手紧握尖刀，眼看就要朝陈硕的心脏插下去。就在这千钧一发的时候，神奇的一幕发生了。

那只被捕鼠夹夹住一条腿的大老鼠，突然爆发出难以置信的力量。它拖着沉重的捕鼠夹，不顾一切地奔到陈硕的手边，对准陈硕的手指，狠狠地咬了下去。

剧烈的疼痛唤醒了陈硕的意识，他大叫一声，苏醒过来，看到了正举着刀准备行凶的秃顶男人。这男人大惊失色，不由分说地刺向陈硕。

陈硕躺在地上，一把抓住了这个杀人魔的手。那把尖刀距离他的眼睛，只有不到三厘米的距离。僵持了几秒，两人的手都剧烈颤抖起来。陈硕抬起腿，一脚踢向这男人的腹部，令他撞向厨房的墙壁。这男人发了狂，举着刀再次向陈硕扑来。

陈硕在大学时学过散打，他迅速站起来之后，看准时机一个侧踢，再次将这个男人踢到墙角。这记侧踢威力强劲，秃顶男人捂着肚子，痛苦地蹲在了地上。

陈硕以为他站不起来了，上前准备将他擒拿住。不料这杀人魔诡计多端，是故意让他放松警惕的。陈硕靠近的刹那间，他一刀捅向陈硕的腹部。陈硕大吃一惊，迅速闪避，虽然避开了要害，但尖刀还是扎进了他的小腹。

一阵钻心的疼痛袭来，陈硕用力抓着那男人的手，不让那把刀捅得更深，否则他可能会当场毙命。危急时刻，他暴喝一声，将全身力气集中在右腿上，膝盖猛地一抬，正中这男人的面门。这记重击力道千钧，秃顶男人当场昏死，全身散架一般瘫倒下去。

陈硕等待了几秒，判断这男人是真的昏死过去了。他捂着伤口，忍着剧痛，不敢把肚子上的刀拔出来。他抖抖索索地摸出手机，拨打了报警电话。然后，他也支撑不住了，扶着灶台慢慢地坐到地上，感觉生命在渐渐流逝。

意识逐渐模糊，在昏倒之前，他转过头，看到了那只仍然被夹住的大老鼠。他和它都负伤了，心里竟产生一种难兄难弟的感觉。陈硕支撑着挪到大老鼠的身边，用尽最后的力气掰开了捕鼠夹的夹子。老鼠的腿得到了解放，但奇怪的是，它竟然没有立即逃走。而是半立着身子，一双眼睛望着陈硕。

“走吧，”陈硕对它说道，“你救了我，我也放了你，咱们扯平了。之前的事，也一笔勾销吧……”

说完这句话，他再也支撑不住了，因失血过多而昏倒过去。

大老鼠在他的身旁守候了一阵，拖着受伤的一条腿，一瘸一拐地跑走了。

十三

陈硕醒来的时候，脑子仍有些昏昏沉沉，恍惚中，他看到许晨和另外一个同事大李坐在旁边。而他俩也看到陈硕睁开了眼睛，一起走过来，许晨说道：“谢天谢地，你终于醒了。”

“这是在哪儿？”陈硕问。

“医院。”许晨说，“是警察把你送来的。你还记得之前发生的事吗？”

陈硕并没有失忆，他点了点头，然后想试着坐起来，却感觉腹部一阵疼痛。

“你慢点！忘了肚子被扎了一刀？”许晨提醒道。

陈硕一只手伸向腹部，摸到了缠在肚子上的纱布。他的头也有些隐隐作痛，另一只手摸了一下，果然头上也裹着纱布。

“我想坐起来一些。”陈硕说。

“你别动，我来。”许晨走到床尾，转动一个把手，床头部分渐渐倾斜，变成类似沙滩椅的样子。陈硕感觉舒服多了。

大李说：“你醒了，我去叫医生吧。”

话音未落，医生已经推门进来了。病房里有监控，医生和护士随时能看到病房里的情况。跟在医生身后的是两个穿着制服的警察，一男一女。许晨和大李退到了一边。

女医生检查了一下陈硕的瞳孔，以及他腹部和头部的伤口，问道：“头还痛吗？”

“有一点，不是很厉害。”

“这是正常的，你的头部受到重击，有轻微的脑震荡，不过问题不大，适当休息之后，会慢慢好的。”

“嗯。”

“腹部的刀伤正好在盲肠，我们已经帮你切除盲肠了。”女医生对他说，“总体来说，你运气很好，两处伤都没伤到要害。”

“谢谢。”

女医生转过身，对两位警官说：“他现在意识清醒，你们可以问话，但时间尽量不要太久。他刚刚醒来，身体还比较虚弱。”

“好的。”男警察应道。女医生随即离开了病房。

“麻烦你们两位也出去吧，我们想单独跟陈硕聊一下。”男警察对许晨和大李说。两人点了点头，识趣地出去了，将门带上。

陈硕望着警察，心中有些忐忑。他能猜到警察会问他什么，而他恐怕很难解释。更难的是，让警察相信他说的一切。

两位警官坐到病床边的椅子上。女警察从包里拿出一支签字笔和一个记录本，男警察说道：“你记得之前发生的事吧，陈硕？”

陈硕吞咽着唾沫说："嗯……记得。"

男警察察觉到了他的不安，说道："你不用紧张，这个案子已经破了，经过审讯，杀人嫌犯——就是被你打昏的那个人——对他犯下的罪行供认不讳。我们只是想更清楚地了解案情，才找你谈话。"

"对，我们知道你不是杀人碎尸案的凶手。反过来说，你其实是帮助警方破案的功臣。所以不必多虑，你只需要回答我们的问题，把你知道的都告诉我们就行了。"女警察补充道。

听他们这么说，陈硕安心多了，他点头道："好的。"

"你之前认识孟启亮吗？"

"孟启亮？谁？"

"就是被你打昏的那个人。这么说是不认识了？"

"对，我完全不认识他。之前也从没见过面。"

"那就是说，你并不知道他是一起连续杀人案件的凶手？"

"是的。"陈硕好奇地问道，"他杀的是些什么人？"

"**全是街上的流浪汉**。他假装好心人，开车把这些流浪汉带回家，施舍食物给他们，或者请他们喝一杯。实际上是将他们毒杀，然后分尸，再用各种方式处理尸体。"

"天哪，这家伙简直是个疯子。"陈硕感叹道，"城市里居然隐藏着这样的变态杀人魔。"

女警察说："这个杀人魔十分狡猾。先观察哪些是无家可归的流浪汉，然后把他们骗回家，实施犯罪。由于失踪的全是些流浪汉，没有引起人们的注意，也就没有人报警。这家伙胆子越来越大，已经杀害三个人了。"

"真是太可怕了。"

"说起来，这也是我们的失职。"男警察说，"由于没有人报案，警察也不可能每天关注街道上流浪汉们的去向，所以我们甚至不知道城市里发生了这样的连续杀人案。换句话说，那天晚上要不是接到你的报警电话，我们说不定现在都还蒙在鼓里。”

“嗯……是啊。”

“那么，我们十分关心的问题是——既然你完全不认识孟启亮，也不知道他是杀人魔，那天晚上你怎么会出现在他的家里？顺带一提，孟启亮交代了整个犯罪过程，但是对于这个问题，他也死活想不通。”

女警察补充道：“你不但是出现在了他家里，还发现了藏在厨房里的尸体，并且跟他搏斗，最后报了警。不管从哪个角度来看，都像是你发现了这起犯罪，然后在试图阻止和揭发他。”她开玩笑地说，“你不会是国家安全局的秘密特工吧？”

陈硕苦笑着摇头。

“那你能解释一下，这是怎么回事吗？”

陈硕早就猜到他们会问这个问题。但这正是他感到为难的地方。思考很久之后，他觉得与其编瞎话，不如实话实说，信不信由他们吧。他说道：“警官，首先我可以跟你保证，虽然我头部遭到袭击，但是我的记忆没有出错，更没有出现精神问题。”

“这我相信。”

“但我接下来要说的，你有可能认为我疯了。”

“说来听听。”

陈硕深吸一口气，说道：**“这一切，都是一只老鼠的指引。”**

“老鼠？”两个警察对视了一眼，神情愕然，“怎么回事？”

陈硕从家里闹老鼠讲起，把整件事情的过程，特别是他每晚做的“老鼠梦”，全都详细地讲了出来。说完之后，他忐忑地望着两个警察，猜想他们会不会勃然大怒，认为这完全是一派胡言。

然而出乎意料的是，这两个警察对这件奇事的接受程度，比他想象中要高得多。他们虽然露出匪夷所思的表情，但并未彻底否定陈硕的说法。男警察问道：

“你说的这些，有人能证明吗？”

陈硕说：“我的同事许晨——现在应该就在病房外面——他能够为我证明一部分。之前闹老鼠的事，包括设计抓这只老鼠，他都是知道的。但是做梦变成老鼠这一点，我没有告诉他。不过我跟我们公司的另一个女同事说了这件事，她叫作邱婷，可以为我做证。”

两个警察再次对视，表情除了惊愕，还有一些让人读不懂的意味。片刻后，男警察感叹道：“世界上竟有这样的怪事，简直太让人难以置信了。”

陈硕不敢相信他们这么容易就听信了自己的话，这两个警察的反应着实令他好奇：“警官，你们相信我说的？”

男警察并未回答他的问题，他沉吟片刻，说道：**“这件事情，有你不知道的部分。”**

陈硕望着他：“是什么？”

男警察说：“你刚才说，孟启亮是个疯子、变态杀人魔，对吗？”

陈硕诧异地说：“难道不是吗？”

“他的所作所为，自然是罪大恶极、令人发指的。但他并不是你想象中的那种纯粹把杀人当作乐趣的变态杀手。**他杀死这些流浪汉，是有目的的。”**

“什么目的？”陈硕想不通什么人会跟流浪汉结仇。难道流浪汉曾经袭击过他？

“你知道孟启亮的职业是什么吗？”

陈硕茫然地摇着头。

“他是一个化学家，也是一家老鼠药生产厂家的技术顾问，简单地说，他是研究和制造老鼠药的。”

陈硕呆住了。头脑里某些散乱的东西，仿佛长出了触手，自动连接了起来。

警察继续道：“据这个老鼠药生产厂家的厂长说，孟启亮这段时间正在研究一种新型鼠药。这种新产品类似一小块奶酪，老鼠吃上一口，就会立即毙命。比传统鼠药的效果好很多倍。

“但这个产品有一个问题，就是外形太像真的奶酪了，很容易被人误食。所以孟启亮致力于研究一种只对老鼠有效，而无法让人类中毒的新型鼠药。也就是说，就算有人误食了这种‘奶酪’，也不会有事。

“他本来就是学化学的，经过一段时间的研究，他认为自己研制出了这种新产品。这时问题来了——**他该如何验证这种新型鼠药只对老鼠有效，而毒不死人类呢？**”

说到这里，陈硕已经明白了：“所以孟启亮才把流浪汉骗到家中，在食物中掺上这种‘奶酪’，把流浪汉当作实验对象。”

“没错，就是这样。但前几次的实验都失败了，流浪汉们成为牺牲品。不过这家伙‘锲而不舍’，为了一己之利，继续钻研这种鼠药，然后找下一个流浪汉来做实验。据他自己说，终于成功了，研制出了这种只毒死老鼠，而对人类无害的新型鼠药。他正准备申请专利，然后大规模生产这种鼠药，并投放市场。”

陈硕难以置信地说：“他杀死好几个人，就是为了研制某种鼠药？”

男警察说：“别低估这种新型鼠药带来的效益。乡镇、农村以及城市里有很多卫生死角。这些地方鼠患严重，对鼠药的需求量很大。据孟启亮交代，这种新型鼠药一旦投放市场，能带来价值好几个亿的利润。”

陈硕嘴唇微张，感到吃惊。

女警察说：“讽刺的是，他现在被捕了，三条人命，并且行为恶劣，手段残忍。绝对的死刑，没有任何回旋余地。这项技术对他没有任何意义了。”

男警察说：“但是试想一下，假如此事没有东窗事发。结果会怎样呢？**这种新型鼠药大量生产并投放市场之后，会毒死数以万计的老鼠吧。**”

女警察耸了下肩膀：“对人类来说，不是一件坏事呀。”

“没错，可是换一种立场呢？”男警官意味深长地说。

陈硕望着两位警官，后背发冷，骇然道：“**难道这一切，从一开始就是那只**

老鼠设计好的？它是故意被我抓住，然后……”

“这就不得而知了。你不是说，一个动物学家告诉你，老鼠也在不断进化吗？也许真是如此吧。”

他俩一起站了起来。男警察说道：“不管怎样，这个案子已经结案了。至于你讲的故事真实与否，其实已不太重要。但我们还是要代表警方对你表示感谢。谢谢你帮助我们侦破了这样一起大案。”

说完这番话，两个警察一起向陈硕敬了一个礼，走出了病房。

尾声

一个月后，陈硕康复出院了。为了庆祝他出院，公司部门的同事特意组织了一次聚餐，地点还是在上次那家潮汕牛肉火锅。

同事们只知道陈硕协助警方破了一起大案，并不知道其中内情。陈硕不愿透露详情，同事们也就没有过多追问。他们把陈硕当成英雄般敬酒、祝贺。看到同事们如此关切而友善，陈硕心中备感温暖。他刚刚恢复，不敢喝酒，便以茶代酒挨个儿回敬同事们，表示感谢。

席间气氛热烈，大家兴高采烈。陈硕心情格外开朗，除了出院让人高兴之外，还有一件更值得他开心的事，是他自己的小秘密，没有对任何人讲。

这一个多月以来，他一次都没有再做变成老鼠的噩梦了。看来，这件事已经彻底地画上了休止符。

吃完饭照例是该去KTV或者酒吧的。但考虑到陈硕才出院，身体还没恢复完全，部门经理便提议去咖啡店喝点东西，大家一致赞成。

在一家清新明丽的咖啡馆里坐下，众人分别点了饮品或甜品，一边喝东西一边聊天。邱婷出去了一趟，不一会儿，带了一个短发的知性美女回来，跟大家介绍这是她的朋友齐薇。

陈硕本来没在意，然而邱婷带着这位美女坐到了陈硕的旁边，说道："硕哥，不好意思啊，早就说跟你介绍我这位朋友，结果现在才把她带来跟你见面。"

"啊……你好。"陈硕跟齐薇握了下手，却是一脸茫然。邱婷说："怎么，你忘了吗？上次在KTV，我不是跟你说，我有一个生物学博士的朋友吗？就是这位美女呀。"

陈硕的表情一下僵住了："什么？"

邱婷和齐薇对视了一下，不知道他为何这种反应。

陈硕顾不上考虑是否失礼，定睛望着齐薇，说道："你……是那个动物学家？给我打电话的，是你吗？"

齐薇"扑哧"一声笑了出来，对邱婷说："你同事都这么幽默吗？"

邱婷瞪了陈硕一眼，说道："硕哥，你怎么了，今天没喝酒呀。齐薇今天才跟你见面，怎么可能跟你打过电话？"

陈硕彻底呆了，许久之后，他说道："那秦教授呢？跟我打电话的秦教授是谁？"

两位美女面面相觑，露出不解的神情。邱婷说："我不知道你在说什么。"

陈硕怔怔地望着她们，然后说了声"不好意思，我出去一下"，朝外面走去。两位女士莫名其妙地望着他的背影。

来到咖啡店外面，陈硕摸出手机，拨打那位秦教授的手机。几秒钟后，语音提示告诉他，该号码已停机。

陈硕伫立在街头，脑子里浮现出想象中这位动物学家的样子，然后想起了"秦教授"说过的一句话——

某些老鼠进化出了用意念控制人类意识的能力。

陈硕打了个寒噤，不敢细想下去了。他坐在咖啡店门口的户外藤椅上，望着灯红酒绿的城市夜景出神，猜想在人类迷醉的时候，动物发生着哪些悄然而骇人的变化。

回到阔别已久的公寓，已经晚上十点半了。陈硕打开灯，房间里布满灰尘。他连续咳嗽了几声，来到阳台上，想找块抹布简单打扫一下房间。然而，他看到了阳台地板上的一样东西。

是一颗用金箔纸包好的巧克力。金箔纸上贴着白色的品牌标签——FERRERO ROCHER。

费列罗，高级意大利巧克力。陈硕捡起这颗巧克力，笑了一下。这礼物不会是“那家伙”从旁边的进口商店偷来的吧？

捏着这颗巧克力看了一阵，他不由自主地剥开了外面的这层金箔纸，看到这颗方形巧克力的上面，印着一个单词——Grazie。

一开始，陈硕不知道这个单词是什么意思。在网上查看了之后，他明白了。

“Grazie”在意大利语中，是“谢谢”的意思。

《鼠男》完

——

世界上所有的恐惧都来源于“未知”，未知的生物、未知的地点、未知的命运……总是会引起人们的惶恐不安。

下面的故事，讲述的是未知的“状况”。如果一觉醒来，发现自己身处千里之外的异地，会是怎样的感受呢？

——

恐怖转移

STRANGE STORY
NIGHTMARE

一

凌晨一点，书房的灯还亮着。

苏茜一个人实在睡不着，她翻身下床，穿着睡衣和拖鞋走到书房里，双手轻抚在丈夫的肩膀上，柔声道："还不睡吗，'铁皮人'先生？"

孟什身体颤抖了一下，似乎被吓了一跳。他回过头望着妻子，叹了口气，说道："我还以为你睡了。"

"我要你陪我睡。"苏茜娇嗔道。

孟什吻了妻子的手一下："我再想一会儿故事，你先去睡，乖。"

"构思小说又不是什么着急的事，慢慢来嘛，何必熬夜？"

孟什沉默了一阵，叹道："已经半个多月了，我想不出任何好的小说构思，这还不令人着急吗？"

苏茜知道丈夫的苦衷。孟什原来是一家杂志社的副主编，不满足为他人做嫁衣，转型做了专职作者。本以为凭着多年的审稿经验以及深厚的文字功底，能打造出一部超级畅销书。可惜事与愿违，半年过去，不但没写出什么畅销的作品，还陷入了创作"瓶颈"。

苏茜今年二十六岁，结婚之后一直在家做全职太太，最近开始做怀孕的准备。她清楚家里的财务状况，存款已经所剩不多，要是再增加一个宝宝，以北京的消费水平，很快就会陷入捉襟见肘的窘境。

想到这里，苏茜对孟什说：“要不然，咱们还是暂时别要孩子吧。我出去找份工作，可以减轻你的压力。”

孟什是个十分要强的人，妻子的话似乎刺伤了他的自尊心。他不悦地说道：“苏茜，你这样反而是在增加我的压力。我说过的，会赚钱养这个家，我也说过，会写出一部畅销书，你可以多点耐心吗？”

苏茜清楚丈夫的个性，她解释道：“我不是不相信你，但是要打造一部畅销书，大概不是这么容易的事，需要生活的积累和灵感的迸发。”

孟什点燃一支香烟，深吸一口，烦闷地说：“文笔、生活、资源、经验——我全都有。唯一缺乏的，就是你说的灵感。以前当编辑审稿的时候，看那些作者的作品，总觉得灵感是很容易产生的。自己动笔写的时候才发现，要想出一个好的创意，真是件非常难的事情。”

他拿起书桌上的一本书，盯着封面，喃喃自语道：“不知道这个作者是怎么想出这些故事的，难道她真的经历过这么诡异的事情？”

“什么书？”苏茜一边问，一边从丈夫手中拿过书。书名叫《神秘暗示》，封面设计和内容简介显示这是一本悬疑惊悚小说。作者叫“桃乐丝”，没听说过，大概是一个新人作者。

孟什指着腰封上一行醒目的黑体字说道：“看到了吗——**‘本小说根据作者真实经历改编’**——也不知道是不是真的。”

苏茜笑道：“你当了六年编辑，还不明白出版社的这些套路吗？这种宣传语，显然是为了吸引读者、制造噱头才加上的。”

“我知道，但是你可别小瞧了这本书。仅仅上市一个星期，就成为各大图书排行榜的榜首，销量惊人。虽然跟宣传、营销有一定的关系，但这本书的题材和内容也的确吸引人，否则不可能如此爆红。”

听丈夫这么说，苏茜不敢小觑了，她摩挲着封面，重新审视这本书。

孟什说：“很多作者都会声称写出来的作品是根据自己的亲身经历改编的，但是一看内容，就知道纯属瞎扯。可这本书不一样，怎么说呢……”他似乎很不愿意承认这点，“读起来确实有种真实感，仿若身临其境。所以我也含糊了——难道这个‘桃乐丝’，真的经历过这种事情？”

“什么事情？这本书写的是什么？”苏茜好奇地问。

“记录的是一起非常诡异的事件，几句话说不清楚。总之情节虽然离奇，读来却令人信服，不免让人怀疑世界上是不是真有这样的怪事，恰好被这个作者碰到了。”说到这里，孟什叹了口气，**“要是我身边也能发生这样的怪事就好了……”**

苏茜被吓了一跳：“你居然希望遭遇诡异、恐怖的事情？就为了获得写作素材？”

孟什烦躁地说：“一般人当然不希望遇到这种事。但对于作者来说，如果能有一些不同寻常的经历，那真是上天眷顾。我现在缺乏的就是这个——灵感——你懂吗，苏茜？”

苏茜表示难以接受，她摇头道：“我宁肯你……我的意思是，我只希望生活能平安、踏实。”

孟什不愿跟妻子争论这个问题：“我明白。我也就是这么一说罢了，这种事情哪能说遇到就能遇到的？好了，你去睡吧，我再想想，过会儿就来陪你。”

“别熬太晚了。”苏茜吻了孟什一下，转身离开书房。

二

几天之后，孟什还是没找到满意的写作题材，显得越发焦躁了。他晚上熬夜到两三点钟，香烟一根接一根地抽，健康状况令人忧虑。苏茜感到不安，却又无可奈何。

这天晚上，苏茜喝了一杯牛奶后，上床睡觉了。这段时间，孟什基本上都是半夜才摸到床上来，或者干脆睡在客厅的沙发上，苏茜已经适应了一个人先睡。

其实，她非常希望丈夫能陪在自己身边，将她拥在怀中，享受那种幸福感和安全感。

睡觉之前，苏茜看了一会儿书，正是那本《神秘暗示》。不得不说，这真是一本扣人心弦的悬疑小说，荣登畅销书榜首绝非徒有虚名。苏茜以前很少看这种悬疑惊悚小说，但这本书深深地吸引了她。唯一的问题是，她担心晚上会做噩梦。所以，当她看到书中某个特别恐怖的情节时，合上了小说，打算明天白天再看。

即便如此，关上灯后，苏茜还是有点害怕。书中的情节结合她的想象，在黑暗中浮现出来。她掖紧了被子，祈祷这些恐怖的事物不要钻进她的梦境。

可惜事与愿违，半夜的时候，她还是做噩梦了。

独自一人，置身于幽暗山林，阴森的冷风吹得树影憧憧，宛如狰狞活物。这个梦境如此真实，甚至能感受凉风带来的寒气，以及双脚踏在泥泞地面上的潮湿阴冷。苏茜很害怕，她不是第一次做噩梦，但如此真实的梦境，却是前所未有。

人意识到自己在做梦之后，往往就会醒来了。苏茜努力地眨眼睛，希望摆脱这个恐怖的梦境，回到自己温暖的床上。但是，她惊恐地发现，无论她怎么努力，都无法走出这个梦境。

甚至，她越来越清醒了。清醒到她清楚地看见了四周的一切，并意识到，这些全是真实的触感。

苏茜的呼吸急促起来，她睁大了惊惧的双眼，手伸向旁边的一棵树，摸到了粗糙而湿润的树皮。然后，她用右手使劲捏左边胳膊，疼，真实的疼。

这……不是梦？

苏茜全身的毛孔都缩紧了，顿时感到毛骨悚然。她不敢相信这是真的，却又做不到自欺欺人。她想尖叫，却发现在极度的恐惧之下，喉咙像被掐住了似的，发不出任何声音。她捂住嘴，身体筛糠般地颤抖，震惊、恐惧得无以复加。

天哪，这是哪儿？我怎么会置身于山林之中？！

苏茜的家在北京南四环和五环之间，她非常清楚，在她家半径十千米的范围内，都绝不可能有这样的山林。她甚至不相信北京有这样的深山。那么，她到底身在何处呢？

“孟什，孟什……”苏茜呼喊着丈夫的名字，在这一丝灯光都没有的山里，显得格外苍白无助。泪水从她的眼眶里滚落下来，风一吹，冰凉，如同她的心。

所幸现在是六月底，天气已有些炎热，否则的话，苏茜穿着单薄的睡衣，光着脚，站在这阴暗山林之中，不被吓死，也会被冻死。

这座山植被茂密，山涧溪流潺潺，幽静而凉爽。如果是来游玩，倒不失为夏日的度假胜地。但苏茜现在哪有这个心思，她浑身发抖，寒意砭骨，只想快些逃离这里，重回灯火通明的现代都市。

对，先离开这里。苏茜心想，不管自己遭遇了何种状况，目前最重要的是走到城市中，找到一部电话，或者寻找能帮助自己的人。此刻，她身上没有手机、手表和任何钱财，假如无法走出山林，后果不堪设想。

苏茜光着脚，在冰凉的石板路上行走。通过这些石板路，她判断这里不是一座原始森林，而是某个景区或者森林公园。这也许是不幸中的万幸。只要是景区，到了白天，就肯定会有人来。熬过这个夜晚，就能结束这场噩梦。

沿着石板路前行，苏茜寻找着任何跟人类有关的建筑或痕迹。越往上走，风就越大，越发地寒冷。她身体缩紧，抱住双肩，凭着生存的本能和被逼出来的顽强意志探索着希望之光。

突然，周围的树丛晃动了一下，**似乎有某种生物在距离她不远的地方，偷窥着她。**

苏茜的神经绷得更紧了，她捡起地上的一根树枝，用于防身。静候了片刻，并没有什么野兽从树丛中钻出来。她继续前行，比之前更加警觉。

走到某处，视野稍微开阔了一些。苏茜的眼睛早就适应了黑暗，她隐约看见，身旁的悬崖峭壁上拉着两根“斜线”，略一思索，她猜到了这是什么——缆车的钢索。

这一判断，让苏茜更加确定，这里肯定是某个景区。至于她是怎么从自己的家转移到这个景区的，她无暇思索，也根本不可能想得明白。目前最紧要的，是找到人求救。

沿着山路又走了十多分钟，苏茜欣喜地发现了一座小房子，还有停在半山腰上的几十辆缆车。这座小房子，可能是白天操作缆车的工作室。

苏茜像看到救星一样朝房子奔去，但是房门用铁锁从外面锁住了，显然里面没有人。苏茜不知道现在是夜里几点，但她想，只要在这里待到天明，就肯定会被前来上班的工作人员发现，这是她唯一的选择。

苏茜走到一辆缆车旁，拉开车门，钻了进去。她插好门闩，把自己关在缆车内，觉得温暖和安全多了。起码在缆车内，不必担心遭到野兽的袭击。

坐在缆车的座位上，蜷缩着身体，眼泪再次夺眶而出。直到现在，她都抱着一丝侥幸心理，希望这一切只是一个无比真实的梦。但缆车边缘冰冷的钢铁触碰到她的肌肤，提醒她放弃幻想，承认事实。

苏茜想到了一种可能性——**梦游**。

难道我是梦游来到这个地方的吗？

很快，她发现逻辑上说不通。她家周围没有这样的深山，她也不可能在梦游状态下连续行走若干个小时。

要弄清这一切，只能等待天亮了。苏茜现在无比想念家，想念自己的丈夫，忍不住又要哭起来。但她告诉自己，哭泣起不了任何作用，只会令她更加沮丧，并且会加剧消耗体力。在这种一切状况都不明朗的情况下，哭绝对是不明智的。

她就这样孤独而恐惧地坐在缆车内。渐渐地，倦意向她袭来。苏茜的身体倒向一侧，不由自主地闭上眼睛睡去了……

三

砰砰砰！有人剧烈地敲打着缆车的车窗，苏茜被惊醒了。她看到车窗外一张惊诧的脸。这个四十岁左右的中年男人可能是负责操控缆车的。他说的是某种方言，苏茜听得似懂非懂。

“你是哪个？咋个（怎么）睡在缆车里头？你昨天没下山哇？！”

苏茜意识到终于天亮了，她等到了来上班的工作人员。她一阵激动，赶紧打开门走出来。工作人员看到这个女人光着脚，穿着一身睡衣，更加诧异了，问道：“你咋个（怎么）这个打扮？你是游客哇？”

苏茜没有理会他，而是在第一时间问出自己最关心的问题：“请问，这是什么地方？”

那人瞪着眼睛说道：“啥子地方？你自己到啥子地方来耍你清不到（不知道）啊？”

苏茜着急地说道：“你快告诉我，这究竟是在哪里？”

工作人员：“哪里？**青城山**噻！”

苏茜愣住了，这个名字似乎既陌生又熟悉。她木讷地念叨：“青城山，青城山……北京有青城山吗？”

工作人员上下打量着苏茜，看他的眼神，多半认为这个穿着睡衣的女人有神经病。他说：“算了，不说了，我马上把缆车开起，你快点下山，回家去。”

苏茜却并没有立即坐进缆车，她通过这个工作人员的方言，以及“青城山”这个名字，突然冒出了一个骇人的念头。她试探着问道：“这里，到底是哪座城市？不是北京吗？”

工作人员懒得跟她废话，说道：“莫说了，快点上车，我把你送下山去。”

“不，你先告诉我，这里是不是北京？！”

工作人员不耐烦了，吼道：“你恩是（真是）脑壳跶到（摔到）了唛（吗）？啥子北京哦，这是成都！北京有青城山唛？”

“成都……”苏茜整个后背都发毛了，感到一阵眩晕，“这里是……四川？”

“不是四川是哪里嘛？哎呀算了，不说了，我看你脑壳有点问题，我先把你送下山去再说！”

苏茜一下哭了出来：“不，我没有疯……我也不知道这是怎么回事！我本来在北京的家里面，睁开眼睛就来到这个地方了！对了，你有手机吧？麻烦你把手机借给我，我给我老公打个电话，他能证明我说的都是真的！”

工作人员表情复杂地看着这个女人，似乎感到颇为难办。苏茜再次向他借手机，他说：“这里是青城后山，信号不好。你要给你老公打电话，我送你到山下的游客接待中心，你再打吧。”

“行，谢谢你！”

“你等一下。”工作人员转身走进那所小房子，跟一个同事简单交代了几句，然后跟苏茜一起坐上最前面的一辆缆车。缆车开始启动，缓缓向山下滑去。

透过玻璃窗往下俯瞰，群峰环绕起伏，林木葱茏幽翠，青城山壮丽幽静的风光一览无余。但苏茜根本没心思欣赏风景。她心乱如麻，只想赶快跟孟什取得联系，弄清楚这到底是怎么回事。

半个小时后，缆车停在了山脚下的缆车站。现在是清晨，只有为数不多的游客来到了景区。下车之后，工作人员叫来了一辆电动观光车，和苏茜一起上车。观光车把他们送到了游客接待中心。

工作人员叫苏茜先坐在椅子上等候一下，他进入办公室，向领导说明了情况。不一会儿，几个人一起朝苏茜走过来。为首的是一个干练的女人，她用普通话对苏茜说道：“我是景区管理委员会的主任，你叫什么名字？”

“苏茜。”

“你是什么情况？跟我说一下吧。”

苏茜站起来说道：“主任，我不知道该怎么跟你说。这件事情令人匪夷所思到了极点……你们恐怕不会相信我说的是真的。我只希望你们把手机借给我用一下，让我打给我丈夫，可以吗？”

主任和另外几个人对视了一下，小声地商量了几句。然后，她摸出手机，递给苏茜。苏茜连声道谢，迅速拨通了孟什的手机号码。

电话很快就接通了。苏茜激动地喊道：“孟什，孟什！”

“苏茜，你在哪里？”

“我……孟什，我不知道该怎么跟你说，我在成都的青城山！”

“你说什么？你什么时候去的成都？”

“我没去成都！我也不知道这是怎么回事，我昨晚就睡在家里的床上，醒来的时候，发现自己竟然在山里。我在缆车里过了一夜，直到今天早上，我才知道这座山竟然是成都的青城山！”

苏茜带着哭腔说这番话的时候，主任和另外几个工作人员狐疑地对视了一眼，像在听《天方夜谭》。

电话那头的孟什也是如此。他难以置信地说：“苏茜，你说的是真的吗？你没有跟我开玩笑？”

“景区的主任和工作人员此刻就站在我身边，你不相信的话，问问他们吧！”

苏茜把手机递给主任，请求她帮自己做证。主任似乎也想亲自验证这件事的真实性，她接过电话：“你好，我是青城山景区管理委员会的主任。”

他们交谈了片刻，双方皆对此事充满了质疑，显然都没法说明和理解这是怎么一回事。姚主任眉头越皱越拢，最后说了一句“还是你俩沟通吧”，把手机又递给了苏茜。

“孟什，我知道你一时没法接受这件事，我也是。但事实上，我现在就在成都的青城山，穿着睡衣，身无分文，连手机都是跟别人借的！”

“好的，苏茜，不管怎么说，我先到成都来接你吧。但是，就算我现在去首都机场，坐最近一班到成都的飞机，再从成都机场到青城山……估计最快也要七八个小时。”

“没关系，我在游客中心等你。孟什，你把我的衣服和鞋子带一套过来，还有我的手机，应该就放在咱们家的床头柜上，你看到了吗？”

等了几秒钟，孟什说道：“我看到了，我会给你带过来。”

“好的，孟什，我等你。”

“我马上就出门。”

“等一下，孟什，我……”

“还有什么？”

“我想你。”

“你一会儿就能见到我了，亲爱的。”

挂了电话，苏茜把手机还给主任，再次道谢。

主任对身边的一个女工作人员说：“你找一双鞋子给她暂时穿一下。”然后问苏茜，“你肯定还没有吃早饭吧？”

“嗯……”经过这样一个惊诧莫名的夜晚，苏茜早就饥肠辘辘了。

主任说：“小王会带你去吃早餐，然后你还是回到游客中心来，坐在我们的办公室里等你丈夫吧。”

“好的，太感谢了，主任。”

“没什么，去吧。”

望着苏茜离去的背影，主任若有所思：“这事有点意思，我从来没遇到过这种怪事。”

负责缆车的那个中年工作人员问道：“你相信她说的话吗，姚主任？”

主任不置可否地笑了笑，说：“不管是不是真的，这事对于我们景区来说，倒不是件坏事。”

中年工作人员先是一愣，随即明白了。主任对他说：“好了，你回岗位去上班吧，我来处理这件事。”

回到自己的办公室，主任用座机拨打了成都电视台新闻热线的电话，把青城山上发生的怪事告诉电视台记者，并强调这个从北京穿越过来的女人现在就在游客接待中心，她丈夫已经动身来接她了。电视台记者对此事表现出了浓厚的兴趣，让主任务必留住事件的主角，他们会在半个小时内赶到。

之后，主任又挨个儿跟好几家报社和网站打了电话。这些媒体对奇闻轶事的饥渴程度不亚于荒野中三天未觅到食的野兽。他们纷纷派出动作最为迅疾的记者，前往青城山。

挂了电话，主任露出笑意。新闻媒体为了获得第一手资讯，都设置了500到1000元的爆料费。她能凭借此事小赚一笔。

四

吃完早饭回到游客接待中心的苏茜，完全没想到会遭到众多记者的围攻。话筒、录音笔、摄像机一股脑儿地伸到面前，令她无所适从。她只想回家，根本不想引起关注，于是拒绝接受任何形式的采访。但记者的韧性和毅力超出她的想象，如同不挖掘出矿产绝不罢休的矿主。苏茜渐渐感觉难以招架。

收了爆料费的主任不能让记者失望而归。她循循善诱地说道：“苏茜，你不是也很困惑吗？为什么会发生这样的事情，想必你也想弄清楚原因。记者们见多识广，除了报道此事，他们也会想方设法找寻原因以及合理的解释——这不也是你需要的吗？”

苏茜不傻，她知道这些记者是主任引来的，也明白此举的意图是什么。但她又不得不承认，主任说的话也有几分道理……权衡之后，她对记者们说道：“如果我接受采访，你们得保证不用我的真名，并且不透露跟我有关的一切信息。我不希望引起关注。”

“没问题。”

“我们当然是使用化名。”

“电视台播出的时候，脸部要打上马赛克。”

记者们纷纷承诺。

“那好吧，你们想问什么？”苏茜说。

“听说，你声称自己昨天晚上还在北京自己的家中，一觉醒来，就在成都的青城山上了，是这样吗？”一个记者问道。

“两个问题。首先，这不是我‘声称’，而是事实如此。我告诉你们的，是我的真实经历；其次，也不是‘一觉醒来’，因为这件事发生在半夜，而不是清晨。”

“明白了，”那个记者继续问道，“你能把事情的过程和当时的感受再说详细一点吗？”

苏茜竭力回忆：“昨天晚上，我像往常一样喝了牛奶，上床睡觉，时间是十一点半左右……”

一个记者插嘴道：“请问你家的具体地址是？”

“北京市丰台区六圈路附近的天伦城。如果你们愿意，可以亲自前往我说的地点去考证。”

“好的，请接着说。”

“我很快就睡着了，而我丈夫还在书房写作。”说到这里，苏茜顿了一下，心里想——也不知道孟什是什么时候走进卧室，又是什么时候发现我不在了的。他的第一反应是什么？着急地四处寻找吗？不，也许他以为我只是在卫生间，或者他倒头就睡，根本没发现我失踪了……

记者们发现采访对象走神了，一个女记者叫了她一声。苏茜回过神来，继续追溯自己模糊的印象：“我好像做了一个梦，梦到自己置身于一片山林之中……对，一开始这只是梦，然而我睁开眼睛，发现自己竟然出现在了梦中所在的地方！”

这段叙述，只是基于她的真实感受，却无意中将记者们的好奇心和探索欲撩拨到了极致。一个年轻男记者脑洞大开，说道：“可不可以这样理解——**你穿越到了梦中的世界？**”

苏茜为之一愣，这种颇具幻想色彩的说法连她自己都觉得荒诞不经：“穿越到梦中的世界……这可能吗？还好这次梦到的是青城山，如果是梦到月球，难道我也会出现在那上面？”

“你的想法很有意思。”男记者赶紧用笔记录下来，显得兴致盎然。

苏茜认为他把这个都写下来是不妥的，甚至是不负责任的，她说道：“你知道这是不可能的，对吧？即便是假设，也没人会相信这么荒诞的事情。”

男记者头也不抬地说道：“相不相信，那是读者的事，我只负责记录和报道事实。”

“那也得确实是‘事实’才行。”苏茜指出。

“我们都是有经验的记者，该怎么写心里有数。”一个稍微年长一点的记者示意苏茜不用操心这么多。他话锋一转，问道，“不管是不是‘梦的穿越’，你有没有想过一点——**为什么全世界这么多地方，你偏偏会出现在四川成都的青城山上？这有什么特殊的含义吗？**”

苏茜怔怔地说：“我也不知道呀，会有什么特殊的含义呢？我从来没来过青城山，甚至从来没来过成都！”

“你的父辈中，或者祖辈中，有四川成都的吗？”这些记者的想象力都很丰富，可谓天马行空，**“这会不会是某种神秘的‘召唤’**？”

苏茜摇头道：“我不知道你想暗示什么，但我父亲是江苏人，母亲是安徽人，祖父母那一辈，也完全跟四川不挨边。”

又一个记者问道：“冒昧地问一句，你以前有过**梦游史**吗？”

“梦游？你听说过一个人能梦游到几千公里之外的地方吗？”

这个记者的回答出人意料：“老实说，**我还真听说过。**”

苏茜呆住了。记者们的确见多识广，那个年长些的记者也想起来了，说道：“对，国内某个科学探索类的节目曾经报道过类似的事。一个河北的农民，一觉醒来，发现自己竟然到了千里之外的南京。”

苏茜没想到这种离奇的事情，居然之前就有人遇到过。她急促地问道：“这是怎么回事呢？”

年长的记者说道：“这起事件的当事人——也就是那个河北农民的自述是：他感觉**在睡梦中，有两个身高超过180cm的人，轮班将他背起飞行，在这个过程中，他甚至能感受到背他的人的体温**。之后，他就在不知不觉中来到了南京……大概是这么回事，很久以前看的，具体内容记不起来了。”

他这番话引起了在场每一个人的好奇。一个记者问道：“那这件事有结论吗？真相究竟是什么呢？”

苏茜自然也无比关心这个问题。但年长的记者说：“那档节目做得不够专业，调查也不够透彻，结论似是而非，没有一个准确的定论，甚至连这个河北农民说的话是否属实也令人存疑。因为这件事完全是他一个人经历的，没有任何人能够做证。”说到这里，他转回此次事件的当事人，问道，“苏茜女士，你呢？有人能证明你说的都是真的吗？”

苏茜没有回到他的问题，兀自问道：“今天是几号？”

“6月24日。”一个记者告诉她。

苏茜颔首：“没错，昨天是6月23日。”她望着那个年长的记者说道，“我有证人！我丈夫可以证明，昨天晚上十一点，我都还在北京的家中！”

记者们迅速记录着，同时不忘记提问：“你丈夫已经在前往成都的途中了，是吗？”

“是的，他会来接我回去。”

“到时候他也可以接受我们的采访吗？”这当然是记者们最关心的问题。

苏茜说：“我不能帮他做主。但我想，他会愿意为我说明情况的。”

记者们纷纷点头，从他们对此事的关心程度和表现来看，似乎打算在此等候采访苏茜的丈夫。

之前提出梦游这个猜测的记者似乎还想延续探讨这一观点，他问道：“请问，你昨晚是否有被人背着飞行的感觉呢？”

苏茜后背一麻，感到毛骨悚然，她恐惧地说道：“没有，我完全没有这样的感觉。请不要再探讨这种可能性了，你吓到我了。”

这时，又有几家新闻媒体的记者赶来了。苏茜已经不想再接受采访了，事实上她能说的也只有这么多了。她意识到，继续探讨下去不但不会有结果，只会引发更多光怪陆离的诡异猜想。不清不楚的事实，经过记者们的发酵和添油加醋，天知道会被编造成什么样子。

就在苏茜打算明确告诉记者们，她累了，不想再接受采访的时候，新来一拨记者中的一个，竟然大声叫出了她的名字：“苏茜？！”

苏茜为之一怔，看到一个熟悉的身影。这个人是她和孟什大学时代的好朋友——比他们小一届的师妹王洁，四川成都人。她毕业后回到老家，在一家报社工作。苏茜怎么都没想到，会在这种情况下跟老同学见面，她喊道：“王洁！”

王洁越过其他记者，挤到苏茜面前来，惊诧地问道：“怎么会是你？你怎么在这儿？”

苏茜不知该如何解释，不过看样子王洁之前已经从爆料人那里了解到基本情况了，只是没想到当事人会是自己的大学同学。王洁思维敏捷，她瞄了这些记者一眼，把苏茜拖到一边，低声说道：“你同意接受采访的吗？”

苏茜说：“我只是想寻求帮助。”

王洁压低眼神，摇着头说：“相信我，媒体关心的只有他们的收视率、点击率和订阅量，他们不但帮不了你，甚至会毁了你的人生。”

苏茜脸色一变：“为什么？”

王洁说：“现在是网络时代，就算你的脸被打上马赛克，也能被网友轻易

‘人肉’出来。一旦你的个人信息曝光，身边的人都会知道你遭遇了这样的怪事，会造成怎样的影响，你自己想吧。”

苏茜后悔了，她说：“可是我刚才已经接受采访了……”

王洁示意她别再说了：“总之你现在跟我走，别再留在这儿了。成都的媒体有上百家，他们能缠上你一整天。而且你丝毫没有应对媒体的经验。知道吗？你说得越多，他们编造出来的故事越天花乱坠。”

苏茜也很想摆脱这些记者，但她迟疑道：“我告诉孟什，让他来青城山的游客中心接我。我离开这儿的话，他怎么找得到我呢？”

“我一会儿会跟孟什联系的。”王洁说，“而且我们也不用离开青城山，我家在青城山上有座自建的别墅，咱们可以先去那儿坐会儿，等孟什来。”

“那太好了。”

王洁牵起苏茜的手，拨开记者们，朝门口走去。苏茜对一众记者解释道：“对不起，我不想再接受采访了。”后面赶来的记者们十分不满，却也无法强迫当事人接受采访，悻然地退开，并抓住最后机会拍几张照片。

两人径直来到停车场，苏茜坐到后排，王洁驾车沿着青城后山的公路驶往自家的别墅。

五

二十分钟后，汽车开至青城后山的一排别墅群。这里依山傍水，空气清新，景色迷人。王洁把车开到自家别墅的车库里，带着苏茜走进室内。

这套别墅一共三层，一楼客厅巨大的落地玻璃窗外，是郁郁葱葱的植物和雾气缭绕、依稀可见的远山，令人心旷神怡。但苏茜此刻无法轻松，她坐在客厅的北欧布艺沙发上，捧着一杯散发着清香的茉莉花茶，仍然感到心绪不宁。

王洁坐到她身边，问道：“苏茜，怎么回事？你忘了之前发生的事情吗？”

苏茜望着朋友，阴郁地说道："我不是忘了，而是根本不知道这究竟是怎么回事。王洁，我昨天晚上还在北京的家中，今天……不，应该说是夜里，却突然出现在了成都的青城山上，我很害怕，我不知道为什么会发生这种怪事！"

王洁一只手按在苏茜的手上，张开了嘴，却没发出声音，似乎想安慰她，却又找不到合适的话来说。苏茜问道："王洁，你相信我说的话吗？"

"我当然是相信你的，但是……世界上真有这种离奇的事吗？"

苏茜烦躁地说："我要是知道答案就好了。"

王洁知道再探讨下去也没有意义，她对苏茜说："你别想这么多了，二楼有卧室，你先休息一下吧。我会跟孟什联系，告诉他地址，让他来这里接你。"

折腾了这么久，苏茜早就疲惫不堪了。她说："好的，谢谢。"

王洁把苏茜带到二楼的一间卧室，这里有一张宽大的床。苏茜躺上床后，王洁离开了这个房间，轻轻地带上门。

苏茜的头刚接触到枕头，就被浓浓的倦意和随之而来的舒适感所包围。她闭上眼睛，很快就睡着了。

不知过了多久，苏茜从睡梦中睁开眼，欣喜地看到，孟什坐在床头，守在她身边。她立即撑着身子坐起来，跟孟什拥抱在一起，说道："你来了，孟什！"

孟什轻抚着苏茜的背，柔声道："对，我刚到了一会儿。见你睡得这么熟，不忍心叫醒你，就坐在床头等你醒来。"

感动、委屈和思念一起涌上心头，苏茜的眼底如同微风吹拂过的水面，悄悄湿润起来："你真好，孟什。我好想你，像是离开你很久了。"

"我也是。我想不通怎么会发生这样的事情。"孟什困惑地说，"出来之前，我看到你的身份证和护照都在柜子里，钱包和手机也放在床头柜上。你身无分文，也没带任何证件，是怎么到成都的？"

"我怎么知道？很明显我不是通过一般的、正常的途径来到这里的。这中间一定发生了什么惊人的事情。”苏茜把孟什搂得更紧了，“我害怕，真的很怕，孟什。”

“别怕，不管怎么样，都过去了。”孟什安慰道，“我不是已经来了吗？我不会再让你离开我了。”

苏茜抱着孟什抽泣了一会儿。孟什说：“好了，把睡衣换下来吧。我从家里给你带了衣服和鞋。”

苏茜换上孟什给她带的夏装和凉鞋，把被子叠好，整理好床铺，这才想起通知别墅的主人：“对了，王洁呢？她在哪儿？”

孟什说：“她工作很忙，应该回单位去上班了吧，今天可不是周末呀。”

“那我们现在就回北京？”

“你想现在就回去，还是留在这里玩两天？”孟什笑着说，“我还从没来过青城山呢，这里风景挺美的。”

“算了吧。”发生了这样的事情，苏茜可没有心情游玩。青城山风景虽美，但已经给她留下了难以磨灭的心理阴影，她现在只想快点回家，“我们现在就去机场，坐最近的一班飞机回北京。”

“行，听你的。”孟什说，“那我打电话给王洁说一声吧，就说我们回去了。”

“好的，记得帮我谢谢她。要不是她的话，我说不定现在还被一群记者纠缠不放呢。”

孟什微微一怔：“你接受记者的采访了？”

苏茜点了下头：“我也不想引起关注，但我以为记者能帮上一点忙。”

孟什眼珠转动，说道：“这么说，媒体很快就会把这件事报道出来了。”

“应该是，不过他们用的是化名，而且会把面部做马赛克处理。”

“嗯……那就好。”

苏茜心中有种异样的感觉，问道：“孟什，你很在意这件事吗？”

“什么？”

“我是说，你很在意媒体是否会报道这则新闻？”

孟什有些答非所问地说道：**“我猜这肯定会成为一个震惊全国的大新闻，所有人都会关注这起神秘事件的。”**

苏茜不知道孟什在想什么，她再次强调自己的态度：“孟什，我不希望受到关注。”

“别担心，人们关注的只会是这件怪事，而不是你本人。”孟什说。

苏茜轻蹙了一下眉。刚才孟什说那句话的时候，似乎流露出了一些兴奋和喜悦——希望这是她的错觉。

“好了，走吧，咱们去机场。”孟什搂着苏茜的肩膀，跟她一起离开了王洁的别墅。

六

坐在飞机上，苏茜紧紧依靠着丈夫，头靠在他的肩膀上，感到无比踏实和安全。

只有待在孟什身边，她才能获得真正的放松。

对丈夫的依赖由来已久，几乎从大学时代开始，苏茜就习惯于由孟什来代替她安排和办理身边的各种事情——买车票、订机票、做旅行攻略……几乎各种大事小事，孟什都替她包办了，直至最后把她养起来，在家里当全职太太。她离不开孟什，对于这点，苏茜非常清楚。

在飞行的过程中，手机是关闭的。飞机抵达首都机场后，立即开机。孟什点开新闻APP，果然看到了他关心的内容，立即把手机递给苏茜看：“你瞧，头条新闻就是关于你的！”

苏茜接过手机，看到新闻APP的首页赫然显示《北京女子梦境穿越》的标题，至于内容，大致就是记者根据采访内容故弄玄虚、添油加醋后的产物，并附加了青城山旅游管理委员会的主任和工作人员的证词，以及当事人自己的阐述，很多对话都经过了修改，根本不是苏茜的原话，更像是一篇小说或剧本。苏茜对这种哗众取宠的做法有些反感，但网友们的好奇心被彻底点燃了，仅评论数就有几千条，大多是质疑此事的真实性，或者想象力丰富的人进行的各种猜想。苏茜翻看了一下，把手机还给孟什，说："我们回家吧。"

孟什理解苏茜的感受，他揣好手机，两人打车回家。

重新回到自己温馨可爱的小家，苏茜备感亲切。现在已经是晚上十点了，苏茜只想洗个热水澡，然后上床睡觉，但是，她已经蒙上了心理阴影，对孟什说："今天晚上……会不会又发生这种事情？"

"不会的，我跟你保证。"孟什安慰道，"我会陪在你身边，寸步不离。"

苏茜就是希望他这样说，以及这样做。她亲吻了孟什一下，去卫生间洗浴了。

之后，他们一起躺在床上，苏茜搂着孟什的身体，希望他能陪自己入眠，但孟什还在看着手机。很快，苏茜发现他是在不断刷新这则新闻的评论。

"你还希望获知什么呢？"

孟什望着妻子："难道你就不想弄清楚，为什么会发生这种事情吗？"

"我当然想，"苏茜坐起来一些，"但是看网上的评论有用吗？"

"虽然没人能对这起怪事做出解释，但是你不得不佩服这些人的想象力。"孟什的神情中有一种难以抑制的兴奋感，"除开那些戏谑的内容，有些网友的猜测，简直是脑洞大开，令我大受启发。"

"启发？"苏茜嗅到一丝不安的味道，"孟什，你想做什么？"

孟什沉吟片刻，说道："苏茜，我不想对你有所隐瞒。没错，你经历的这件怪事激发了我的灵感。而且这是目前最受关注的话题，以此为题材进行创作，很容易打造出畅销书。更重要的是，这件事的主人公——你——就在我身边，没人比我更近水楼台。你知道，我不可能放过这次机会，这是上天的旨意！"

苏茜呆呆地望着孟什，突然感到遍体生寒：“上天的旨意……你感谢上天，把我半夜三更弄到千里之外的青城山上去？”

孟什意识到自己说错话了，他赶紧抓住妻子的手，改口道：“不，我一时激动，表达有误。你知道我不是这个意思，我只是觉得，这样的素材太可贵了。而且你想过吗，就算我不写，肯定也会有别的作者以这个题材来进行创作。与其让别人占了便宜，不如我们自己把握好机会。”

苏茜只是一个女人，她需要的不是这些大道理，而是丈夫的安抚和宽慰，但孟什此刻思索的却是如何打造一本畅销书——以她的诡异经历作为蓝本。苏茜的眼眶噙出了泪水，她说：“孟什，你想过我的感受吗？”

孟什长叹一口气，反问道：“苏茜，你想过我们家的状况吗？”

苏茜缄口不语了，她当然是清楚的。而孟什更清楚地说了出来：“我们家的存款，只有不到两万元了。每个月的房贷是8000元，车贷3000元，还有各种生活开销。苏茜，我如果再写不出来一部卖座的作品，下个月我们就会陷入经济危机。”

苏茜闭上眼睛，沉寂良久，说道：“好吧，我同意你以此为题材进行创作，但我有个要求。”

“你说。”

“不能让读者知道，这篇小说的主人公，是你的妻子。”

孟什面露难色。苏茜叫道：“天哪，你真是这么想的，对吧？以此增加真实性！”

“你不是也想到了吗……”

“不行，绝对不行。到时候你出了名，而我却成了怪物，大家议论的对象！”

“怎么会呢？我不会把你写成怪物的。”孟什叹息道，“好吧，我答应你，就说这是根据我一个朋友的经历改编的，可以了吧。”

苏茜勉强同意了。然而孟什说道：“苏茜，我也有个要求。”

“什么？”

“不管是在我创作的过程中，还是小说完结之后，你都不要看这篇小说。”

“我为什么不能看？”

“这是惊悚小说，又是根据你的亲身经历改编的，我不想让你产生代入感，增加心理阴影。”

苏茜想了想，的确有这个可能，她同意了。

“好了，睡吧。”孟什伸手去关灯。苏茜喊了一声：“等一下，留一盏灯。”

“有我在，你不用害怕。”虽然这样说，但孟什还是保留了一盏床头灯。

苏茜没有再抱住孟什的身体。她转过身去，背对孟什，心底一颗疑惑的种子在悄悄生根、发芽。

发生“转移事件”的时候，她的心彻底被惊骇、恐惧所占领了，没有多余的心思去考虑别的问题。但现在，她想起来了一件事，感觉非常可疑。

几天前，孟什正为找不到好的悬疑小说题材发愁。几天后，她就遭遇了这样的怪事。而孟什则理所当然地获得了理想的写作素材。

这是巧合吗?

苏茜为自己产生这样的怀疑而感到惊诧和不安。她在心里对自己说：不是巧合，还会是什么呢？我怎么能怀疑自己的丈夫，怀疑我一直依赖和信任的孟什？况且这种怀疑也是无厘头的，孟什不会魔法，他不可能把我传送到青城山。

那么，我究竟是怎么出现在青城山上的呢？难道我真的遭遇了难以解释的超自然事件？但这种事情为什么偏偏发生在我的身上？这一切，真的只是巧合吗，还是另有隐情……

想到这里，苏茜有些毛骨悚然。她害怕的原因，不仅是这件事本身，更是因为，她第一次对孟什产生了怀疑。

此时，孟什已经发出轻微的鼾声了。苏茜转过身，望着孟什的脊背，感觉十分难过。她努力驱散心中的阴霾和疑云，多么希望能回到那心无芥蒂的美好时光。

七

翌日，孟什很早就起床了，获得灵感的他，一改往日的颓丧和委顿。坐在电脑前，清脆的键盘敲击声彰显出文思泉涌的状态。苏茜起床后，看到丈夫奋笔疾书，心情略微有些复杂。

她走到厨房，发现冰箱里竟然有新鲜的蔬菜、肉类和水果。她问道："孟什，你什么时候买的菜？"

孟什一边敲字一边回答道："网上商城的送货服务。"

苏茜不再打扰孟什。她开始履行家庭主妇的职责，打扫卫生，烧菜做饭。

午饭的时候，苏茜发现孟什吃得很少，似乎他一心想着快点回到电脑前，继续他的写作。其实这段时间，孟什的食欲都不怎么好。苏茜做的菜，很多时候都有大量剩余。她有些难过地说："你不喜欢我做的菜了吗，孟什？"

"怎么会？我只是灵感来了，想赶快写稿。"孟什亲了苏茜的额头一下，"你做的菜很好吃，辛苦你了。"又坐到电脑前了。

就这样过了几天，孟什每天都保持着旺盛的创作激情。小说进度惊人，保持这样的势头，也许很快就能完成一部完整的小说了吧。

由于跟孟什有所约定，苏茜没有去关注这部小说的内容和进展，甚至是刻意回避。作为当事人，她只想将这件恐怖的事情从脑海中遗忘和抹去，而不是通过小说再次回到那可怕的情景中。直到有一天，她在手机上浏览某个网页，一则推荐热门书籍的广告，映入她的眼帘：

《恐怖转移》，2017最火爆的悬疑惊悚小说，××网独家连载！

深度解读北京女子神秘穿越至青城山之谜，点击量一周破五百万！

这种哗众取宠的宣传语，让苏茜本能地皱起了眉头。但想到孟什写的小说，终于成为当红热门小说，又有几分欣慰。她不自觉地点击了网站的链接，看到了这篇名为《恐怖转移》的小说的封面和内容简介。而作者一栏，竟然是“逸名”。

为什么孟什不用他的笔名“铁皮人”呢？苏茜暗忖，很快便明白了。这显然是一种炒作方式，神秘的作者讲述神秘的故事，才能让这本小说更具卖点和噱头。

果然，内容简介写道：“本书作者是神秘穿越事件的主人公，那个北京女子的挚友，因涉及当事人隐私，作者身份不便透露。”

苏茜不愿去揣测孟什这样做真是为了保护自己的隐私，还是一种营销手段。有些事情还是别弄那么清楚为好，“难得糊涂”不仅是人生经验，更是前人的忠告。

但看到这么吸引人的宣传语和介绍，任何人的好奇心都会被调动起来。苏茜也不例外。况且这篇小说是自己丈夫写的，她更想知道孟什把这个题材写成了什么样。问题是，他们有所约定……

不看正文，只看书评，总是可以的吧。这样想的时候，她便不由自主地点开了这部连载小说的评论区。除了看到一堆催促作者快点更新的留言之外，还看到了一些反映小说内容的、令人震惊的评论：

女主角到底是不是外星人？期待作者快些揭秘。

我猜女主角是外星人的后裔，而外星人的飞碟隐藏在青城山的某处。它们使用高科技将女主角召唤到了飞碟所在地，意图将她带走。

苏茜倒吸了一口凉气。天哪，孟什把我写成了外星人？

即便这只是读者的猜测，未必是作者的本意，但管中窥豹的结果，也令苏茜十分恼火。然而她跟孟什有约在先，又不便去质问什么，只有忍气吞声、委曲求全。

之后几天，苏茜每天都关注这部小说的读者评论，有时也忍不住看几篇正文。从读者的角度来说，不得不承认这是一篇十分吸引人的悬疑小说，但一想到原型是自己，她就浑身不舒服。这篇科幻惊悚小说在努力营造一种氛围，暗示此次事件跟外星生命在地球上进行的神秘活动有关。叙述的方式接近纪实，极具代入感。

苏茜在心中反复告诫自己，这只是一篇小说，不是事实。但她没法做到完全不受小说的影响，特别是今天发布的最新章节，内容简直令她胆战心惊。

书中的女主角有一种强烈的直觉，认为“恐怖转移”将再次发生在自己身上。

苏茜是成年人，不是七八岁的小姑娘，她不愿被一个虚构的故事牵着鼻子走。但是，看了这一章之后，她发现自己跟书中的女主人公越发相似了——她也产生了难以言喻的直觉，认为这件事没有结束，同样的情形，有可能再次出现。

这当然是心理暗示所致，她心里也非常明白这一点。但人的心理就是如此奇怪，越是想要避免的念头，就越是在心中不断强化。她无法控制。

当然，产生这种不好的感觉，并不只是受到小说的影响，跟苏茜自身的体会也有莫大的关系。最近她经常做梦，特别是夜里，她总是梦到一片幽暗的山林（是不是青城山，无法考证），仿佛在森林深处，有什么“东西”在召唤自己。这种感觉非常真实，令人无法忽视。每当从这神秘的梦境中醒来，她都心惊肉跳、汗流浃背。心酸的是，她竟然不感到恐惧，因为没有再次穿越到梦境中的地点，已是最大的幸运。

但是，必须跟孟什好好谈一下了。这种感觉很不好，苏茜非常清楚，长此以往，精神会无法承受的。虽然跟孟什之间，出现了一点罅隙，但丈夫毕竟是自己最值得依赖和信任的人，这点不会改变。

“孟什，这几天我很不安。”

坐在电脑前的孟什转过身来，望着苏茜：“怎么了？”

“我夜里经常做梦，非常真实的梦。我又置身于山林之中。”

孟什叹息道：“你还没有从这件事的阴影中走出来。”

苏茜说：“因为我直到现在都不明白，为什么这种怪事会发生在我身上——孟什，难道你就不想弄清楚这是怎么回事吗？”

“我当然想，但我该怎么做呢？也许我只能用小说的方式来做出诠释。”

你的诠释只是让这件事更加离谱，苏茜忍着没有把这句话说出来。“不弄清楚这件事的真相，我始终不会安心，总觉得同样的事，会再次发生。”

这回，孟什没有像往常那样不假思索地安慰苏茜，他陷入了沉默。这种沉默令苏茜越发不安了，她说：“你也这么认为，是吗？”

“我想，应该不太可能吧……”

孟什的回答令苏茜心寒。几天前，他还斩钉截铁地向她保证，这种事情绝对不会发生——即便只是安慰，也令苏茜感到宽慰。但现在，他明显变得不确定了，甚至——不，这肯定是我的错觉。孟什不可能**期待**再次发生这样的事情。苏茜迅速掐断刚才一瞬间冒出的可怕念头。

“苏茜，别想这么多了，胡思乱想只会徒增烦恼，睡吧。”孟什说。

苏茜点了点头，侧着身子躺在了床上。孟什愣了一下，说：“你不脱衣服和鞋吗？”

苏茜摇头道：“我怕再发生这种事情。以后睡觉我都会穿着衣服，并且把手机、身份证和钱包都带在身上。”

孟什张着嘴，似乎想说什么，却始终没说出来。

八

几天之后，苏茜发现，孟什的小说《恐怖转移》停止更新了。

对于已经追书上瘾的读者来说，突然断更就跟看足球赛时停电一样难受，读者纷纷追问作者为什么不继续写下去，希望作者给出一个解释。

但孟什却没有做出任何回应。原因苏茜很清楚，她从这两天孟什在家中的表现就能看出来了，他烦躁、焦灼，来回踱步，一看就是**故事编不下去了**。

这不奇怪，本来就是应景的作品，为热门题材而抢占先机，根本没有深思熟虑，考虑好故事的走向和结局，不陷入“瓶颈”才是怪事。

写作方面，苏茜完全帮不上孟什的忙。虽然他们上大学时都是中文系的，但苏茜研究的是古代汉语言文学，而孟什一直钟情于小说创作。他会时不时冒出一些点子，或者新奇的想法，皆可当作小说题材。这是否属于有天赋的范畴，苏茜不得而知。但她一直有些佩服孟什，认为他能办到自己办不到的事情。

所以，如果孟什都想不出来小说该如何继续，苏茜更是爱莫能助。但是出乎意料的是孟什这次竟然来找苏茜聊天，希望有所启发。

“亲爱的，我真的不想让你回想那件事……但你能不能告诉我，你一个人出现在青城山上的时候，最先想到的是什么？”

苏茜明白了，她是这件事的当事人，肯定拥有一些别人无法想象的体会。孟什需要从中寻找灵感，但恐怕要令他失望了。“孟什，如果你经历一次同样的事，就会发现，任何人遇到这种情况，脑子里只会是一片空白。”

“对，这是最初的感受，之后呢？你的直觉认为，这可能是怎么回事？”

苏茜极度不愿回想，但她竭力克服自己心里的不适。“我不知道，孟什，我真的毫无头绪。不管当时还是现在，都是如此。非得要说的话，我一度怀疑自己梦游了，但那座山给我的感觉是，根本不像北京的山，所以我又否定了这个想法。接下来，我几乎都在惊惧中度过，无暇思考这是怎么回事。”

孟什问：“你为什么感到惊惧？”

苏茜讶异地说道：“你认为我不该感到恐惧吗？遇到这种事情，我的反应应该是从容不迫、淡定自如？”

“不……我不是这个意思，我是说，那晚你在青城山上，**有没有看到什么不同寻常的事物？**”

苏茜后背泛起一股凉意。她不是被回忆吓到了，而是孟什问的这句话令她产生了一股莫名的恐惧感。她打了一个寒噤，身体缩紧了。

孟什不顾苏茜脸色苍白，只关心他感兴趣的事情：“怎么，你想起什么了吗？你真的看到了什么？”

苏茜问：“你希望我看到什么？”

“什么叫‘我希望’，苏茜，你别说这种话好吗？”

苏茜沉吟片刻，说道：“我好像看到树林中有某种**生物**。”

孟什睁大眼睛，关切地问道：“什么生物？”

“我不知道，那是夜里，又没有路灯，我只感觉树丛中窸窸窣窣的，仿佛有生物活动的迹象，也许就是青城山上的某种动物。”

“青城山上没有大型动物。”

“你怎么知道？”苏茜问。

“我上网查了资料。”孟什说，“据说前两年还有藏猕猴，现在都很少见了，更别说别的什么大型动物了。”

“我没有说我遇到的是大型动物。”

“但是一般的小型动物，是不可能弄出那么大的动静的。”

苏茜顿了片刻，问道：“你当时又不在场，你怎么知道有多大的动静？”

孟什微微一怔，说道：“我根据你的描述，猜的。小型动物造成的动静，应该不会被人注意到吧。”

苏茜闭口不语，心头隐约泛起一丝疑云。她不想再探讨这个问题了：“我累了，孟什，想休息了。”

“好的。嗯，苏茜……”

“还有什么事？”

“如果你还想起了什么细节，告诉我好吗？”

苏茜不置可否，侧躺在床上，一只手撑着腮帮子，搭了一床凉被在身上，穿着衣服和皮鞋睡下了。

这天晚上，孟什又没有陪苏茜一起睡。也许他从刚才的谈话中获得了一定的灵感，到书房继续创作去了。苏茜也没有再提出要孟什陪自己的要求。最近她感觉，衣服、鞋子和手机似乎比丈夫还要可靠，更能带给她安全感。

夜里，苏茜又做梦了。仍然是那座山林，植被丰富、丹梯千级、曲径通幽——似乎又是青城山。她真是纳闷极了，为什么她总是梦到青城山？这里到底跟她有什么渊源，要一次又一次地在梦中出现，甚至把她从遥远的北京召唤至此？

呃……暖暖的，这是什么感觉呢？身体下方仿佛有人，是一个人的脊背吗？我在一个人的背上？而耳边呼啸的风，似乎提示我在高速运动……

等等。

有人背着我……飞行？

即便是在梦中，苏茜也感觉骨寒毛竖。她突然想起了那个记者说过的话——有人曾有过跟她类似的经历……她悚然一惊，像遭到针扎一般，倏然地清醒了。

她真希望没有醒来。如果继续做梦能避免这一切，她情愿一直待在梦中。

恐怖的事情再次发生了。她清楚地意识到，此刻，她又站在了青城山上的某处。

九

树影婆娑，冷风飕飕，苏茜所站之地，恐怕是青城山上最阴森的一个地方。除了葱茏的树木，她的前方仿佛还有一个很大的山洞，黑暗中宛如巨人的大口。

虽然是第二次经历这样的怪事了，苏茜仍然全身发抖，汗毛直立。这种恐怖的事情，就算经历一百次，也不可能适应。

这回和上一次的区别是：第一，她缩短了认知此事的适应期；第二，她几乎可以肯定，这里不是别的山林，又是四川成都的青城山；第三，也是最重要、最庆幸的一点——她穿着长袖衬衫、牛仔裤和皮鞋。手上戴着腕表，兜里揣着手机和钱包。

对了，手表。苏茜猛然意识到，她应该立即确定现在的准确时间。她抬手看了下手表，显示的时间是凌晨一点二十分。她又迅速摸出手机，没错，七月二日，凌晨一点二十分。

苏茜清楚地记得，昨天的日期是七月一日，她是晚上十一点左右上的床，至于多久后睡着的，她无法确定，不过在没有失眠的情况下，最多也就二三十分钟吧。也就是说，睡着后的两个小时内，她从北京的家中通过梦境穿越到了成都的青城山。

四周一片寂静，几乎没有风吹草动。这般万籁俱寂，更令人毛骨悚然。苏茜的心脏怦怦狂跳，她在心里对自己说，镇定下来，冷静……别怕，这里是景区，不是荒山野岭。景区有酒店、农家乐和别墅。我有手机，能导航和拨打电话，我能获救。不，本来就没有什么危险，我只要走到最近的一家旅店就行了……

一边想，她一边点亮了手机的屏幕，试图通过GPS定位，确定自己的准确位置。谢天谢地，她成功地使用移动数据连接了4G网络，打开地图软件。没错，四川成都，青城后山！

扩大地图比例尺，进一步查询位置，苏茜发现自己的坐标在青城后山的“地藏洞”附近。这里在山腰以上，前后几千米都没有旅馆或农家乐。如果要走到能住宿的地方，至少要走两个多小时的山路。

一个女人，半夜三更独自行走在幽静、阴暗的山林中，且不说山路好不好走，光是想起来，就令人不寒而栗。苏茜不认为自己能做到这一点，她打算打电话求救，但是，打给谁呢？

景区管理委员会？110？或者距离最近的一家旅店？苏茜面临三种选择，对了，还有王洁。但是她现在应该在成都市内吧，不可能在青城山的别墅里，今天不是周末。

按理说，打报警电话是最可靠的。但苏茜迟疑的原因是，她不想再度引起关注。孟什在小说里几乎把她描述成了女外星人，如果让外界知道，她再次被“召唤”了，别说别人，恐怕父母都会怀疑，她会不会真的具有外星人血统了。

权衡之后，苏茜觉得只有打电话向王洁求助，是最能避免引起麻烦和关注的。但问题是，就算王洁同意开车到山上来接她，她也得先走到青城后山的公路上去才行，王洁不可能步行到这里来跟她碰面。

手机电量还有80%左右，足够支撑步行到公路。苏茜突然想起手机有“手电筒”功能，也许应该打开手电筒，看清楚四周的环境，再做下一步判断。

手机背面射出一道发散型白光，在黑夜中显得格外明亮。苏茜举着手机，试探性地照射周围。

前方是一条幽静的小径，不知通向哪里；左边是郁郁葱葱的树木，看不见道路。苏茜转动身体，光束照向斜后方——

突然，手电筒的光扫到一个人影。不是错觉，真的是一个人影，站在地藏洞洞口前。

苏茜浑身每一根汗毛都直立起来了，没有人能承受这种程度的恐怖。她彻底失控了，双手紧贴脸颊，手机掉落在地上，发出撕心裂肺的尖叫：“啊！”

万籁俱寂的夜里，突然传出这样一声尖厉刺耳的惊叫。如果周围有人的话，恐怕会当场吓出心脏病——更不必说发出尖叫的人本身所承受的惊吓程度了。

苏茜保留的最后一丝理智，是迅速捡起了掉落在地上的手机。然后，她不分方向地夺路而逃，沿着石板小径狂奔，同时发出肝胆俱裂的尖叫。她跌倒了，几乎没有感觉到疼痛，更没心思在乎有没有受伤，像一只受惊的野兔一样，在山林中没命地奔逃。

躲避的、惧怕的究竟是什么，在此刻显得一点都不重要。她面临的是人类与生俱来的恐惧感。很多时候，死亡都没有巨大的恐怖对心灵带来的折磨更令人畏惧。

苏茜完全不知道自己狂奔了多久，她几乎被吓疯了，奔跑成了一种本能。但她的体力渐渐濒临极限，眼看就要倒地不支了，就在这时，前方出现一丝希望的曙光——路灯！上天并没有抛弃她，她胡乱瞎跑，竟然误打误撞地跑到公路上来了。

盘山公路上，此刻没有任何车辆。但是微弱的路灯，以及相对宽阔的道路，给人以希望和力量。苏茜用尽最后一丝力气冲到公路上，双手支撑在栏杆上，恐惧和疲累令她胃里一阵翻腾，她剧烈地呕吐出来，然后坐在地上。这种难受的感觉，仿佛离死已经不远了。

然而，并没有什么怪物或者外星人出现在她面前。瘫坐在地上多时，体能恢复了一些，她拿起手机，拨通了王洁的电话。

“王洁……”她战栗着，声音带着哭腔，“又发生这种事情了，我从睡梦中来到了青城山！”

“天哪……苏茜，你在哪儿？青城山的什么地方，你知道吗？”

“我在青城后山的盘山公路上，位置大概在地藏洞附近。”

“你确定吗？”

“是的，我有手机，可以进行定位。王洁，这里一个人都没有，我好怕，真的好害怕，你能来接我吗？”

“好的，我马上开车来接你！但是你得等一下，我现在在市区，开车到青城后山，最少要四五十分钟。”

“好的，我就在公路旁等你。”

“行，你打开微信的实时位置，待在原地别动，我这就来找你！”

挂了电话，苏茜从地上站起来，挪动到路灯下方。微弱的灯光，多少抵御了一些心头的惶恐。

苏茜想起，她竟然还没有跟孟什通一个电话，告知他这件事。她自己都感到奇怪，遇到这样的事情，她首先想到的不应该是孟什吗？难道在她的意识深处，已经不那么信任孟什了？要真是如此的话，那实在是可悲。

苏茜还是拨通了孟什的手机号码，响了好一会儿，对方才接起电话，传来的是一个疲倦、惺忪的声音：“喂，苏茜？”

苏茜觉得这个声音跟孟什平时说话的声音有些不一样，也许是从睡梦中被吵醒，意识还没清醒的缘故。她说：“孟什，怪事又发生了……我在青城山。”

电话那头谜一般地沉默了几秒，孟什才清醒过来：“啊，你又……我的天！”

“孟什，我好怕。”苏茜又要哭出来。

“别怕，苏茜，这次你带了手机，你可以打电话求助。我在北京，没法立刻赶到你身边，但你肯定能找到能帮你的人，比如警察，还有王洁，你跟他们打电话了吗？”

“我跟王洁打了电话，她现在开车来接我。”

“那真是太好了。”

“你会来接我回去，对吗？”

孟什竟然没有立刻答应，苏茜感到心寒——仅仅是第二次，他已经感到厌倦了吗？

好一会儿之后，孟什才说道：“是的，我明天……不，今天就会来成都。你希望我现在就去机场吗？”

苏茜有些心冷，她甚至不想再继续通话了：“随便你吧，孟什。你也可以再睡一会儿，等早上再出门。”

他们彼此沉默了一会儿，竟然找不到什么话来说了。突然，有种怪异的感觉向苏茜袭来，但她一时又想不起来，问题出在哪里。

她竭力思索，忽然想到不对劲的地方是什么了。她问道：“孟什，刚才你接到我的电话，第一句话说的是什么？”

“啊？”

“你说的是‘喂，苏茜？’”

“呃……怎么了？”

“你半夜接到我的电话，就不觉得奇怪吗？在正常情况下，我应该就睡在你的身边呀！”

孟什似乎哑口无言了，他沉寂好几秒后，才说道：“我是感到奇怪呀。”

“但你是听到我说的话之后，才明白发生了什么事的。”苏茜说，“你的第一反应，竟然不是看一下我是否睡在你旁边？”

又是一阵沉默。“我当时迷迷糊糊的，没考虑那么多吧。”

这绝对不是实话——不管是这种牵强的解释，还是孟什那似是而非的口吻，都暴露了他是在搪塞此事。苏茜脑子很乱，她说：“好吧，那你早点来接我。”挂了电话。

孟什的态度和话语，实在是可疑到了极点。可苏茜又想不通他到底对自己隐瞒了什么。她心里有一个古怪的念头：**难道，这件事情**……

等待的几十分钟，简直无限漫长。幸运的是，这期间没有再发生什么恐怖的事情了。终于，苏茜看到一辆汽车沿着盘山公路向自己开来，同时手机也响起了，她赶紧接起电话：“喂，王洁？你来了？”

“对，我看到你了。”

车子在苏茜面前停了下来，王洁打开车窗说：“上车。”苏茜像见到救星似的，立即拉开车门，跳上汽车，坐在副驾驶的位置。

上车之后，苏茜立即关上车窗，对王洁说：“我们赶快离开这里！”

王洁不解地问道：“怎么了，你在怕什么？”

“我一会儿再跟你说，我们先走吧！”

王洁看了一眼手表：“现在已经凌晨两点过了，我把车开到别墅去，你今晚就住这里可以吗？”

苏茜说：“王洁，今晚……你可以陪我住在这里吗？”

“我明天要上班……算了吧，我早上跟领导请个病假，今晚就留在这儿陪你吧。”

“太好了，谢谢你！”苏茜感激地说。

车子启动，朝别墅区驶去。不多时，便到达了王洁家的别墅。苏茜是第二次来这里了，多了几分熟悉的感觉。

进入屋内，王洁把灯全部打开。光明驱散了苏茜心中的恐惧，王洁陪伴在身边，也让她安心了许多。

王洁本来有些疲惫，一番折腾之后，反倒没有了倦意。她热了两杯牛奶，跟苏茜坐在一起，叹息道："苏茜，怎么又发生这种情况了？"

苏茜缓缓摇着头，显得神思惘然。她比任何人都要迷茫，同时她又清楚地知道，她不能继续迷茫下去，否则这种怪事恐怕还会发生。总有一天，她的精神会彻底崩溃。

不能再被动下去了。苏茜暗忖。我必须根据目前的线索，探索这到底是怎么回事。

"王洁，"苏茜望着好友说道，"这次的情形，跟上次有些不一样。"

"怎么不一样？你不是从睡梦中转移到这里来的吗？"

"不，这点是一样的。"

"但是你穿着外出的衣服、鞋子，还带了手机。"

"那是因为我之前就预感到，这种事情还会再次发生。所以这段时间，我在家里都是穿着衣服和鞋子睡的，手机和钱包也一直揣在兜里。"

王洁微微颔首："那不一样的地方在哪儿？"

"我看到一个人影。"苏茜颤抖着说，"就在距离我不远的地方。"

王洁显然被吓到了，她抱紧了身体，试探着问道："你是说，青城山上吗？"

"对，一开始我没有发现。但是当我打开手机的手电筒功能，探照四周的时候，手机的灯光晃到了这个人影。"

王洁全身都吓出鸡皮疙瘩了，她揉搓着自己的脸颊，说道："天哪……这真是太恐怖了。你确定吗，你真的看清楚了？不会是错觉吧。"

"绝对不是，我敢肯定那是一个人。"苏茜笃定地说，"虽然手机的灯光只是一晃而过，但我看得非常清楚，那是一个直立的人，他就站在地藏洞的洞口，窥视着我。可惜我当时实在是太害怕了，吓得手机掉在了地上。捡起来之后，也不敢再次将手电筒的光照过去看个究竟……"

"别说了，苏茜……我也感到毛骨悚然了。"王洁脸色苍白地说。

“你无法想象看到这一幕的我，有多么恐惧。”苏茜说，“但光害怕是没用的，我想知道站在那里的人是谁，我猜这个人一定跟这件事情有关。”

王洁咬着嘴唇思索了一阵，说：“但是，我们恐怕没法弄清楚这个人是谁。青城山这么大，就算报警，警察也不可能把整座山都搜寻一遍。况且他并没有对你做出攻击性行为呀。”

苏茜也明白这个道理，但她仍旧不死心，说道：“如果他并不是凑巧出现在那里呢？也许他现在还在地藏洞的附近，甚至在地藏洞里面。”

“这是景区，”王洁提醒道，“每天都会有游客到地藏洞附近，那里不可能生活着怪人。”

“说不定，那根本就不是‘人类’。所以普通人是不可能发现‘它’的。”苏茜骇然道，随之产生的联想也越发离奇了，“我会出现在那个地方，也不是偶然，跟这种生物是紧密相连的。”

王洁沉吟片刻，问道：“苏茜，你看了《恐怖转移》这篇小说？”

苏茜望着好友：“你也看了？”

“当然，我怎么可能没看，这是现在最火的小说。”

“是孟什写的，你知道吗？”

王洁张开口，露出吃惊的神情。随即，她似乎想通了一些事情：“苏茜，你被这篇小说影响了。我建议你别再看这篇小说了。”

苏茜不认为是这样：“可是这篇小说目前的情节中，没有出现我遇到的这种情况。”

“但是小说暗示，女主角会再次遭遇‘恐怖转移’，这不就应验了吗？”王洁说。

苏茜迷惑了，喃喃自语道：“这篇小说的题材，是孟什根据我的亲身经历来写的。但现在，小说却预言了我即将遭遇的事情，这是巧合吗……”

王洁抓着苏茜的手说：“我觉得你不该再想下去了，也别自己吓自己。现在已经凌晨三点了，苏茜，睡吧，我陪你一起睡。”

苏茜望着王洁，点了点头。有好友的帮助和陪伴，是在这起不幸的遭遇中最大的幸运了。

十

翌日下午，孟什来到了王洁的别墅。第二次发生这种事情，孟什有些着急了，他一进门就抱住妻子，说道：“担心死我了，苏茜！”

苏茜心头一热，之前对孟什的种种猜忌和不满，都因为这一句话而烟消云散了。她跟孟什紧紧拥抱了片刻，说道：“咱们回家吧。”

王洁今天请了假，没去上班。苏茜和孟什一起跟她道谢，然后两人前往机场，乘坐最近的一班飞机返回北京。

在飞机上睡了一觉，醒来已到达首都机场。再打车回到家中，是夜里十二点了。苏茜疲惫得连澡都不想洗，就一头栽到了床上。孟什试图帮她脱掉身上的衣物，苏茜制止道：“别，万一又……”

“我向你保证，今天晚上绝对不会发生这样的事。”孟什温柔地抱住苏茜，说道，“我会一直搂着你睡的。”

一眨眼，到了早晨。仿若白光一闪，穿越时光隧道，一秒之后就来到了十个小时之后。只有极度疲倦，经历深度睡眠的人，才有这样的体会。睡足觉的苏茜神清气爽，可惜的是，孟什并未在她身边。

苏茜穿着拖鞋走到书房，果然，孟什已经坐在电脑前工作了。她靠在门框上，歪着头，笑着说道：“我还以为你真的会搂着我睡呢。”

孟什回过头来，同时习惯性地合上了笔记本电脑。他站起来走到苏茜身边，说：“我保证是搂着你睡的，直到我早上起来上厕所。苏茜，也许你该看看，现在几点了。”

苏茜回到卧室，拿起床头上的手机看了一眼：“天哪，十一点四十五分了！”

“没错，你睡了差不多十二个小时。”孟什笑道，“看你睡得这么香，我都不好意思叫醒你起来吃早餐了。”

“我真是太疲倦了。”

“我知道。所以你什么都别做，就在家里休息吧。”

苏茜感激地一笑，感觉她和孟什，又回到从前了。

带着胸中的暖意，她回到卧室，打算整理一下床铺。这时，她发现床上有一样东西。

一根黑色的长头发。

这根头发大概有手臂那么长，苏茜很清楚，这绝不属于自己，因为她留的是齐肩的中等长度头发。

苏茜的心瞬间坠入冰窖。这意味着什么，再清楚不过了。

但是，等一下——她在心中思索——我是昨天夜里“失踪”的，今天上午，孟什就乘飞机到成都来接我了。这段时间，他可能跟另外的女人幽会吗？

难道是一大早，就有某个女人来到了这个家？或者是——苏茜产生了更为惊惧的猜想——**在我消失之后，有另一个女人出现在这张床上，取代了我？**

苏茜不想胡乱猜测，不管怎样，她想先听听孟什的解释。

“孟什，你来一下。”

片刻后，孟什从书房来到了卧室，问道：“怎么了？”

苏茜把床上的长头发捻起来，伸到孟什眼前：“这是什么？”

孟什定睛一看：“头发？”

“对，头发。但不是我的，更不可能是你的。”

孟什挠着脑袋说：“那是谁的头发？”

“这就得问你了。”苏茜盯着他的眼睛。

孟什一怔，难以置信地说：“天啊苏茜，你怀疑我背着你带了别的女人到家里来？”

“要不然怎么解释床上的这根长发呢？你可别说是从窗外飘到床上来的。”

面对苏茜的质问，孟什显得很无奈，他说：“我不知道这是怎么回事。”

“不知道？孟什，没有谁的家里会突然出现一根陌生女人的头发！”

“我真的不知道，你不能因为一根头发就怀疑我出轨！况且我有时间做这种事吗？早上起来之后，我就立马到了机场，然后坐飞机到成都来接你！”

苏茜一时找不到话说。这事确实蹊跷，不过发生在她身上的怪异的事还少吗？她真不知道该如何解释这一切。

这时，孟什想到一种可能性，说道：“会不会是某个女性靠近我或者你的时候，掉了一根头发在我们的肩头，我们把它带回家来了？比如飞机上的空姐俯身问我们喝什么饮料的时候。”

“会吗？”苏茜怀疑地说，“空姐的头发都是盘起来的，不会留披肩发。”

“我只是举个例子，不一定是空姐。我们从成都到北京的过程中，跟很多人接触过。”

孟什这样一说，苏茜突然发现，自己对于昨天下午到晚上发生的事情，竟然没有多少印象了。不过十几个小时而已，记忆力再差的人，也不会如此健忘，她有些焦急地说道：“为什么我想不起昨天发生的事情了？”

孟什说：“昨天本来就没有发生什么特别的事啊。苏茜，你别疑神疑鬼的。你太疲倦了，又没有留心身边发生的事，记不起来一些细节，也是正常的。”

不知为何，苏茜总觉得这是托词，孟什似乎在掩盖什么。她不禁脱口而出：“孟什，你到底对我做了什么？”

孟什吃惊地说：“我能对你做什么？苏茜，你越说越过分了！”

苏茜心中自然也是十分难过。她坐在床上，捂着脸哭起来，孟什叹了口气，坐过来搂着她的肩膀说道：“你经历了一些诡异的事情，肯定对心理有一定的影响。但你不能因此就神经过敏，怀疑一切。苏茜，你得振作起来，想办法走出阴影。”

苏茜望着丈夫，微微颔首。也许她真的是太敏感了吧。这根头发，可能真的是从外面不小心带回来的。

午饭过后，孟什继续创作小说。苏茜倚靠在床上，打开了保存在手机上的看书网站。

果然，《恐怖转移》这篇小说，继续更新了。

苏茜忍不住点开今天才更新的章节，在阅读的过程中，恐惧的感觉像看不见的蚂蚁慢慢从脚底爬上她的身体，她的后背和头皮开始发麻。

这一章的大致内容是：女主角再次经历了“恐怖转移”的怪事，深夜出现在青城山上。在某个洞口，她看到了一个恐怖的人影。这个“人”的身体比例跟正常人类有所不同，女主角不敢细看，夺路而逃……

这段剧情，跟苏茜的经历几乎一模一样。但是，她记得非常清楚，**根本没有跟孟什说过昨晚的遭遇。**

那孟什怎么会写出近乎一样的剧情呢？

再说是巧合，那真是自欺欺人了。

这一次，苏茜不打算再找孟什对质了。她心里堵得慌，突然觉得这件事不能再靠自己一个人扛了，她需要帮助，需要比她更聪明和更清醒的人来为她出谋划策、指点迷津。

有一个人再合适不过了——苏茜高中时代的闺密——景桦。

想到景桦，一个美丽、知性的女性形象浮现在她眼前。高中时候，景桦就是全班成绩最好、最聪明的女生。苏茜跟她一直是好姐妹，高中时几乎天天黏在一起。后来景桦考上上海的大学，毕业后留在上海工作，两人的关系渐渐淡了些。但苏茜一直跟她保持着联系，生活中遇到难事，也总是跟景桦请教。景桦往往都能给她提供极具建设性的意见。

实际上，第一次遭遇怪事的时候，苏茜就想跟景桦倾诉了。但她不愿朋友对自己另眼相看，忍住了。但现在事情发展成这样，她没法再独自面对，只能将所有情况和自己的猜测都告诉景桦，希望她帮自己做出判断和分析。

苏茜先跟景桦发了一条微信：桦，现在有空吗？方便通电话吗？

对方很快就回复了：有空，什么事，茜？

苏茜：我遇到了一些事情，想讲给你听一下。

景桦：行，我马上给你打过来。

苏茜立即回复：不，等一下，我打给你。

跟景桦的对话显然是隐秘的，不能让孟什听到。苏茜走到书房门口，看到孟什在电脑前专心地写作。她进去跟孟什象征性地聊了几句，叮嘱他注意活动颈椎什么的，然后离开书房，悄悄带上房门。

之后，她关好并锁上卧室的房门。两道门加上中间的走廊，应该具有很好的隔音效果了，她相信孟什绝对听不到她们的通话，才用手机拨通了景桦的号码。

“嗨，苏茜，有段时间没跟你打电话了，最近过得怎么样？你遇到什么事情了？”听筒里传来景桦的声音，她还是跟以前一样，语速超快，说话像连珠炮。

“景桦，我最近……遇到了一些难以解释的怪事。”

“什么事？”

“你看前段时间的新闻了吗，‘北京女子梦境穿越’这个？”

“当然看了，这事炒得沸沸扬扬，我还跟同事讨论过事件的真实性。”景桦带着明显开玩笑的口吻说道，“苏茜，你可别说新闻里的‘北京女子’就是你啊。”

“……”

沉吟了片刻，景桦的语气变得严肃了：“不会吧，苏茜，遇到这件怪事的人，真的是你？”

“嗯……”

对方似乎倒吸了一口气：“这么说，这件事是真的？我当时还怀疑这是一则为了博眼球而编造的假新闻呢。”

“是真的，景桦。这件事的主人公就是我。”

“你真的在睡着的时候，从北京的家中转移到了成都的青城山？”

“千真万确，而且这种事情发生了不止一次。”

“天哪，那是几次？”

“两次。”

“都是从北京到青城山？”

“没错。”

“但我只看过一次报道。”

“那是因为前天才发生的那一次，我没有让新闻媒体知道。否则你就会再次看到这则新闻了。”

对方沉吟了片刻，似乎在努力接受和消化这件事：“苏茜，以我对你的了解，你肯定不是在开玩笑。”

“对，这也是我选择找你倾诉的原因。你知道我没这么无聊。”

“那我们认真地谈谈这件事吧。”景桦说，“你打电话给我，是希望我帮你分析一下，对吗？”

“没错，正是如此。景桦，我比任何时候都需要帮助。这种匪夷所思的怪事在我身上已经发生两次了，如果再发生一次，我想我会疯的。”

“嗯。”景桦表示理解，“那你就把这件事的过程详细地告诉我，别漏掉细节。”

“好的。”苏茜开始讲。

十一

苏茜的回溯是从发生怪事之前开始的，她必须让景桦明白，自己遭遇的怪事和孟什创作的小说之间有不可忽视的联系。这是她想要表达的关键，也是怀疑的重点。

听完了苏茜的叙述，景桦深吸了一口气，说道："苏茜，不瞒你说，这真是我这辈子听过的最诡异的事情。"

"你有什么见解吗？"

"恐怕没有人能准确地告诉你，这究竟是怎么回事。我只能通过你的描述，做出我的分析和猜测。"

"对，我就是想听听你的看法。"

景桦沉默了几秒，仿佛在整理思路。她说："首先，我们暂且排除'超自然'和'灵异事件'这两种可能性。"

"为什么？"苏茜问，"你觉得这两种情况完全不可能吗？"

又是一阵沉默。"苏茜，你要听实话吗？"

"当然。"

"好吧，那你听好了。"景桦一字一顿地说，"**我绝对不相信，你丈夫跟这件事会没有关系。**"

苏茜心中一凛，这是她最不想听到的，也是她最想搞清楚的。她急促地说："你觉得这是怎么回事？"

"苏茜，我不知道我说得对不对，我只能说出我的感受和想法，你能接受吗？"

苏茜做好了心理准备："你说吧，景桦。"

"我现在初步感觉，**这件事，像是一个阴谋。**"

"谁设下的阴谋？我丈夫？"苏茜忧虑地问。

"苏茜，咱们把这件事从头到尾捋一遍。"景桦说，"最开始，你丈夫找不到写作的灵感和合适的题材；几天之后，你就遭遇了'神秘转移'事件；这件事轰动全国，成为热点新闻；你丈夫'顺理成章'地获得了写作题材，以此事件改编的小说在网上大红大紫；一段时间后，你丈夫才思枯竭了，这时你遭遇了第二次转移事件；回家之后，你丈夫再次被激发了创作灵感，小说得以继续；最关键的是，他写的小说剧情，跟你的经历一模一样——苏茜，从任何角度来看，这件事都是有问题的，你不觉得吗？”

景桦的分析令苏茜感到遍体生寒，她说：“景桦，我也觉得可疑，但他怎么办得到？半夜三更的，把我从北京转移到成都的青城山，你觉得一般人能做到这样的事情吗？”

景桦说：“世界上有些事情，看上去不可思议，那是因为普通人的想象力和执行力受到了限制。但是假如符合一定的条件，要办到这样的事情，也并非完全不可能。你听说过**大卫·科波菲尔**吧？”

苏茜点头：“知道，全世界最出名的魔术师。”

“不只是出名，简直可以用‘伟大’两个字来形容。他表演过很多惊人的魔术，比如在众目睽睽之下让一架7吨重的喷气式飞机消失，以及穿越长城，等等。这些魔术直到现在都没被破解，如果大卫本人不揭秘，恐怕会成为一个永远的谜。”

“但你说的是大卫·科波菲尔，而我丈夫不是魔术师。”

景桦叹了口气：“苏茜，我绝对无意冒犯，但我不知道你是不是在家里当了太久的家庭主妇，思维模式受到了限制。对，你丈夫不是魔术师，但他如果真要策划并操作这起事件，难道不能找一个魔术师合作吗？别忘了，他是悬疑小说作家，跟魔术师一样，拥有超过常人的想象力和创造力。”

苏茜张着嘴愣了半天：“假如真是这样，你觉得他是怎么办到的？”

“美国有一部电影，叫《惊天魔盗团》，上面就有类似的手法——几个人一瞬间从纽约转移到了澳门。当然，这是电影，有夸张和不合逻辑的成分，但它提供的思路，却足以让人借鉴。”

“电影中是怎么办到的？”苏茜好奇地问。

“我记不太清楚了，大概是催眠了这几个人，然后在他们昏迷的时候，悄悄转移到异国他乡，再解除催眠，让他们以为仅仅过去了几秒钟。”

苏茜思考了一阵，说：“电影里也许是可行的，但现实中，这不可能。”

“你为什么这么肯定？”

“因为时间对不上。”苏茜说，“第一次暂且不说，但第二次，我身上带着手机、腕上戴着手表，我出现在青城山上的时候，立刻看了时间和日期，距离我睡着，只过了最多两个小时。北京到成都的飞行时间都要两个半小时，况且飞机不可能直接降落在青城山山顶，所以……”

“苏茜，”景桦忍不住打断了她的话，“你真的太天真了。”

“……怎么说？”

“手机和手表，难道不能调整日期和时间吗？你确定你醒来后看到的时间，真的是当时的时间？或者，你睡觉之前看到的时间，一定是准确的吗？”

“……”

“其实，最为关键的一点就是——除了你丈夫，其他人怎么可能把你从家里弄到别的地方去？”

景桦最后说的这句话，令苏茜脑子里嗡嗡作响，她不敢相信这是真的，却又找不到更为合理的解释。呆滞了许久，她嗫嚅道：“但是，理由呢？他的动机是什么？他已经有了这样的创意，还需要实施此事来刺激灵感吗？”

“他要的不是灵感，而是一起话题性事件。”景桦一语惊醒梦中人，“苏茜，你想想看，如果现实中没有发生这件事，新闻媒体也没有大势炒作，你丈夫写的这篇小说，还会这么火吗？”

苏茜的心如同坠落湖底的石头，越来越沉，越来越冷。她的眼泪涌了出来，啜泣道：“可是，我是他妻子呀，他为了打造一部畅销小说，不惜对我做出这么可怕的事吗？”

景桦叹息道：“在男人心中——或者说在某些男人心中，没有比事业、名气和财富更重要的事物了。为了达到目的而不择手段的例子，这世上还少吗？”

“如果事情真像你说的这样，那我该怎么办？”

景桦沉思了片刻，说：“我想这件事你大概很难去证实。因为你丈夫无论如何都不会承认的。而且我给你一个忠告，你千万别去跟他对质此事。”

“为什么？”

“因为，假如事实真是如此，而他又意识到事情已经败露了，后果不堪设想。苏茜，他对你做的事，已经不是简单的侵犯人权了，而是不折不扣的犯罪。一个视事业为生命、如日中天的当红作家，是绝对不会让你毁了他的。为了不让秘密泄露出去，他会对你做出怎样的事，我真是不敢想！”

这番警告让苏茜鸡皮疙瘩都起来了。电话里景桦继续说道：“苏茜，为了保险起见，你应该离开他。否则早晚都会出问题，而且‘恐怖转移’这种事情也有可能再次发生在你身上！”

苏茜打了个寒战，说道：“离开他，等于离开这个家……但是我能到哪儿去？”

“哪里都好，你老家，父母那里，要不然你到上海来找我吧。”

苏茜心乱如麻，一时没个准主意，她对景桦说：“你让我想想吧……”

“行，但是得快。苏茜，说实话，你面临的这种状况，连我都感到危险。”

“好的，我考虑好了，再给你打电话。”

“随时保持联系，再见。”

“再见，景桦。”

挂了电话，苏茜垂着头，神思惘然。突然她意识到这番电话打了接近一个小时，应该先出去一下，以免引起孟什的怀疑。

然而，刚刚转过身，苏茜发出一声惊叫。

孟什站在她的面前。

十二

“苏茜，你怎么了？看到我就像见到鬼一样。”孟什说道。

“我不是……只是，你站在我身后，又没发出声音，吓了我一跳。”苏茜语无伦次地解释着，尽量让自己显得不那么惶恐不安。她心脏怦怦狂跳。天哪，他是什么时候出现在我身后的？他听到我和景桦的对话了吗？

苏茜清楚地记得，她是锁上了房门的，她试探着问道：“孟什，我刚才锁了卧室门，你是怎么进来的？”

“这里是我家呀，难道我不知道卧室的门钥匙放在哪儿吗？”孟什摇了一下手里的一串钥匙，然后反问道，“你在跟谁打电话，为什么需要锁门？”

苏茜说：“我在跟景桦聊天。”

“哦，景桦，你的闺密。你们在聊什么呢？”

“女人之间的话题。”

孟什面无表情地看着苏茜，盯得她全身发毛。须臾，他问道：“苏茜，你相信我吗？”

苏茜心中一震，问道：“你为什么这么问？”

“不管是女人之间的话题，还是别的什么话题，你以前从来没锁过门打电话。你是在避开我吗？”

“孟什……你想多了吧。女人之间，不是都会有一些小秘密吗？”

孟什跨了一步，走到她面前，凝视着苏茜的眼睛，几乎把她逼到了墙角。他贴近苏茜的脸说道：**“每个人都会有小秘密。我不去探索你的，你也别探索我的，好吗？”**

苏茜背皮都发麻了。这种暗示再明显不过了。她睁着惊惧的眼睛，一个字都说不出来，只能哆嗦着点头。

“苏茜，我希望从今天起，你不要离开这个家。我每天会让人送食材或快餐到家里来。你只需要在家里修身养性，看看书，听听音乐，喝喝茶就行了。我保证‘恐怖转移’这种怪事，绝不会再发生在你身上了。而你也保证，不会离开我，或者做对不起我的事情，行吗？”

苏茜害怕极了。孟什都快把话挑明了，而她不敢不从。她从他的眼睛里看到一种疯狂的神色。

“好的，我答应你……”她颤颤巍巍地说。

孟什退远一些，似笑非笑地说道：“那就好，乖。”

他走出卧室，带上门。苏茜突然有种全身瘫软的感觉。

接下来的两天，几乎是软禁般的生活。虽然没有到寸步不离的程度，但苏茜明显感觉到，她时刻处于孟什的监视之中。晚上是最恐惧和最难熬的时候，她甚至希望再次转移到青城山。这个家——曾经温馨可爱的家——成了一座牢狱，让她想要逃离。

她想过报警。孟什还没有做到把手机给她收走的地步。可是一旦警察来了，她该说什么呢？她无法指控孟什对她进行了侵犯和伤害，而“恐怖转移”的真相，听起来就像小说里的剧情，况且这只是猜测，没有任何证据。

她也想过逃走，但她能逃到哪里去？孟什知道她的老家在哪里，更能找得到她父母的住所。苏茜无论如何都不想连累年迈的父母。

无奈之下，她只有躲在厕所里，再次用微信跟景桦联系：

景桦，我被孟什控制了。我几乎遭到了软禁。

景桦很快就回复了：天哪！他知道你已经清楚真相了吗？

苏茜：我想是的。

景桦：苏茜，如果他限制你的行动，你完全可以报警。这是非法拘禁！

苏茜：问题是他并没有真正地拘禁我。他只是警告了我，甚至是威胁。警察也帮不了我的忙，他们只会认为是我神经过敏。

景桦似乎考虑了片刻，回复道：苏茜，你的住址没变吧？还是北京市丰台区六圈路附近的天伦城，对吗？

苏茜：对，你来过的。景桦，你想干吗？

景桦：我来接你，或者说救你。我和我老公一起来。你没忘吧，我老公是特警。

苏茜心头一阵激动，此刻她能依靠的恐怕只有景桦了。她立即发送文字：可以吗，景桦？你们真的能过来？

景桦：当然，你都陷入这种境地了，我岂能不管？我马上跟我老公说这件事，我们会买最近一班从上海到北京的机票。顺利的话，几个小时后就能到你的家。

苏茜：景桦，那真是太好了。为了以防万一，你记着，我家旁边有一个弱电井。我们为了防止忘带钥匙，藏了一把备用钥匙在弱电井最下方的凹槽里面。你到了之后，可以直接找到钥匙，打开家门进来。

景桦：我知道了。苏茜，等着我，这几个小时内，你什么都别做，千万别刺激孟什，明白吗？

苏茜：好的，景桦，我等着你们。

结束了跟景桦的聊天，苏茜赶紧删除了之前的所有聊天信息，她必须尽量地小心谨慎。甚至于她根本没有上厕所，也按下了水阀，故意制造出冲厕所的声音。她不敢在厕所里待太久，所有的一切，都是避免引起孟什的怀疑。

但是，刚刚走出主卧的卫生间，一声惊雷划过，屋外电闪雷鸣，一场夏日的暴雨，顷刻就要来临。

这声炸雷映白了苏茜的脸，也震慑了她的心，一种不好的感觉油然而生。

老天在跟我作对吗？这场突如其来的暴风雨，会不会阻止景桦他们的行程？

此时，已是晚上八点了。按照景桦说的，他们乘坐最近的一班飞机抵达北京，大概是凌晨的时候吧。但这是在顺利的情况下，如果遇到暴风雨，飞机肯定会暂时停飞，时间将变得完全无法确定。

其实目前的状况，并非十分紧急。但不知为什么，她心中不安到了极点，无比盼望景桦他们快点到达。雷雨或许是一种象征，她总觉得今天晚上会出什么事。

正思忖着，又是一声令人心胆俱裂的炸雷，苏茜吓得叫了起来，赶紧捂住耳朵。这时，屋内的灯突然全都熄灭了，整个房子陷入一片黑暗。

苏茜惊惧地睁大了眼睛，身上的毛孔剧烈收缩着。没有比突如其来的黑暗更让人恐惧的了，况且是这样一个雷电交加的夜晚。

是雷电导致停电的吗？但是，城市中的楼房，都有接地线的避雷针，因为雷电而造成电路故障，是概率很低的事情，起码之前从来没有遇到过这样的事。难道……是有人故意拉下了电闸？

苏茜的心揪紧了。这时，**有脚步声朝卧室靠近。**

十三

苏茜来不及细想，快步上前，摸索着将卧室的门锁住。但她又忘了，孟什有钥匙，他打开了门，站在她的面前。苏茜看不清他的表情，却能感受到他面容阴冷。

“孟什，你……要干什么？”她颤抖着，缓缓朝后退，即便并无退路。

孟什打开手机的手电筒，光束照在他的脸上，显得更加阴森可怕。他靠近了一些，说道：“什么‘我要干什么’？苏茜，你没事吧？”

“别靠近我……”苏茜战栗着，“电怎么停了？”

孟什说：“外面狂风暴雨，你没看到吗？肯定是雷电导致的停电呀。”

苏茜摇头道：“城市的楼房都有防雷设施，不会停电的。孟什，你到底想做什么？”

孟什深深地叹了口气，停下脚步，坐在了床沿上，说道：“苏茜，我们该谈谈了。”

苏茜紧贴着墙壁，时刻保持着警觉：“谈什么？”

“你不能继续这样下去了，苏茜。”

“什么意思？”

孟什望着她，悲哀地说：“你的精神已经不正常了，并且越来越严重。你的幻想越来越出格，我快受不了了。”

苏茜呆住了：“你说什么？”

孟什叹了口气，说道：“苏茜，我没法再继续迎合下去了，抱歉，我必须告诉你真相了。”

“……什么真相？”

“苏茜，**你从来没有转移到什么青城山，这些都是你的幻想**。不过这不怪你，是我的错，我没有写出畅销小说，我们家的钱所剩无几了。但我没想到，你的心理压力竟然比我还大，所以你才……”

“等等，”苏茜悚然道，“你在说什么？你说之前发生的两次转移，都是我的幻想？”

“要不然呢？你以为世界上真有这样的怪事吗？”孟什说，“我没有揭露真相，只是不想让你觉得自己疯了。但是你现在已经到了失控的边缘，甚至有被害妄想症。你竟然认为这一切是我设下的阴谋，以为我会害你。”

苏茜愣了许久，摇头道：“不，不可能，我清楚地记得青城山上发生的一切，而且所有的感觉都是真实的，这不可能是幻想。”

“苏茜，记得你跟我说过的吗——**你最近总是做非常真实的梦**。你深陷在这些荒诞而虚妄的梦中，无法自拔，乃至分不清现实和梦境。这不奇怪，所有幻想症的患者，都认为自己经历的一切是真实的，你也不例外。但是相信我，这没有什么，只要你积极配合治疗，不再沉溺于幻想之中，一切都会好起来的，我跟你保证。”

苏茜怀疑地望着孟什，难以置信到了极点：“你叫我怎么相信你说的话？”

孟什慢慢站起来，走到苏茜面前，温柔地抚摩着她的头发：“苏茜，我是你的丈夫，是你在这个世界上最应该相信的人。我爱你，你也深爱着我，不是吗？我们在一起的美好的日子，你都忘了吗？”

不，她怎么可能忘记呢？他们是大学同学，从大二下学期就确立了恋爱关系，是校园里最让人羡慕的一对。他们在校外租了便宜的公寓，天天厮守在一起。校外的滨河路、烧烤摊、林荫道……都有他们快乐的身影。每一段回忆，都是最珍贵的礼物。结婚之后亦是如此……苏茜的眼泪涌了出来，她控制不住自己的情绪，扑到孟什的怀里，抽泣起来。

孟什轻抚着苏茜的背，这时又一声惊雷落下，但是在孟什的怀中，苏茜不再害怕了。她什么都不愿去细想，只想停留在此刻，仿若回到了过去。

“电……还没有来吗？”

“别管电了，会有人修理的。咱们睡吧，我抱着你睡。”

“嗯。”

他们挪动着身体，转移到床上，躺下后，仍然彼此相拥。苏茜是如此幸福，以至于连景桦夫妇正在赶往他们家都被忘了。她在温柔的呵护中，沉沉地睡去了。

凌晨时分，手机铃声响了起来。苏茜在蒙眬中醒来，拿起电话，看到屏幕上显示的是“景桦”，这才想起忘了通知一声好朋友，她这边已经没有什么问题了，这一切，完全是一场误会。

刚刚接起电话，景桦就急切地说道：“苏茜，我和汪凯（景桦的丈夫）马上就到你家门口了，你现在怎么样？”

苏茜不知该作何解释，屋里还是漆黑一片，显然电力还没有恢复。窗外的暴雨也没有停歇。她突然觉得，在如此恶劣的天气状况下，让好友专程从上海赶来，真是罪大恶极。不过这种雷雨天气，航班居然没有受到影响，简直是个奇迹。她问道：“景桦，这么大的雨，还有雷电，你们乘坐的航班没有延误吗？”

“没有，我们乘坐的是十点二十的飞机，准时起飞了。等等，你说什么，雷电？北京刚才下了雷阵雨？”

“什么‘刚才’，现在外面也下着暴雨呀。”

电话那头的景桦沉默了好几秒，语气严肃地说道：“苏茜，我不知道你在说什么。但我现在已经在你家小区的楼下了，今晚月朗星稀，一滴雨都没有。”

苏茜愣住了。她转过身，想问问睡在她旁边的孟什这是怎么回事。然而，她在黑暗中摸索身旁，孟什压根儿没在她的身边。

苏茜的心又一次绷紧了，她呼喊道：“孟什，你在哪儿？”

景桦从话筒里听到了苏茜的喊叫，她问道：“出什么事了，苏茜？”

“孟什，他不见了！之前他还跟我在一起，睡在一张床上！”

“你等等，苏茜，我已经在楼下了，马上就乘电梯上楼。你家是在17楼，对吧？”

“对，没错。”

苏茜跳下床来，一边呼喊孟什，一边在每间屋和卫生间挨个儿寻找孟什，但是既没有回应，也没有人影。终于，她确定孟什已经不在这个家里面了。可深更半夜的，他会去哪里呢？苏茜捂着脸，嘤嘤哭泣。

此时，景桦和她的丈夫汪凯——一个身高195cm的强壮特警，已经来到苏茜家的门口了。她在电话里听到了苏茜哭泣的声音，对特警丈夫说：“情况不对劲，我们直接找到钥匙，开门进去。”

汪凯点头同意。景桦很快就找到了电梯右侧的弱电井，她蹲下去，摸索最下方的凹槽，摸到了苏茜之前说的他们藏在此处的备用钥匙。

景桦一秒钟都没有迟疑，她用钥匙打开房门，跟丈夫一起推门而入。

屋子里一片漆黑，景桦喊道：“苏茜，你在哪儿？我们进来了！”

苏茜在电话里听到了景桦的声音，但是——仅仅是在电话里——她突然意识到不对劲，带着哭腔喊道：“景桦，我就在客厅里，但我没有看到你！”

“屋子里怎么是黑的？”

“我不知道，雷雨导致停电了。”

“苏茜，没有什么雷雨。算了，我先把灯打开。我摸到开关了。”

“啪”的一声，客厅的灯亮了。景桦和丈夫睁大眼睛，并没有看到苏茜。而她刚才还声称自己就在客厅里。

“苏茜，你真的在客厅里吗？”景桦再次问道。

“我就坐在客厅的沙发上，但我也没看到你们！”

“我已经打开灯了，苏茜。”

听到这句话，苏茜悚然一惊。她颤抖着说：“你……开灯了？但是，房子里还是一片漆黑呀。”

她们沉默了一阵，彼此都意识到不对劲了。这种状况真是诡异到了极点，仿佛她们身处平行空间。

终于，景桦好像明白这是怎么回事了，她摸了一下客厅的桌子和茶几，上面是厚厚的灰尘，地上也是。她说道：“苏茜，我敢肯定，你现在不可能在这套房子里。你家布满了灰尘，看起来很久都没有人在此居住了。”

“这怎么可能？这段时间我们一直在家里面！”苏茜费解地说，“难道你走错了地方，进入的不是我家？”

“不，苏茜。我想事实刚好相反。我现在在你的家里面，而你，从一开始就没在自己家中。”

十四

景桦的这句话，令苏茜如同坠入冰窖。她全身发冷，一时没能弄懂这是怎么回事，只是本能地感到害怕。而更可怕的，是渐渐浮出水面的事情的真相。

苏茜朝门口跑去，她要证实景桦说的话是不是真的。难道这么多天，她一直待的地方，并不是她真的家？那这里是哪里呢？

就在苏茜准备伸手开门的时候，屋门从外面被推开了。苏茜先是一惊，然后看到一个女人的身影，她欣喜地叫道："景桦，是你吗？！"

"苏茜，"一个完全出乎她意料的声音，"是我。"

苏茜一怔，愕然道："王洁？"

"对，是我。"王洁说，"我不放心你，就来了。结果这儿真的停电了。"

说着，她打开一把强光手电筒，让光柱向上，勉强照亮了屋子。苏茜诧异莫名地望着她，问道："这是怎么回事，王洁？你怎么会出现在这里？你什么时候到的北京？你是怎么打开我家的门的？"

王洁并没回答她的问题，只是说："苏茜，我已经把这里出现的电力故障报修了。但是雨还没有停，很难说什么时候才能恢复通电。你是希望我留在这儿陪你，还是咱们一起离开这里？"

"王洁，"苏茜严厉地望着她，"回答我的问题，这一切到底是怎么回事？"

王洁紧抿着嘴唇，似乎很难开口。苏茜急了，抓住她的肩膀："你说呀，你怎么会在这儿？孟什呢？"

"苏茜，别这样，你把我抓疼了……"

"那你告诉我，孟什在哪儿？你肯定是知道的，对吧？"

"我不知道……苏茜，咱们别说这事了，好吗？求你了，别这样……"

"不！"苏茜叫道，"你才是，别敷衍我！告诉我，孟什在哪儿？"

"苏茜，"王洁沉寂了几秒，终于艰难地说出实情，**"孟什已经死了，记得吗？"**

这句话令苏茜如遭雷击。她迟疑着，蹙起眉头："你说什么？"

"这都是我的错，我从一开始就不该邀请你们来青城山玩。我是一片好意，但我做梦都想不到，孟什会失足从山崖上摔下去……我真的很抱歉，苏茜，我不知道该怎么办，因为你遭受的打击太大了，我没法让你独自回去，只好把你留在青城山，我的别墅里。"

苏茜摇着头，抗拒地说道：“我不知道你在说什么，王洁。我之前还跟孟什在一起，我们甚至相拥而眠。只是半夜醒来的时候，我才发现他不见了……”

王洁说：“你的情况越来越严重了。不能再拖下去了，今天晚上你就跟我走，我会带你去成都最好的医院，你必须接受治疗。”

说着，她就要拉起苏茜的手，离开这栋房子。苏茜猛地甩开她的手，哭着说道：“不，你说清楚，这到底是怎么回事？不然我哪儿也不去！”

王洁长叹一口气：“苏茜，你还没明白吗？这里是青城山，我的别墅里面。你和孟什十天前就来这里了，然后发生了那起意外。你当时就哭昏了过去，我没有办法，只好开车把你送到我的别墅，让你暂时休息。

“没想到的是，你的精神崩溃了。事故发生的第二天，你就用幻觉来麻痹自己，我不知道你内心到底是怎么样的，但是在我看来，你似乎把这里当成了自己的家，幻想孟什还活着。

“我很害怕，咨询了心理医生。医生说，这是典型的解离性遗忘（dissociative amnesia）结合白日梦（pipe dream）的症状。孟什遭遇的意外事故令你的精神受到极大的创伤，从而使记忆对新近发生的重大事件选择性遗忘。这件事让你想逃离现实，所以出现了严重的幻想症。记得吗？你跟我说过的，你最近经常做**‘非常真实的梦’**。

“但是，事情竟然发展到了本末倒置的程度。你整日活在幻想之中，对着空气说话，以为自己跟孟什还在北京的家中，这一切都没有发生过。仅仅如此倒也罢了，关键是有时，你会像梦游一样走出屋外，然后突然清醒过来，以为自己从北京的家突然转移到了青城山……”

苏茜呆呆地望着王洁，像在听一个奇幻故事。她不敢相信这是真的，话语艰难地穿过她麻木的双唇：“但是，我第一次出现在青城山，被工作人员送到游客中心的时候，主任借了电话给我，让我打给孟什，她也跟孟什通了话……”

没等苏茜说完，王洁就打断了她的话：“没错，你拨打的是孟什的手机，也确实有人接了电话，但不是孟什，而是我老公。苏茜，不是我想欺骗你，而是医生跟我说，你才遭受了重大的刺激和心理创伤，一时无法接受丈夫已经死了的事实，所以潜意识才会制造出幻觉来欺骗自己。医生让我们最好暂时顺着你的想象来，否则让你得知真相，你恐怕会接受不了，精神彻底崩溃。

“所以，我才把孟什的遗物——他的手机，准确地说是他的手机卡交给我丈夫，叮嘱他，一旦你打电话找孟什，他就冒充一下。你知道，我丈夫的声音跟孟什有点像，加上你一心认为孟什还活着，所以丝毫没有怀疑。”

“不，孟什没有死！我给他做了饭，他吃了我做的菜……他还来成都接了我，我们一起坐飞机返回北京……”

“冰箱里的菜，都是我买了之后偷偷送来的。苏茜，我有工作，没法一直在这儿陪你，也不可能撵你走。但你不能一直活在梦幻之中。你告诉我，你跟孟什一起吃饭，‘他’真的吃了吗？你们乘飞机，包括买机票，打车回家……这些细节你记得吗？你对这些事是不是根本就没有具体的、清晰的记忆，仿佛一眨眼就度过了？苏茜，不要再欺骗自己了，孟什已经死了，你只是太过依赖他，忘不了他，才会幻想他还活着。”

苏茜摇着头，惶恐地说道：“可我看了那篇小说《恐怖转移》——这总不是我幻想出来的吧？”

“这个当然不是，这篇小说是现在最热门的小说，但不是孟什写的，是另一个作者。苏茜，孟什的笔名不是叫‘铁皮人’吗？”

对，我的“铁皮人”先生，他已经不在这个世界上了。苏茜的眼泪夺眶而出。一瞬间，她好像什么都想起了，也全都明白了。这时，房间里的灯亮了，宛如电影剧终后的场景。王洁对苏茜说：“醒醒吧苏茜，你睁开眼睛，仔细看看这究竟是哪里。”

泪眼模糊中，苏茜环顾四周。她再一次转移了——从北京的家中到了青城山上的别墅，从梦幻到了现实。

苏茜的手机，一直处于通话中的状态。电话另一端的景桦和她的丈夫，清楚地听到了她们的对话。一切都清楚了，但这个结果，却令人心碎。景桦扑在丈夫怀中，低声哭泣。

尾声

一个星期后，上海浦东机场，一架A330飞机缓缓地降落在跑道上。飞机停稳后，打开舷梯，乘客们有序地鱼贯而出。

王洁和苏茜是最后离开飞机的。帅气的空乘对她们微笑致意："欢迎乘坐本次航班，祝您旅途愉快。"

王洁回以微笑，跟苏茜一起走出飞机。天空很蓝，万里无云。这是一个好的征兆，预示着新的开始。

"走吧苏茜，景桦已经在机场出口处等我们了。"王洁说。

摆渡车把乘客们送到航站楼门口，穿过长长的通道，她们来到出口大厅。这里有很多接机的人，举着各种牌子迎接他们要等的人。其中一个长发飘飘的美女举着一块白色纸板，上面写着大大的"苏茜"两个字。这让从来没有见过景桦的王洁一下就辨认出来了，向景桦挥手示意。

景桦也看到她们了，她快步走过来，在出口的地方跟苏茜拥抱了一下，然后对王洁说："谢谢你王洁，专程把苏茜从成都送过来。"

"应该的，我们不都是苏茜的好朋友吗？"

两人一起笑了笑。景桦说："我的车就停在外面，酒店已经订好了，你们先入住，休息一下我们就去吃晚饭。"

"啊，我就不用了吧……"王洁推辞道。

景桦热情地拉着她的手说："别跟我客气，你是苏茜的好朋友，自然也就是我的朋友。好不容易来一趟上海，我得好好尽一下地主之谊才行。上海菜虽然比不上你们的川菜，但我今天晚上推荐的这家蒸海鲜，绝对不会让你们失望，走吧！”

王洁望向苏茜，苏茜也用眼神示意她一起去。她笑道：“那我就恭敬不如从命了。”

景桦跟她们预订的，是徐汇区的一家高档酒店。晚上吃饭的餐厅就在楼下，这是一家海鲜餐厅，料理的方式是将活的海鲜直接蒸熟，蘸酱油、芥末和沙茶酱吃，据说是现在时兴的吃法。王洁和苏茜品尝了罗氏虾、鲍鱼、红心贝和象拔蚌，味道鲜美无比。最绝的是蒸笼下面熬的一锅小米粥，蒸海鲜的汁水，循环到锅底煮粥。吃罢海鲜，再来一碗海鲜粥，五脏六腑说不出的舒坦和熨帖。

今晚的晚宴只有她们三个女人，景桦的丈夫有任务要值班。她们一边吃，一边聊天，说的都是轻松愉快的话题。

“几年前出差来过上海，去了南京路，跟我们成都的春熙路差不多，任何时候都是热闹非凡。”

“是啊，想逛街就去南京路，要休闲呢，可以去崇明岛。对了还有迪士尼，你们可以去那里玩玩。”

“早就想去看看了，苏茜，你想去吗？”王洁问。

“啊……行啊，随便。”苏茜说。

景桦和王洁都看出她回答得心不在焉，显然还是不在状态。景桦抓着她的手说：“苏茜，到了上海，就好好玩一段时间，别再想以前的事了，可以吗？”

苏茜勉强笑了下，点了点头。

王洁有些担忧地说：“苏茜，你没有再产生幻觉了，对吧？医生说，如果你的状况还是得不到改善的话，就只能强制入院治疗了。”

“我知道，不用担心，我没事了。”苏茜说，“只是，我在想……那天晚上，我在青城山的地藏洞洞口看到的人影，究竟是什么呢？”

“苏茜，”景桦正色道，“我们说了不再提的。”

“我不是在重提旧事，只是有点好奇罢了。”

“现在探讨这个已没有任何意义了。”景桦说，“你看到的可能是景区的某个工作人员，或者是别的人，总之一点都不重要了。”

苏茜始终感到不解：“但是，什么人会这么晚出现在那种地方呢？我总感觉，他是在暗中观察我，可目的是什么呢？”她顿了片刻，说道，“会不会，孟什还活着？或者我看到的，是他的鬼魂……”

“好了苏茜，别说下去了。”景桦制止道。王洁也脸色发白，感到浑身不舒服。

“苏茜，如果你继续这样下去，我们不能放任不管，只能……”

“算了算了，不说了。不然你们真要把我送进精神病院了。”苏茜举起酒杯，“谢谢你们，我的两个好朋友，全靠你们帮我渡过这次难关，让我重新振作。”

“希望你真的能振作起来，有一个新的开始，干杯。”

她们干了杯中的红酒。这时王洁的手机响了起来，她说道：“对不起，我接个电话。”站起来，朝卫生间的方向走去。

走到餐厅外面的露台，王洁接通电话，压低声音：“喂，桑妮。”

“你在哪儿？刚才怎么一直不回微信？”

“我之前在飞机上，手机关机了。”

“稿子写得怎么样了？”

“我不是跟你说了吗？我来上海了，会耽搁几天。”

“不是我想催你，是读者有意见了，你已经几天没更新了。”

“我不打算更新了，你帮我回复读者，想看小说的结局，等待实体书吧。”

“这么说小说要完结了？”

“对，还有一万多字的结尾就完结了。我从上海回去就写好，然后发给你。”

“太好了，我保证像上本书一样，把这本书也打造成超级畅销书！”

“我相信你，你是资深编辑了，这是我们保持合作的原因。”

“好的，我明天就跟社里报选题，他们也会非常重视这本书的。对了，书名大概不能叫《恐怖转移》，得修改一下。”

“随便你们，你们想一个畅销书名吧。”

“行，交给我了。那么，作者名字呢？不会跟网上连载时一样，是‘逸名’吧。”

“当然不可能，就用我的笔名——**‘桃乐丝’**。”

“好的，桃乐丝，相信这本书能跟上一本《神秘暗示》一样，成为畅销书榜的冠军。你真是个天才，不过有时我都感到奇怪，你运气怎么这么好，身边老是能遇到这样的怪事……”

“桑妮。”王洁冷冷地打断出版编辑的话，“如果你还想跟我继续合作的话，最好别问这些。”

“好的，我明白了，对不起，桃乐丝。”

王洁挂了电话，深吸一口气，再慢慢吐出来。她思忖着，上一本《神秘暗示》的版税，正好买了青城山上的别墅。这次的稿费，能否在上海买一套小户型的房子呢？

嗯，上海是个不错的地方。还有苏茜的那个朋友景桦，一看就是个不简单的女人，也许她能成为下一本书的主角呢。

《恐怖转移》完

——

生活中总会发生一些“不合常理”的事情——某个人反常的举动、怪异的眼神、不合逻辑的行为，等等。

大多数人都不会去深究。可能觉得世界上总是有怪人存在的，不值得花心思在他们身上吧。

但实际上，很多人不合常理的举动背后，都是有原因的。细究的话，或许会发现十分惊人的事情。

下面这个叫《鼠妇》的故事，算是《鼠男》的姊妹篇，讲的却是截然不同的两个故事。女主角的恐怖经历，就来源于一件“不合常理”的怪事。

——

鼠妇

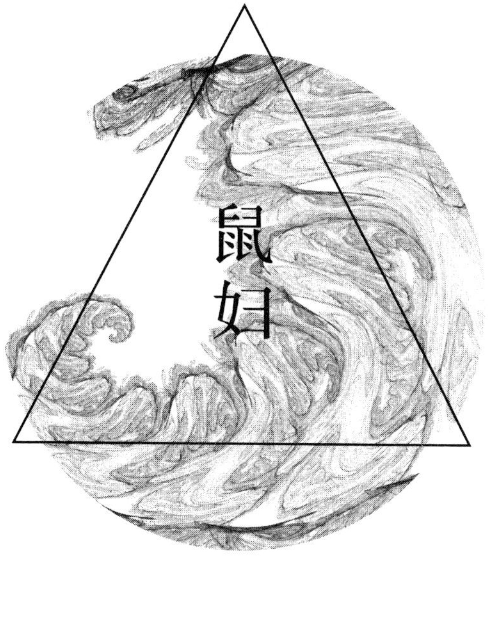

STRANGE STORY
NIGHTMARE

一

作为小说作家，米兰毫无疑问是幸运和成功的。她是最早出名的一批“80后”作者之一，几年前就拿到上百万版税的黄金作家。一年前，她在某二线城市的近郊买了一套小型别墅。对于一个独身女人来说，一个人拥有二层洋房加一个地下室，实在是十分奢侈的。但她却说，买这套房子，是别有用意。

米兰说，**黑暗的地下室能为她带来创作灵感**。当她关上灯，独自一人身处地下室时，脑子里就会冒出各种惊悚故事的构思。

虽然听起来有些瘆人，但不得不说，这是个好主意。米兰写的好几个悬疑故事都是因此而来的。

定居下来后，米兰跟交往三年的男友田沅结婚。田沅英俊潇洒，是一家小型广告公司的老板。婚后，为了保持米兰的创作灵感，他们选择住在这栋小别墅。两人年纪都不小了，生儿育女是当务之急。半年之后，米兰就怀上了孩子。

米兰清楚，以自己三十四岁的年龄，必须谨慎安胎，才能保证顺利产子。丈夫更是重视。他提出要求，让米兰暂停工作，并且，绝对不能再去地下室了。

米兰当然也知道，地下室阴暗潮湿，光线不足，通风不够——任何一点都不利于妊娠期的妇女，更不利于肚子里的孩子。这样想来，住这套房子的意义似乎不大了，便考虑卖掉小别墅，在市中心买一套更方便生活的住宅。

田沅自然是赞成的，这样一来，他上班也要方便些，不用每天开一个小时的车到公司。两人把卖房信息挂在网上，当天就迎来了好几批前来看房的人。

米兰定的价格并不算高，但是却没人愿意买这套房子。原因是一样的——嫌这套房子的地下室太潮了。地板、墙壁都透着一股阴冷潮气，别说住人，就连当仓库都不行。所有东西都会生霉。

这事让米兰十分糟心。一年前刚买房子的时候，地下室并没有这么潮湿，她买了一个投影仪挂在地下室的墙上，配合环绕立体声音响，效果堪比影院。当时她经常邀约朋友来地下室观影、喝酒，好不快活。朋友们都对这个地下电影院赞不绝口，羡慕不已。没想到后来越来越潮，待不了多久就全身发冷。那寒气仿佛能直接渗透到骨头里。所以，这也是米兰决定卖掉房子的一个原因。

不过谁都不是傻子。因为这个原因，没人肯买这套房子。田沅觉得这样下去房子永远也卖不掉，便想了个主意，打算把地下室重新装修一下，把之前发霉的木地板和墙纸都换成新的，再用空调除湿。

米兰说："房子都要卖了，还装修地下室干什么？"

田沅说："你没看出来吗？不这样做的话，房子根本就卖不出去。"

米兰觉得有些不妥："可是就算装修和除湿，也只能管一段时间而已，最多半个月。以后还是会变潮呀。"

田沅说："要想彻底解决问题肯定是不可能的。我们只能尽快在装修完后的半个月内把房子卖出去，以后的事，就管不着了。"

米兰虽然觉得这样有点不太道德，但这套房子着实让人烦心，也只能出此下策了。

于是，田沅让米兰先到自己的公寓去住几天，他联系了装修公司，很快就把地下室装饰一新，再经过除湿，等米兰回来的时候，地下室已经变得既漂亮又干爽了。

之后再来看房的人，就没有再嫌地下室潮，但是因为其他一些原因，也没有人立刻拍板决定买下，基本都是说，回去考虑一下。一晃又耽搁了一个星期。

一天，来了一对中年夫妇，自称是做香水生意的，至于具体是搞香水销售，还是生产香水，就没说那么细了。看得出来，女人对这套房子甚是满意，男人却没太多兴趣，似乎完全是陪太太来看房子的。他一直都在打电话，谈着一笔生意，只是象征性地看了看房子的构造和布局。

米兰和田沅带这两口子到了地下室。女人看到这个装潢一新的地下电影院，眼睛里折射出欣喜的光。但她努力抑制自己的喜爱之情，尽量表现得淡漠，甚至是故意要挑出这套房子的毛病。目的很简单——把价格再压低一些。

女人先是说房子的整体色调不是自己喜欢的类型，一会儿又嫌地下室通风不好。米兰暗笑，通风好的话还能叫地下室吗？她不喜欢这个叽歪的女人，态度便有些不冷不热。

这女人看起来是非要发现些问题不可，她在地下室里来回走了好几圈，在墙角的地方蹲了下来，用手仔细地摸了摸靠近踢脚线的墙纸，突然将墙纸扯开了一个角，露出灰白色的墙底。

米兰一惊："你干什么呀？怎么随便撕人家的墙纸？"

女人冷笑道："你们以为我看不出来吗？这个地下室是才装修过的，也是才除过湿的。但是这里实在太潮湿了，所以即便才装修不久，墙纸也已经洇湿了，墙体更是潮湿的。你们这样做，未免太坑了吧？"

这女人无理的举动和尖酸刻薄的话语，让米兰十分愤怒，也带着几分被揭穿的尴尬，她直言道："没错，你说对了，这个地下室确实非常潮湿，我们也是为了卖房才重新装修的。"话里透露的意思是，既然被你识破了，那就没什么好说的了，滚吧。

女人听出了话里的潜台词，冷哼一声，扭头就要走。但她的丈夫听到米兰说地下室非常潮湿的时候，其表现却让人难以捉摸。他对电话那头的人说"我等一下打给你"，然后收起手机，走到刚才被他妻子撕开的墙纸旁，用手摸了摸墙体，感受其湿润度，显得极有兴趣。

米兰和田沅对视一眼，两人不约而同地皱了皱眉头。

男人站起来说道："请问，这间地下室确实很潮，对吗？"

米兰不耐烦地说："你不是都亲自摸过了吗？"

"嗯，墙体的确是潮湿的。"男人若有所思地说，"而且你们才除过湿不久，这么说，过段时间，还会更潮湿……"

"没错，没错，潮湿得都快长青苔了。"米兰没好气地说，只想赶快打发他们走。

"这房子我买了。"男人说。

米兰和田沅都不敢相信自己的耳朵。女人也睁大眼睛望着自己的老公，说道："你开什么玩笑？"

男人说："我没开玩笑，这房子我觉得不错。"

女人吼道："这一片的别墅我们看了这么多家，就属这座房子的地下室是最潮的，你偏要买这套，吃错药了吧你？"

男人厌恶地瞥了妻子一眼，说："我就是喜欢这套房子，再说潮也有潮的好处，我喜欢自己酿红酒，可以把地下室改成酒窖。"

"酿个屁的红酒！"女人几乎咆哮起来，"你又不是卖酒的！用得着这么大一个酒窖吗？"

男人不想再跟妻子争吵了，正色道："提醒你一点，买这套房子我用的是自己的钱，不是我们的共同财产，所以我不用经过你同意！"

女人气得满脸通红，骂道："好，我不管了！随便你，神经病！"气呼呼地一个人先走了。

男人摇了摇头，对米兰和田沅说："抱歉，让你们见笑了。您刚才说，房子的价格是多少？四百八十万？"

"……嗯。"米兰一时有点反应不过来，她也不明白这男人为什么会突然决定买下这套房子。

“好的，我付全款，咱们后天就去房产局办理过户手续，可以吗？”

米兰看了田沅一眼，两人一起说：“可以。”

男人好像生怕事情有变，非得立刻定下来心里才踏实。“我先付定金吧，你们看多少合适？”

这个问题米兰和田沅并没有讨论过，米兰说：“随便吧，几万、十几万都行。”

“这样，我付二十万定金。”男人说，“麻烦两位谁跟我到对面银行去一趟可以吗？我转账给你们。”

“好的。”米兰同意。

于是，三个人到附近的银行，男人立刻转账二十万作为定金。米兰给他写了一张收条，双方约好后天上午去房管局办理过户。

二

几天之后，所有过户手续全部办妥，男人付了剩下的四百六十万。房子正式易主。在交易的过程中，米兰得知买房的男人叫作覃铭。

这天晚上，米兰和田沅在一家豪华的泰国餐厅庆祝房子顺利脱手。两人心情极佳，点了一桌的美食和无酒精起泡酒。

米兰端着酒杯，俯瞰玻璃窗外的城市夜景，双颊微红，眼波迷蒙。田沅注视她好一阵，说：“亲爱的，你真是美呆了。”

米兰嫣然一笑，和田沅碰了碰杯，小酌一口，又望向窗外。

田沅问：“你是不是有什么心事？”

米兰沉吟一下：“也许在这浪漫的夜晚，说这个话题有些煞风景……但是你不觉得吗？这个叫覃铭的男人的行为模式，实在是不合逻辑。”

田沅缄口不语。米兰说："他本来对这套房子没什么兴趣，得知地下室十分潮湿后，倒像是发现了什么宝藏似的，当即决定买下——你说这到底是怎么回事？"

田沅："他说了呀，想把地下室改成酒窖。"

"你觉得他说的是实话吗？再说了，就算他是真喜欢这套房子，也可以以地下室潮湿为由，跟我们杀价呀。没必要把真实想法告诉我们吧？所以，那根本就是个借口。"

"那你觉得他真正的目的是什么？"

"我不知道，"米兰陷入沉思，"但我觉得其中肯定有什么隐情。"

田沅笑了起来："你犯职业病了吧，大作家？现实生活哪有悬疑小说那么离奇？"

米兰："难道你就不觉得这事很奇怪吗？谁会热衷于买一套地下室潮湿的房子呢？"

田沅："我只知道房子已经卖了，这事就跟我们没关系了。更重要的是，你现在怀孕两个多月了，要把主要心思放在安胎上，别胡思乱想了。"

米兰觉得田沅说的有道理，点了点头，摸了摸自己的腹部。

晚餐后，两人散步回家。这段时间，米兰住在田沅的公寓里，房子虽然没有以前的别墅大，但是在市中心，周边生活配套十分齐全。

白天，田沅到公司上班，叮嘱米兰在家多听音乐，适当活动，没事到附近的森林公园呼吸新鲜空气。米兰答应下来。

但是一天下班后，田沅回到家，发现米兰坐在电脑前敲着字，他有些生气地说："米兰，你不是答应我了吗，怀孕期间不看电视，不碰电脑，少用手机？"

米兰刚才工作入神，没注意到田沅已经回来了，她说："没关系，你看，我穿了防辐射服，对胎儿没有影响。"

"那也不行，这衣服不可能阻隔所有辐射。再说你的年龄可不比那些二十多岁的小姑娘，要格外注意才行。"

田沅说的话虽然有些不中听，但米兰知道，他这也是为了老婆、孩子好。她走过去双手搂住田沅的脖子，娇嗔道：“好了，老公，我知道了。”

田沅看了一眼电脑显示器：“这段时间还写什么小说呀，咱们又不缺钱花，暂时别工作了不行吗？”

米兰说：“我不写，只是这两天想到了一个非常棒的故事构思，就想记录下来，先发给出版编辑看看。如果她也觉得不错的话，生完孩子我就开始写。”

“什么故事构思？”

米兰带着兴奋的神色：“你别说，当初住在我那套别墅的时候，我还没有这么好的创意。现在卖了房搬出来，反而想到了一个绝妙的故事构思。我讲给你听好吗？”

田沅向来是米兰的第一位读者，他点头道：“好吧，好久没听你讲故事了。”

米兰说：“这故事的开头，几乎跟我们之前的经历完全一样。”

一对夫妇，在妻子怀孕之后，决定卖掉小别墅。但是这套房子的地下室很潮湿，导致一直没人买。于是，丈夫将地下室重新装修除湿。

一天来了一对中年夫妇，本来对房子兴趣不大的男人，得知地下室十分潮湿后，竟表现出浓厚的兴趣，当即将房子买下。

原来，买房的男人对自己跋扈的妻子十分不满，计划将她杀死。他想到了一个恐怖的计划，在潮湿的地下室内培养了很多“鼠妇”（★一种会在潮湿的环境下大量繁殖的小虫子，又称潮虫、西瓜虫）。将妻子杀死后，丢弃在地下室。由于鼠妇会吃腐烂的尸体，所以能达到毁尸灭迹的效果……

讲到这里，米兰停了下来，她发现田沅的脸色看起来有些不大舒服，说：“亲爱的，这个故事……是不是太恶心了？”

“有点……”田沅蹙着眉头说，“你怎么会想出这么恐怖的故事？”

“我本来就是写悬疑小说的呀。”米兰无奈地说，“怎么样，你觉得这个故事可以吗？”

“不错，故事后面的发展呢？结局是什么？”

“我暂时没想好。目前只是想到这样一个梗而已，把构思发给编辑看看，听听意见再说。”

“嗯。”田沅心有旁骛地应了一声。

之后，两人到外面吃饭、散步，米兰发现，田沅自从听了她的这个故事，就一直心神不定，甚至有些魂不守舍。回家之后，她忍不住问道：“田沅，你到底在想什么，能告诉我吗？”

田沅不自然地笑了一下：“没事，我在想公司的一个案子。”

米兰知道他是在搪塞，不依不饶地要他说实话，田沅却始终避重就轻、闪烁其词。就在米兰有些生气的时候，她突然悟到了什么，脸色骤然变得苍白，骇然道：“难道，你觉得……**事情可能真的跟我构思的小说一样？**”

“你也这样想？”田沅不禁脱口而出。

他俩睁大眼睛对视了好一会儿，眼神中透露着难以掩饰的恐惧。过了好一会儿，田沅说：“算了，别瞎想了，也许根本就不是这么回事，是我们多心了。”

“不，仔细想起来，真有这种可能。”米兰不安地说，“首先，这个男人和他老婆的关系一点都不好；其次，他对于潮湿地下室的兴趣完全不正常……”

“但这些都是我们的猜想，毫无依据。”田沅说。

米兰想了想：“对，所以我们要验证，事情是不是真的如此。”

“你想干什么？”

米兰：“我们得找个借口，到那栋房子去一趟，也许就能了解到实情了。”

“不行，你是孕妇，不是警探！”

“我知道，所以你要陪我一起去。”米兰对田沅说。

三

不管田沅如何反对，米兰坚持要去一趟，否则她无法安心养胎，会一直被这件事困扰。田沅没辙，只能陪米兰前往位于郊区的别墅。

覃铭恰好在家。田沅对他说，他们搬走的时候，把一个工具箱忘在地下室了，希望能把它拿走。

其实这只是一个进入地下室的借口，他们压根儿没遗落什么工具箱在这里。按田沅的计划，覃铭应该没有理由拒绝。他们下去之后，便能看到地下室现在的状况——他们搬走之后，已经过去十多天了。

然而，情况跟他们预想的不一样，覃铭根本不打算请他们进屋，至于工具箱，他说："什么样的工具箱？里面有些什么？"

"就是那种一般家庭都会准备的工具箱，里面是一些钳子、扳手、电笔什么的。虽然不是什么值钱的东西，但是用惯了，就想把它拿回去。"田沅说。

"不好意思，地下室我打算改成酒窖，已经把里面的东西清空了，并没有发现你说的工具箱。"覃铭说，"要不这样吧，它值多少钱？我出相应的钱，麻烦你们重新买一套工具，可以吗？"

田沅和米兰一时不知道该说什么好，愣了一会儿，米兰说："工具箱放在地下室的一个角落，也许你在清理的时候没注意到它，我们下去找一下，应该能找到。"

说着，米兰就要朝屋内走去。覃铭伸手拦住她，表情严肃地说："对不起，本来我不想说这种话，但是，请你们注意，房子已经办完过户了，房款我也全部付清了。我现在是这套房子的主人。希望你们不要来打扰我。"

田沅显得有些尴尬，米兰也看出来了，他们肯定是没法进屋了，更别说地下室。不过，她敏锐地捕捉到覃铭话里的疑点："覃先生，你说希望我们不要打扰

‘你’，恐怕没说准确吧？这栋房子不是你跟你太太一起住的吗？应该是不要打扰‘你们’才对吧？”

覃铭沉默片刻：“我老婆到外地出差了，现在就我一个人在家。不过，这事跟你们有关系吗？”

米兰无话可说了，田沅从背后拉了她一下，对新房主说：“不好意思，那我们不打扰了。工具箱我们再去买套新的就是。”

正要离去，米兰忽然觉得小腿有点痒，低头一看，一只灰黑色的鼠妇竟然爬到了她的腿上。米兰大惊失色，尖叫着用手将鼠妇拂到地上，踩死了。

覃铭看着米兰狼狈的样子，不咸不淡地说了一句：“最近这种小虫子越来越多了。”转身进屋，把门关上了。

田沅和米兰回到家后，米兰进入卫生间，用毛巾擦拭腿部，又用清水反复冲洗高跟鞋的底部。田沅在一旁蹙眉道：“用得着吗？”

米兰：“我没法判断这只鼠妇在爬到我腿上之前，在什么地方爬过，或者它曾吃过什么。”

“天哪，你走火入魔了！”田沅担忧地说，“你真的认为事情就跟你编的小说一样？”

米兰望着丈夫：“那你要我怎么想？那个男人遮遮掩掩的态度你也看到了。他坚决不允许我们进入地下室，而且神情紧张，这是为什么？——地下室一定隐藏着什么不可告人的秘密！”

“就算是这样，也不能证明他一定杀了老婆。”田沅严厉地说，“米兰，如果他老婆就此失踪，警方自然会介入调查的，轮不到你这个孕妇来管！”

米兰悻悻然地说不出话来了，田沅叹了口气，揽着她的肩膀说：“答应我，别再想这件事了，好好在家休养安胎吧。”

米兰默默地点了下头。

晚上，米兰躺在床上翻来覆去睡不着，她去客厅倒了杯水喝，又去上了个厕所，回到床上，强迫自己闭上眼睛，不去乱想，却发现很难做到。旁边田沅的鼾声一浪接一浪，令她更加心烦意乱。不知为什么，田沅今晚的鼾声似乎比以往响得多，米兰实在忍不住，想把他摇醒，让他到客房去睡。

米兰摇了摇田沅的肩膀，田沅哼了一声，转过身来。

米兰骇然看到，转过来的不是一张人脸，而是一只灰色的大老鼠的脸，头上还围着一块花头巾。

“啊——！！！”米兰发出惊恐的尖叫。

田沅被惊醒了，倏然睁开眼睛，他打开柔和的床头灯，问道：“出什么事了？”

米兰定睛一看，眼前是丈夫关切的面庞，这才意识到刚才是做了噩梦。她抱住田沅，在他的怀中嘤嘤啜泣。

田沅温暖的大手抚摩着米兰的头发：“做噩梦了吗？没事了，没事了……”

米兰啜泣了一会儿，抬起头说：“老公，我很想听你的话，不再去想这件事，但我发现做不到了。我就像得了强迫症一样，脑子里盘旋的全是这件事。我失眠了，情绪也变得不佳，甚至出现了幻觉。长此以往，一定会影响胎儿的发育。”

田沅忧虑地说：“那怎么办呢？要不，明天我陪你去看一下心理医生吧。”

米兰摇头道：“心理医生解决不了我的问题。我是个悬疑小说作家，职业病让我对身边的事物有强烈的探索欲望，如果不让我知道一件事的结果，我就会无法安心。”

田沅问：“那你打算怎么做呢？”

米兰思忖了几分钟，说：“有个办法，那栋别墅对面有一栋楼房，从楼上恰好能监视到别墅。如果买架望远镜的话，也许还能看到屋内发生的事。”

“你想租对面的房子，然后偷窥别墅里的状况？”

“是的，一旦收集到他杀死妻子的证据，我们就立刻报警。”

“如果你发现这只是一场误会呢？”

“那我也就安心了，自然不会再去胡思乱想。”

田沅虽然觉得这个主意有些不妥，但为了让米兰能摆脱心理阴影，安心养胎，也只能同意了。

四

通过中介，米兰很容易就找到了一套位于那栋别墅对面的房子，楼层是3楼。实地考察后，她发现这套房子非常符合要求——从阳台上，恰好能观察到对面隔着一百多米远的别墅。米兰付了押金和房租，当天就跟田沅一起收拾东西搬了过去。

米兰在阳台上尝试用刚买的望远镜窥视别墅内的状况，发现能看到一楼客厅和二楼卧室靠窗的部分。但是卧室的窗帘几乎整天都是拉拢的，无法觑见里面的情况，只能看到覃铭在客厅里活动的部分画面，但没什么特别值得注意的。他早出晚归，似乎过着有规律的生活。至于他的妻子，米兰一次都没有看到过。如果她不是被谋杀了，就是真的在外地出差。米兰决定持续观望。

这几天，米兰除了监视覃铭的行踪和别墅内的状况，也把新写的故事构思发给了出版编辑罗敏。罗敏看了后立刻打来电话，说很喜欢这个新故事，催促米兰尽快写出来，交付出版。米兰说怀孕期间暂时不工作，罗敏表示理解，但是希望米兰在这段时间内，把故事的结局想好，起码把大纲写出来。米兰答应了。

转眼一个多星期过去了，米兰还是没看见覃铭的妻子，她有些沉不住气了，对田沅说："我观察了这么多天，一次都没看到过这男人的老婆，我怀疑她根本就不在这个世界上了。"

田沅说："你凭什么认为人家死了呢？也许真是出差去了呢？"

"出差会出十多天吗？"米兰不相信。

田沅笑道："你是做自由职业的，缺乏出差的经验。别说十多天，如果是一些学习培训什么的，出差几个月或几年都有可能。"

"照你这么说，就算我几年看不到他老婆，也是正常的？我不可能在这里偷窥这么久吧。”

“没人叫你偷窥，是你自己要这么做的。”

米兰想了想：“要不我们直接报警吧。”

田沅：“不行，胡乱报警是要负法律责任的。”

米兰：“你想过没有，如果这个男人真的……用我小说里的方式毁尸灭迹。一段时间后，就能让他老婆在这个世界上彻底消失。到时候就算警察进行调查，恐怕也难以找到其罪证了。”

田沅沉吟片刻，走到阳台上看了看对面的别墅：“你说，你天天这么观察他，他知道吗？”

米兰：“应该不知道吧，毕竟隔着一百多米远呢。”

田沅思忖着说：“如果一两天倒也就算了，时间长了，只怕他会有所察觉。”

米兰也有些害怕了：“那我尽量小心吧，把头埋低一些，就不容易被发现了。”

田沅抓着米兰的手说：“我劝你还是别再偷窥了，小心引祸上身。你平常一个人在家里，又挺个大肚子。要是坏人闯进来……”

米兰背脊一阵发冷，她赶紧捂住田沅的嘴，脸色发白：“别说了。”

田沅把米兰抱在怀里，用体温给予她温暖。他叹了口气：“要不这样吧，我把我妈从老家叫过来，一方面可以陪陪你，另一方面也可以照顾你的饮食起居，怎么样？”

田沅的母亲是农村人，心眼儿实，人也勤快，按说她来照顾儿媳妇是最合适不过了。但米兰跟农村老婆婆总有些观念和生活习惯上的冲突，接待一两天还行，从没长期住在一起过，不免有些迟疑。不过权衡一下，现在保姆也没几个靠谱的，婆婆到底是自家人，就答应了。

田沅立刻跟母亲打了电话，老太太很高兴，当即表示后天就坐火车过来。

两天后的早上，米兰埋着头在阳台上用高倍望远镜观察别墅的情况。突然，她眼前一亮，倏地睁大了眼睛。

她通过两个圆形镜筒看到，一个烫着鬈发的女人从别墅里走了出来，手里提着一个菜篮子——正是覃铭的老婆。

米兰长舒一口气，如释重负。她放下望远镜，苦笑一声——果然是自己多心了。人家活得好好的，哪有被谋杀？看来，真是犯了职业病，神经过敏了。

不过这样一来，心中的石头也就落地了，更不必继续租房子和天天偷窥，能安心养胎了。米兰哼起了小曲，紧绷的神经终于松弛下来。

中午，田沅下班回家，米兰把上午观察到的情况告诉他。田沅也很高兴，下个月不用再住在郊外，能搬回市中心的公寓了。而且世界上少一桩可怕的命案，总归是件可喜的事。

田沅搂着米兰说："我妈四点就到了，我下午不去公司，到火车站去接我妈。晚上咱们到外面吃顿好的。"

米兰今天心情特好："别去外面吃了，今天我亲自下厨，让你妈见识我贤惠的一面。"

田沅笑道："那敢情好，可你怀着孕，不方便去市场买菜吧。我陪你一起去。"

"行啊，走吧！"米兰挽着田沅的手臂，两人有说有笑地出了门。

近郊这一带，只有一个菜市场，距离米兰租的房子不算远，走路十分钟就能到。米兰在水产店选了一些新鲜的虾和青口，又买了上好的牛肉和鸡肉，准备大秀厨艺。

两人走到卖蔬菜的摊位前，米兰想选一些用作沙拉的紫甘蓝和生菜，选菜的时候，眼光无意间扫到对面摊位上的一个人，愣住了。

覃铭此刻正背对着他们，在挑选着芦笋和西红柿。他提着一个菜篮子，里面装着鸡蛋和猪肉。这个菜篮子，正是早上米兰从望远镜中看到的，他老婆提出门的那个。

田沅也注意到了买菜的覃铭，他和米兰默默地看着他买完蔬菜，提着菜篮子走出市场。覃铭并没有发现他们。

"一家人，同一天用得着分别买两次菜吗？"米兰喃喃自语。

田沅："也许是他老婆早上没买够，才叫丈夫中午再出来补买一些。"

米兰摇头道："你看他提着的菜篮子里，肉、蛋、蔬菜什么都有，像是出来'补买'的吗？压根儿就是今天第一次买菜。"

田沅始终想寻找一个合乎逻辑的解释："可能人家里临时来了客人，要多做几道菜吧。"

米兰不置可否，她走到刚才覃铭买蔬菜的那个摊位，选了一些西红柿。称好付钱的时候，她假装随意地说："现在提着菜篮子出来买菜的男人，真是越来越少了。要是每家的先生都像刚才那位大哥那样，我们女人就享福了。"

摊主一边找钱，一边笑着说："可不是嘛，这个大哥每天都到我的摊位来买菜，大家都夸他是个好男人呢。"

"他老婆不出来买菜吗？"米兰问。

"我也问过他这个问题，他说他没老婆。"摊主说。

米兰和田沅迅速地对视了一眼。两人提着菜，走出了市场。

回到家后，米兰没心思做菜和吃饭了，她对田沅说："早上我明明看见他老婆从房子里出来，提着菜篮子去买菜。但是现在看起来，她根本就没去过菜市场。更古怪的是，那男人居然对外宣称他没有老婆。这到底是怎么回事？"

田沅也搞不清楚状况了，缄口不语。

米兰自语道："这里面一定有问题。"

"你觉得是怎么回事？"田沅问。

米兰回忆着早上的一些细节，忽然想到了一种可能性，惊愕地张大了嘴："难道……覃铭是故意让我看到他'妻子'的？"

"什么意思？"田沅糊涂了。

米兰望着他："我想起来了，早上我通过望远镜看到他妻子的时候，她一直埋着头，我没有看到她的脸，只知道是一个穿着女装、鬈发的中年女人走了出来。我理所当然地认为这女人肯定是他妻子，就没有再继续看下去了。但现在想起来，‘她’的身材似乎比我最开始看到她的时候，要魁梧一些，像个男人……”

田沅吓了一跳：“你的意思是，你早上看到的，其实是覃铭假扮的‘他老婆’？”

“对，头发可能是戴的假发，衣服也是穿他老婆的。”米兰说，“你记得吗，我那栋别墅是有前后两道门的。如果我没猜错的话，覃铭假扮成他老婆之后，故意从前门出来，让我看到，为了让我相信他老婆其实还活在世上。实际上，他根本没去菜市场——因为以这副样子去买菜，肯定会露馅儿。我猜他在旁边绕了一小圈，就从后门回到房子里了。换成正常男人装扮，再出来买菜。他唯一没考虑到的就是恰好我今天也去菜市场买了菜，而且看到了他！”

“等等，”田沅骇然道，“这么说，他这一出就是专门演给你看的？意思是，**他已经发现你在监视他了？**”

米兰张着嘴愣住了，这一点她才反应过来。

田沅开始觉得事情有些不妙了：“米兰，假如事情真是如此，那我们的处境就很危险了。要是这个男人真是杀人犯，也知道我们在怀疑和调查他，你想过可能发生的事吗？我们不能再住在这里了！”

米兰踌躇不安地说：“可是，我们既然知道他可能是杀人犯，难道就任由他逍遥法外吗？”

田沅着急地说：“那你打算怎么办？继续监视他，收集证据？要是他发现你还在用望远镜监视他，就不会是演一出戏给你看这么简单了！”

米兰考虑片刻：“这样吧，我不会再在阳台上用望远镜观察对面了，我在卧室里透过玻璃窗，也能观察他的行踪，只是没法看到别墅里面的场景了。”

田沅知道米兰如果不把一件事弄清楚就不罢休的性格，无奈地叹了口气：“好吧，你一定要万分小心。”

五

下午，米兰颇费心思地做了一桌美味佳肴。田沅开车去火车站接母亲，但是到家之后，米兰才发现到来的不只婆婆，还有田沅在农村的表妹。

老太太解释道："小凤这丫头从没来过大城市，吵着闹着要跟我一起来，我拗不过她，就只能把她带来了。"

米兰倒不是不欢迎小凤来玩，只是觉得来之前好歹该打个电话说一声，有个心理准备。这种不知会一声就唐突造访的农村做派，多少让她感觉不悦，不过看在田沅的面子上，没有表现出来。

老太太看见一桌色香味美的佳肴，直夸米兰贤惠、能干。小凤二十岁出头，穿着土了吧唧，说话大大咧咧，典型的傻大姐。第一次来大城市的她，对一切都充满了新鲜感，兴奋地向表哥表嫂讲述一路上的见闻和感受。米兰和田沅礼节性地应酬着。

吃饭的时候，老太太和小凤都大赞米兰的手艺，小凤更是用实际行动表示出了最大程度的喜欢，一大盘蒜蓉烤青口和油焖大虾被她一扫而光，还吃了两碗米饭。这个傻乎乎的农村表妹不免让田沅感到尴尬，米兰心中暗暗觉得好笑。

晚饭过后，老太太抢着去厨房洗碗，并告诉米兰，以后买菜、做饭、打扫等一切家务，全部由她承包，米兰只管安心养胎。米兰嘴里客套着，心里喜不自胜。

坐在客厅看电视的时候，老太太说，希望他俩能给小凤在大城市找份工作。小凤这次来，是想在城市里长期待下去的。

田沅和米兰都感到为难，首先小凤只有初中文化水平，其次人长得土气，又一点儿都不机灵。估计饭馆招服务员都看不上她。田沅只有含糊其词地说，小凤第一次来大城市，找工作不急，先好好玩几天再说。小凤一点儿心眼儿没有，乐呵呵地答应了。

于是第二天下午，米兰拿了两千块钱给婆婆，让她和小凤打车去附近的一个景点游玩。小凤乐不可支，拉着老太太出门了。

家里只剩米兰一个人，她忍不住又拿出了望远镜，从卧室窗户小心地观察着对面的别墅。十多分钟后，她看到覃铭一边从前门走了出来，一边打着电话，看表情似乎在说什么严肃的事。可惜米兰看不懂唇语，无法知晓内容。懊丧之际，她脑子里突然蹦出一个念头。

对了，我为什么不尝试跟踪一下他呢？也许通过他的行踪，能得知一些事情。

这个想法令米兰心跳加速，而且她意识到，没有时间犹豫了。她在衣柜里翻出一顶太阳帽，再把能遮住半张脸的墨镜戴上，快速地出了门。

覃铭走在前面，米兰佯装闲逛，悄悄跟踪，保持一百多米的距离。覃铭在路边招了一辆的士，米兰立刻拦了后面的一辆车，告诉司机跟在其后。

半个小时后，覃铭在一家叫作“馨悦”的家政公司前下了车。米兰跟着下车后，站在马路对面观察。十分钟后，他走了出来，又招了一辆的士。这次米兰的运气没有那么好了，后面没有空车。她只能眼睁睁地看着覃铭坐车离去，跟踪到此为止。

米兰思索片刻，决定去家政公司打听一下。她走进公司内部，负责接待的两个年轻小姐微笑着问她需要什么帮助。

米兰说：“我想问一下，刚才出去的那位先生，到你们这儿是来干什么的呢？”

接待小姐笑道：“我们是家政公司，顾客前来，肯定是来请保姆、月嫂、钟点工什么的呀。”

“哦，那他想请什么？”

“保姆，全职的。”

“住在家里那种？”

“是的。”

“他有没有说为什么要请保姆？”

接待小姐似乎不愿意再继续回答下去了：“您打听这么详细干吗？”

米兰是小说作家，临场编故事的水平一流：“是这样的，我是他的一个朋友，而且……不是一般的朋友。”她故意说得有些暧昧，“我想知道他家里的一些事，但是又不方便直接问他。如果你能帮我的话，非常感谢。”

说着，米兰从钱包里摸出两百元钱，悄悄塞到接待小姐手心里。年轻女孩略微回头瞄了一眼，把钱揣好：“好吧。不过他也没告诉我请保姆的具体原因，只说要全职的，另外，他的要求有点怪。”

“怎么个怪法？”

“一般人请保姆，都希望请到既有经验，又比较能干、机灵一些的。但他问我，有没有笨一点的，什么都不太懂的那种新保姆，最好是农村的。我说我们这儿还真没有，所有保姆都是经过专业培训才上岗的。另外我还提醒他，保姆太笨的话，做不好家务。他说没关系，只要这人心眼儿实，**不爱管闲事**就行，其他无所谓。”

“听这意思，他是想找个缺心眼儿的？”米兰蹙眉。

“差不多是这意思。他看我们这儿没符合他要求的，就走了。估计是到别家寻这笨保姆去了吧。”接待小姐讥讽道。

米兰略略点头，说了声“谢谢”，离开了。

回到家，米兰把最近发生的事记录在电脑上，她忽然发现，自己正在经历的这件事，完全是一个真实的悬疑故事。

根据真实事件改编的小说，往往都会成为经典之作，搬上荧幕并获奖的可能性也非常大。在米兰的小说中，正好缺乏这样的一部作品。她意识到自己必须抓住这次机会，但问题是，需要满足两个条件：

1. 这个男人的确犯了罪，并且试图用某种恐怖的手法掩盖罪行；

2. 自己能持续地调查和关注他的行径，得知事件的过程和结果。

对于第一点，米兰几乎不再怀疑。从一开始这个男人对潮湿地下室表现出的反常兴趣，到现在的各种古怪行为，很难相信对他有所误解；困难的是第二点——望远镜监视已经没有太大意义了，而自己也不可能天天跟踪——那么，怎样才能得知他到底在做些什么呢？

思考的时候，婆婆和小凤回家了。小凤欢喜地向米兰报告游玩的过程，婆婆则去厨房张罗晚饭。米兰的思路暂时无法继续。

六点半，田沅下班回家了，老太太把做好的饭菜端上餐桌，一家人开始吃饭。老太太虽然是农村人，但烧得一手地道的家常菜，米兰尝了清蒸鱼和糖醋排骨，赞不绝口。老太太笑盈盈地从厨房里端了一盅老鸭汤给米兰，说："这是专门给你做的，孕妇喝了特别好。"

"是吗？谢谢妈。"米兰笑着说，喝了一勺汤，"嗯，好喝。"

嘴上这么说，可实际上，她觉得这盅老鸭汤似乎有种说不出的怪味。第一口没品出来，米兰又喝了一口，然后，她用汤勺在瓦罐的底部舀了一勺，勺子里有一个黑色的小东西。米兰定睛一看，突然脸色惨白，胃里剧烈翻腾。她丢开汤勺，捂住嘴冲到卫生间，狂吐不止。

"怎么了？"田沅莫名其妙。他用勺子舀了一下瓦罐，也吓了一大跳，这盅汤里除了鸭肉，竟然还有几只黑色的鼠妇！

田沅瞪了母亲一眼，跑到卫生间去照顾米兰。米兰足足吐了五六分钟，黄疸水都吐出来了，仍然遏制不住恶心。婆婆和小凤都停止了吃饭，局促地站在卫生间门口，像做错事的孩子。

田沅责怪道："妈，你给米兰吃的是什么呀？！有用鼠妇煲汤的吗？"

老太太茫然道："什么'舒服'？这虫子在咱们农村叫地鸡，是味药材，也是补品。米兰不是说她最近有些尿频吗？地鸡熬汤是专治孕妇尿频的。咱们农村的孕妇，都喝这个呀。"

田沅说："就算是这样，你好歹跟她说一声呀，别等人吃了才知道是虫子熬的汤呀！”

老太太嗫嚅道：“我不是怕她知道了不吃嘛……”

米兰用冷水漱了口，转过头来，脸色蜡白地问道：“这虫子……是哪儿来的？”

老太太说：“我和小凤玩了回来，发现对面那栋房子周围，有好些地鸡，心想正好捉几只回来给你熬汤……”

话还没说完，米兰已经控制不住巨大的恶心，又趴在洗漱池前呕吐起来，但可怜她胆水都吐光了，只能发出一阵阵干呕。老太太见儿媳吐成这样，也急了，连连认错：“都怪我……虽然我也知道有人吃不惯这个，但没想到你反应会这么大。米兰，妈错了，我以后再也不弄这些怪东西给你吃了！”

田沅也帮腔道：“米兰，妈都跟你认错了，别生气了。其实很多虫子都是可以入药的，咱们以前不是还喝过虫草汤吗……”

米兰把田沅搭在她肩膀上的手甩开，吼道：“她不知情，你也假装不知道吗？这些虫子之前可能吃过什么……你想过吗？你叫我怎么可能不恶心？！”

田沅突然紧张起来，低声道：“小声点，别被对面听到了。”

米兰倏地一抖，紧抿嘴唇。

老太太和小凤面面相觑，一片茫然。小凤呆呆地问：“这虫子吃过什么？”

“你们怕谁听到呀？”老太太问。

米兰没法解释，快步朝自己房间走去，“砰”地把门关拢。

田沅叹了口气：“算了妈，咱们吃吧。她现在肯定是吃不下饭了，晚上给她做点儿消夜吧。”

老太太委屈地点了点头，把地鸡炖老鸭汤倒掉了。

六

晚上，田沅亲自给米兰煮了碗鸡蛋面，端进卧室。米兰也不是不讲道理的人，知道婆婆其实是为自己好。想起来倒是自己的态度有些过分。她吃完面，对田沅说：“老公，我想跟你说件事。”

“什么事？”

米兰一个人待在房间的时候，构想了一个大胆的计划。但这个计划的实施，必须得到田沅的支持，而且之前的事也没法再瞒着他。米兰把下午自己悄悄跟踪覃铭到家政公司的事告诉了田沅。田沅急了：“他已经知道你在关注他了，你竟然还敢跟踪他？要是让他发现了怎么办？”

“不会的，我乔装打扮之后，你在路上碰到我都认不出来。再说了，光天化日之下，他敢把我怎么样？”

“反正你以后不准再这么做了，不然我们立刻搬走！”田沅严厉地说。

“知道了，我肯定不可能天天跟踪他呀，再笨的人也发现了。”米兰说，“但是这样一来，我就没法知道他的动向了。”

田沅叹气：“你就非得把这件事搞清楚不可吗？”

米兰说：“不搞清楚，我又会做噩梦，瞎猜疑，确实没法安心养胎呀。”

“那你接下来打算怎么做？”

米兰迟疑了一下：“我想到一个主意，肯定能弄清楚那个男人在搞什么鬼。”

田沅望着她。

“今天他不是到家政公司想找保姆吗？而且他要找的正好是农村保姆。小凤这次来，不就想在城市里工作吗……”

话还没说完，田沅已经从床上跳了起来：“什么？你想让小凤去那个男人家里当保姆？亏你想得出来！”

米兰瞪了他一眼：“小声点，别让小凤听见。”

“听不听见也不可能。”田沅断然否决，“我们明知道那家伙可能是杀人犯，还让表妹去他家当保姆，这不是把小凤往火坑里推吗？”

“你先别急，听我说。首先，我们不能肯定他真的是杀人犯；其次，他就算杀了他老婆，肯定也是有原因的，不会是滥杀无辜的疯子。小凤去他家后，一旦发现什么蛛丝马迹，立刻通知我们，我们马上报警，小凤也可以悄悄溜走，不会有危险的。”

“这么说，你打算把我们怀疑的事告诉小凤？”

“怎么可能，告诉她之后，她还敢去吗？”

田沅盯着米兰看了一阵，说：“不行，万一覃铭发现小凤是我们安插的‘密探’，不知道会做出什么可怕的事。”

“这点我会让小凤坚决保密的，也会教她到了那里后该怎么做，总之绝对会保证她的安全。”没等田沅反对，米兰抢着说道，“老公，你只担心你的表妹，就不担心我吗？这件事不及早弄清楚，我寝食难安，会影响肚子里孩子的发育呀。”

一提到孩子，田沅沉默了。半晌后，他讷讷道：“那这事，你跟小凤交代吧，反正一定要注意安全。”

米兰见田沅答应了，立刻点头保证：“我会的。这事我肯定不会亏待小凤，你放心。”

这时，米兰的手机响了起来，她按下接听键，电话那头罗敏的声音让旁边的田沅清楚地听见了：“大作家，这么多天了，你那个新故事的后续和结尾，到底想出来没有呀？”

米兰把电话拿到距离田沅稍远的地方，说：“我这几天正在想呢，快想好了，你等我消息。”

罗敏说：“我这几天正好要报明年重点书的选题，你月底之前一定要把完整的故事大纲给我，要不我没法往上报呀。”

“知道了，我写好立马发给你。”

“你可别让我上你家去催稿啊，抓紧时间，拜拜。”

挂了电话，米兰有些尴尬地瞄了田沅一眼，发现田沅眯着眼睛看她。

“米兰，**你打算把这件事写成小说，所以才非调查清楚不可——这才是主要**

的原因，对吗？”田沅问。

米兰自知目的确实不像当初那样单纯，只有搂着老公的脖子，撒娇解释，直到田沅无话可说。

第二天早上，米兰把小凤叫到房间，说跟她联系到了一份工作，是到某家去当全职保姆，问她愿不愿意。小凤对工作不挑剔，只要能赚钱，问工资是多少。米兰之前打电话到“馨悦”家政公司了解了市场行情，全职保姆一个月的工资一般是6000到8000元，像小凤这种新手，估计6000就差不多了。

“你就说是‘馨悦’家政公司的人介绍你来当保姆的，月薪6000块钱。”米兰对小凤说。

“6000？这么多呀，我觉得一两千就很不错了。”小凤是个实诚人。

米兰说：“听我的，就报这个价。这是行情，6000不算高。”

小凤欣喜地点了点头，又问：“是到哪家去当保姆呀？”

米兰把她带到窗户前，指着对面的别墅说：“看到了吗，就是这家。”

“这么近呀，太好了！”

米兰双手按住小凤的肩膀，严肃地说道：“但是有一点，你一定要记住——千万不能让这家的主人知道，你之前就住在对面，更不能让他知道是我推荐你去当保姆的，一定要说是‘馨悦’家政公司，知道了吗？”

小凤被米兰严厉的神色震慑住了，疑惑地问：“为什么？”

对于小凤可能产生的各种疑问，米兰早有打算。她说：“小凤，原因你就别问了，照我说的去做就行，表嫂不会亏待你。除了这家主人给你的工资之外，我每个月再给你4000块钱——要求只有一个，你按我说的去做，不要多问，然后随时向我报告那边的情况，可以吗？”

听到一个月能赚一万块钱，小凤兴奋得满脸通红，什么都不管了，连连点头。

米兰把之前安宽带送的一款手机递给小凤：“这部手机就给你用吧，上面存了我和你表哥的号码，你可以随时跟我们联系。但是记住，你跟我汇报那边情况的时候，一定要背着那家的主人，不能让他发现，知道了吗？”

“明白。”小凤煞有介事地说，似乎觉得这事有点刺激，“表嫂，你是让我过去当间谍，对吧？我看过电视里的特务，知道该怎么办。你放心吧，保证完成任务。”

米兰望着小凤傻里傻气的脸庞，有些哭笑不得，说：“没这么夸张，不过也差不多是这个意思，总之你到了别人家里，各方面都要多注意一点。”

两人出了房间，小凤把当保姆的事告诉了老太太，老太太听说工资这么高，也乐得合不拢嘴，当即就同意了。

于是，小凤把自己的衣物简单收拾了下，背着一个大牛仔背包出门了。米兰又跟她叮嘱了一些注意事项。

返回卧室，米兰找出高倍望远镜，透过玻璃窗看到，小凤敲开了对面大房子的门，覃铭站在门口跟她聊着什么，虽然不知道他们对话的内容，但很明显，小凤这个傻大姐型的农村姑娘完全符合覃铭对保姆的要求。他们只聊了一分多钟，小凤就应聘成功，顺利进屋了。

米兰舒了口气，同时心也揪紧了。小凤会带来怎样的消息呢？

七

这一天，米兰都过得有些心神不宁，田沅也一样，两人都挂念着去对面当保姆的小凤，却又不便主动跟她联系。直到晚上八点，小凤终于打来电话，米兰赶紧走到卧室，接通电话，田沅跟着进屋，关上房门。

“小凤，怎么样，在那边还好吧？”米兰关切地问。

“嗯，挺好的，覃叔一口就答应了我提的6000块，还说干得好的话，每个月给我发奖金呢。”小凤喜滋滋地说。

“这就好。你现在在哪儿打的电话？他听不到你说话吧？”

“听不到。我住在一楼，覃叔住二楼，他现在在自己的房间。”

“那你说话也得小声点儿。”米兰提醒道，同时问出自己最感兴趣的问题，“他请你当保姆，主要是做什么？买菜做饭，打扫卫生？还是干别的什么事情？”

“覃叔跟我说了，我主要的任务是照顾病人，家务活适当做一些就行了。”

“病人？他家有什么病人？”

“就是覃叔的老婆呀，**他老婆是植物人**。”

房间里现在很安静，小凤在电话里说的话田沅听得一清二楚，他和米兰惊愕地对视一眼，米兰急促地问道：“你说他老婆是植物人？就是躺在床上，毫无意识，靠输液维持生命的那种？”

“是啊。”

米兰愣了半晌，问道：“他有没有告诉你，他老婆是什么时候变成植物人的？”

“说了。覃叔说，大概半年前，他老婆出了一场车祸，抢救后虽然保住了命，但是变成植物人了。”

米兰眉头紧蹙，又问：“他要你怎么照顾她？”

小凤说：“其实很简单，就是每天帮阿姨翻几次身，避免得褥疮。然后每天喂她喝一些水，照顾大小便什么的。哦，对了，覃叔还教我使用了音响，说让我时不时放些音乐给阿姨听。”

“他还有没有说别的什么注意事项？”

小凤想了想：“别的好像没什么，就是叮嘱了一点，说家里的地下室在酿红酒，不能打开盖板，也绝对不能下去，不然会破坏红酒的发酵。”

米兰愣了一下：“盖板？他用盖子把地下室给封起来了？”

“是呀，还上了一把大锁呢。”小凤有些好奇地问，“怎么，难道以前不是这样的吗？”

米兰不想让小凤知道，这栋别墅以前就是自己的家，更没必要告诉她，以前从一楼到地下室，只有一道楼梯，根本没什么盖板。她已经从小凤口中获知了十分重要的信息，可以肯定这个男人在地下室里隐藏着什么。现在，她需要好好思考和消化小凤说的这些话。“好的小凤，我知道了，你该做什么就做什么吧。有新的情况再打电话给我。”

挂了电话，米兰和田沅对视了好几秒，田沅说：“这是怎么回事？我真糊涂了。他老婆不是一两个月前看房子的时候还好好的吗，怎么变成植物人了，还是半年前？！”

米兰也觉得这事真是蹊跷到了极点，她说：“难道那天跟他一起来看房子的女人，不是他老婆？”

田沅：“但是他俩的举止、对话，怎么看都像是两口子呀。对了，覃铭说了一句‘买这套房子用的是我自己的钱，不是我们的共同财产’——凭这句话，就能证明他们是夫妻。”

米兰点头道：“这样看来，覃铭没说实话，他老婆不是半年前变成植物人的，而是最近。”

“难道真像你猜测的那样，覃铭想杀他老婆？只是没能杀死，却让她成了植物人？”

“如果真是这样，那他干吗还要雇保姆照顾他老婆？既然他老婆已经变成植物人了，完全丧失了抵抗能力，现在要杀她不是易如反掌吗？”米兰认为不合理。

田沅思考了好一阵，说：“有没有这种可能——覃铭的原计划是制造一场车祸，将他老婆杀死。没想到车祸只是让他老婆变成了植物人。但是这样一来，反而不能再次对她下手了，否则谁都猜得到他是凶手。”

米兰是悬疑作家，逻辑思维更胜一筹：“但这样的话，有一点也说不过去。既然覃铭是打算策划车祸实施谋杀，那干吗还对我那套有着潮湿地下室的房子感兴趣？”

“也许他真的是为了酿红酒，而不是养鼠妇实施那可怕的计划。”

“不可能。”米兰笃定地说，在这件事上，她有一种类似第六感的强烈直觉——覃铭当初看中这套房子，或者说看中这个阴暗潮湿的地下室，一定有着什么不可告人的秘密。而且无论如何她也不会相信，这个男人的老婆变成植物人，会跟这件事没有关系。

突然，米兰觉得自己获得了某种启示，一些奇妙的灵感闪现在她的头脑中。她顾不得田沅的反对，打开电脑，趁灵感没有消失前，将构思的故事内容记录下来：

……女主角把农村来的表妹安插进了男人的家，试图获知这个男人的计划和意图。通过表妹带来的消息，她惊讶地发现，自己错了。这件事情不是她想象中那么简单。

男人当初看中这个潮湿的地下室，并不是为了杀死妻子后毁尸灭迹，而是有着一个更加恐怖的原因。他在地下室里养了一只恐怖的怪物，这只怪物是半年前，他在洪水当中无意间发现的一种地球上从未见过的神秘两栖动物。出于好奇，他把怪物偷偷地养在某处，渐渐发现它不吃别的，只喜欢吃小虫子，尤其是“鼠妇”这种虫子。

于是，男人买下这栋别墅，把怪物偷偷养在地下室，不让任何人下去——包括他妻子。而潮湿地下室里繁殖出很多鼠妇，让这只怪物每天都能饱餐数顿。渐渐地，怪物越长越大，不满足于待在地下室，想要出来活动。但男人用锁链将其禁锢，导致怪物充满怨恨，经常在夜里挣扎和呻吟，发出骇人的声响。

男人的妻子终于无法忍受了，一天，她趁着男人不在家时，偷偷进入地下室，发现了变异的怪物，惊骇之下，从楼梯上摔了下去。男人回来后发现妻子时，她已经变成了植物人。

男人将植物人妻子养在家中，并聘请保姆（他并不知道这个农村姑娘是女主角安插到他家打探情况的）照顾妻子。然而，令人意想不到和恐怖万分的事情发生了，变成了植物人的妻子居然每天深夜从床上起来，像梦游般进入地下室，和怪物进行某种神秘的“交流”。当男人发现此事时，已经晚了。他终于知道这怪物的可怕之处，也知道妻子当初是怎样变成“植物人”的……

米兰一气呵成写完这段故事构思，长舒一口气。她回过头，发现田沅站在自己身后，表情骇异。她问道：“亲爱的，你怎么了？”

田沅感叹道：“米兰，你的确是个天才，居然能根据这件事想到这么……惊人的一个故事，我实在是佩服。而且，我真想知道这个故事的结尾是怎样的。”

故事已经吸引了第一个读者——即便只是看了梗概，米兰很高兴：“你能喜欢这个故事，相信读者也会喜欢的。结局嘛，我暂时没想好，也许还要通过小凤带给我的消息获得灵感。我相信时间长了，她肯定会有所发现的。”

“发现什么？地下室里养着一只恐怖的怪物？”

米兰搂着田沅的脖子笑道：“你入戏了，亲爱的。现实生活哪有小说这么戏剧化？”

八

接下来的这段时间，小凤每天都会寻找机会跟米兰通话一两次。可能是男主人不在家的时候，也可能是躲在卧室或卫生间打电话。米兰发现小凤似乎进入了某种臆想中的角色，幻想自己是打入某机构的间谍，并乐在其中。可惜的是，她后面提供的情报并不具备什么价值，只是她理解中男主人的一些“可疑”的行为。米兰无法通过这些支离破碎的细节推测出事情的核心。她清楚，揭开秘密的关键，就是进入那个神秘的地下室，一探究竟。

一天，米兰终于忍不住在电话里问：“小凤，那个锁住的地下室，你有没有发现什么不对劲的地方？”

神经大条的小凤回答：“没有啊，不就是个酒窖吗？我们农村也有这种地下酒窖。”

“他有没有打开地下室进去过？”

“没有，反正我没看见他进去过。”

米兰暗示道：“你不好奇吗，那个地下室里有什么？为什么非得要上锁？”

小凤说：“好奇也没用呀，我又没有钥匙，也不知道钥匙放在哪儿，打不开盖板上的锁呀。”

米兰一时语塞。小凤在电话里抱怨道：“我在这儿工作，别的都没什么，就是有件事有点烦人。”

“什么事？”

“这座房子里——包括院子里和房子周围，都有好多**地鸡**。覃叔叫我没事就用杀虫剂把这些小虫子消灭一些。但这么多，我哪儿杀得完呀。可不杀的话，就会越来越多。真是的，没想到城市里的地鸡，居然比我们农村还要多。”

米兰引起了警觉：“地鸡？就是鼠妇？”

“嗯，就是上次老太太用来炖老鸭汤……”

“别说了。”米兰又觉得有些反胃，“鼠妇多到什么程度？”

“家里的地板上一会儿就能看见一只，踩都踩不完，每天我都要踩死好几十只呢。”

米兰陷入了沉默。她知道，这是她以前居住时完全没有的事。这种状况毫无疑问是不正常的。电话打到这里，小凤说男主人回来了，赶紧挂了电话。

这几天，看了新故事后续内容梗概的出版编辑罗敏，打了好几次电话来。她对米兰后面的构思赞叹不已，认为这是一个除了能做成畅销书，还能改编成好莱坞式恐怖片的精彩故事。她跟米兰谈到了多种版权的合作，最关键的还是催促她赶紧把故事的结尾想出来，这样就能把重点书选题报上去了。

但是，小凤这几天提供的信息并没能激发出米兰的创作灵感。米兰自己构思的结局，又总是不尽如人意，再加上罗敏不断地催促，导致她有些心烦。

然而，一天夜里，事情出现了戏剧化的转变。**惊悚事件终于在现实中上演了。**

半夜四点，米兰睡得正熟，放在床头柜上的手机响了起来。她睡眼惺忪地拿起手机一看，是小凤打来的。直觉告诉她，小凤在半夜三更打来电话，肯定是那边发生了什么不寻常的事。

果不其然，刚刚接通电话，就听到小凤惊恐万状的声音："表……表嫂，刚，刚才……"

米兰睡意全无，立即从床上坐了起来。身边的田沅也醒了，跟着坐起来，聆听电话。米兰说："小凤，出什么事了？别慌，慢慢说。"

电话那头的小凤使劲吞咽了几口唾沫，竭力使自己冷静下来，说道："刚才，我起来上厕所，回来的时候，路过阿姨那个房间……门是虚掩着的，我无意间望了一眼，发现……"

她仿佛被恐惧掐住了喉咙，说不下去了。米兰万般焦急地问道："你发现了什么？你说的阿姨，就是那个植物人？"

"对，植物人……但是，我看到她站立起来，在房间里走动！"

米兰全身的汗毛竖立了起来。她扭头看了一眼田沅，丈夫跟她一样神情骇然。她呆滞了好几秒，问道："你看清楚了吗？不会是眼花了吧？"

"我觉得……应该不可能吧，我确实看到房间里有一个站立的人影呀！"

米兰快速思索着："房间里没开灯，对吧？"

"嗯。"

"也就是说，你只看到一个站立的人影，并不能确定他（她）是谁？"

"屋里只有我和覃叔，还有就是植物人阿姨三个人，不可能有别人。"

"你怎么知道不会是覃叔呢？"米兰问。

"我觉得……不可能吧，半夜三更的，他跑到植物人阿姨的房间去做什么？而且……为什么不开灯？"

米兰停顿一下："你看到房间里的人之后，有没有吓得叫出来？"

小凤战栗地说："我差点就叫出来了，幸好及时捂住了嘴。"

“那这个人发现你了吗？”

隔了好一会儿，小凤才带着哭腔说：“我觉得……应该发现了。她好像和我对视了一眼！表嫂，我害怕……”

“别怕，小凤。你告诉我，你之后是怎么做的？”

“我害怕极了，赶紧捂着嘴跑回了自己房间，把门反锁。我紧紧裹着被子，还是一直发抖……大概过了十多分钟，才稍微好一点。接着就跟你打电话了。”

“你做得非常好，小凤。那么，你后面还有没有听到什么动静？”

“没有了。阿姨的房间就在我隔壁，我没听到什么声响。表嫂，我真的好害怕，我该怎么办？”

“小凤，听我说。首先，你不能保证自己是不是出现了幻觉。我的意思是，也许你只是睡得迷迷糊糊，或者还在半梦半醒之中呢？其次，我认为你看到的人可能是覃叔，而不是植物人。至于他为什么会半夜到这个房间去，肯定有他的原因。但是他既然没有开灯，说明他不想让你知道这件事。所以你明天不要过问他，就当作什么都没发生，明白了吗？”

“嗯……好的。”

“明天早上，你再去那个房间看一下，有什么情况，打电话告诉我。”

“好吧……”

米兰挂了电话，田沅在一旁急切地说：“这到底是怎么回事？植物人半夜起来走动——这不是你想的小说里的剧情吗？居然真的发生在对面了？”

这话让米兰感到毛骨悚然。虽然故事是她编的，但正因为是杜撰的，所以不值得害怕。可目前的状况，实在是诡异到了极点，她也想不通这是怎么回事了——为什么现实中竟出现了她虚构的恐怖桥段？这种真实恐惧所带来的震撼，简直是小说的几十倍。

“你跟小凤说可能是幻觉，睡迷糊了什么的，完全是安慰她的，对吧？其实你根本就不是这样想的。”田沅说。

米兰望着他：“那你要我怎么说呢？她都怕成那样了，我再说些更瘆人的话来吓唬她？”

田沅叹道：“不管怎么说，那栋房子和住在里面的人都有点古怪，我看小凤不能再在那里干下去了，明天叫她回来算了。”

“不行。”米兰反对，“好不容易获知了新情况，现在叫她回来，就前功尽弃了。”

田沅不悦地说：“米兰，你好像一点都不担心我表妹的安危呀。你就不怕她继续留在那里会出事吗？”

米兰说：“我没有不关心她呀，我让她随时跟我联络，一旦有什么不对，立刻就叫她回来。现在……还不是时候。”

田沅又叹了一口气，躺了下去：“算了，睡吧，明天再说。”

米兰关了灯，躺下来，却怎么都睡不着了。

九

失眠了一晚上，到了早上，米兰终于忍不住了，第一次主动打了电话过去。

小凤隔了半分钟才接起电话，她压低声音说：“表嫂，你怎么主动跟我打电话呀，覃叔还没出去呢。”

米兰说：“我实在是忍不住了，昨晚一宿没睡，都在想这件事。你在哪儿接的电话？”

“我在卫生间，你说吧，他听不到。”

米兰问道：“你早上去植物人的房间看过了吗？”

“看了，阿姨还是躺在床上，插着输液管。”小凤傻乎乎地说，“我觉得昨晚可能真是睡迷糊了吧。”

米兰没她这么天真，嘴上却说：“就是，怎么会有你说的那种怪事嘛。不过小凤，这几天还是各方面多留意一些，有什么发现就立刻告诉我。”

“我知道，挂了啊。”

小凤收起手机，打开卫生间的门，看到覃叔正站在卫生间门口，盯着自己。

小凤心里猛抖了一下，她完全不懂掩饰自己内心的慌乱，十分不自然地说：“覃叔，你……干吗？”

“没什么，我也想上厕所呀。”覃铭说，他瞥了一眼小凤手里握着的手机，“跟谁打电话呢？”

“没，没谁……就是一个亲戚。”小凤赶紧从卫生间出来，想赶快离开，却被覃铭叫住了：“小凤，你忘记冲厕所了吧？”

“啊？”

“我刚才没听到冲水的声音。”

“哦，可能是吧。下次不会再忘了。”小凤尴尬地笑了笑，到客厅去了。

覃铭凝视着她的背影，若有所思。

之后，小凤又跟米兰通了几次电话，但没有再提到植物人夜里走动的事。米兰无法判断，是后面没再发生怪事，还是小凤没有察觉？她曾提出让小凤夜里专门到隔壁房间去看看，但小凤打死都不敢。米兰也不好勉强，只能作罢。这样又过去了四天。

米兰这天下午去医院做了产检，她怀孕已经16周了，肚子渐渐显怀。医生说这段时间是安胎的关键时期，要她多休息，适量运动，增加营养。米兰告诉了老公和婆婆，婆婆连忙炖了土鸡汤，还做了米兰爱吃的酸菜鱼。这段时间，婆婆对米兰真是悉心照顾，米兰充满感激。

然而就在这天夜里，米兰的手机再次响起了。铃声仿佛隐含着几分焦灼。她赶紧接通电话，小凤声音中蕴含的惊骇是上回的数倍，她声音颤抖，因恐惧而啜泣着：“表嫂，天哪……我不知道怎么会这样，我怕，我好害怕……”

田沅和米兰一起坐起来，两个人的心都揪紧了，小凤的声音此刻听起来让人不寒而栗，米兰急切地问道：“怎么了，小凤？”

“植物人阿姨……不见了！她没在房间里了，我听到有什么声音，然后……”

她说得语无伦次，米兰赶紧打断她，说道：“别紧张，别害怕，慢慢告诉我，到底是怎么回事？”

小凤竭力地控制着自己的情绪，说：“我刚才起床上厕所，刚下床，听到隔壁房间发出了一些声响，我很害怕，便不敢去厕所。声响持续了一会儿，停止了。我实在憋不住了，只有走出房间。

“为了壮胆，我打开了客厅的灯，并快步走向卫生间。解完手后，我路过阿姨的房间，实在忍不住，就朝里面望了一眼……发现病床上没人了！

“我吓坏了，脑子里一片空白，只想赶快把这件事告诉覃叔。于是，我走到二楼，敲覃叔的房门，里面却没有反应。我更害怕了，只能回自己的房间。这时，我从楼梯上走下来，才发现……”

说到这里，小凤害怕得呜呜哭了起来。米兰心急如焚，问道：“你发现什么了？快说呀。”

“呜……我发现，**地下室的盖板打开了，一股怪味从里面飘出来**。我怕极了，赶紧跑回房间，把门锁好，裹在被子里，跟你打电话。表嫂，这里太恐怖了，我不敢再待在这里了，我想回来！”

事情到了这一步，米兰实在无法勉强表妹再继续留在那里工作了。她说道：“好的，你现在把门锁好，待在房间里，明天一早就回来。”

“我现在就想回来，我一分钟都不想在这里待了，呜……”

米兰思量了一下，怕小凤现在出来，会打草惊蛇，反而更加危险。她说：“不，小凤，你现在待在房间里，不要让覃叔发现你知道了他的秘密。明天一早，你就随便找个借口出门，然后赶快回来！”

“嗯，知道了……”

“如果再发生什么意外情况，你就立刻跟我打电话，或者直接打110。”

“110？”

“对，就是报警电话。你直接拨这三个数字就行了。”

“好的。”

米兰放下手机，紧张的心绪却久久不能平复。田沅既焦急又诧异：“见鬼了！这件事居然真的按你构思的恐怖小说那样发展下去了！”

米兰也感到事情真是诡异到了极点，不过现在看起来，似乎不用再由她来对对面的房子进行秘密调查了，仅凭半夜消失的植物人这一点，就足以让警方介入调查。想到这里，米兰对田沅说：“要不，我们现在就报警吧。”

田沅想了想，又看了下手表，说：“还有三个多小时天就亮了，等小凤离开那栋房子再说吧。”他走到客厅，倒了一杯温水给米兰，“现在先别想这么多了，你是孕妇，别影响休息。”

米兰略略点头，接过杯子喝了半杯水，忐忑不安地躺下了。为了肚子里的孩子，她强迫自己闭眼睡觉。

十

第二天早上，米兰八点钟就起了床，一直等到九点，小凤也没有回来。今天田沅没去公司上班。到了九点半，两人都有点急了。米兰拨打小凤的手机，系统提示对方已关机。她感觉不妙，对田沅说：“我过去看看！”

田沅阻止不了，赶紧披上外套：“我跟你一起去。”

两人急匆匆来到对面的别墅，米兰深吸了一口气，上前敲门，好几分钟都无人应答。

直觉告诉她，小凤可能出事了，米兰不敢迟疑，摸出手机准备拨打报警电话。

然而田沅按住她的手：“别报警。”

“为什么？”米兰不解地问。

田沅埋着头沉吟几秒，抬起眼帘说道："好了，事情发展到这里，该让你知道真相了。要是你真的报了警，这事就玩大了。"

米兰错愕地望着田沅："真相，什么真相？"

田沅双手按在米兰的肩膀上："其实，这一切都是我和小凤合演的一出戏。根本就没有什么植物人，也没有锁住的神秘地下室，更没有后面那些惊悚的剧情。小凤跟你说的这些事，包括她半夜打的电话，全是我教她做的。"

米兰惊愕得嘴都合不拢了："你说什么？这是你……为什么？"

"我也是出于无奈。"田沅叹了口气，"米兰，我太了解你了，如果你构思了一部小说，又没能想出精彩的后续和结尾，你就会不断地去想这个故事，有时甚至茶饭不思、夜不能寐。就像你自己说的，这是种强迫症。实际上，这个故事你不就是很久都没能想出结尾吗？我实在看不下去了，不希望你在怀孕期间一直陷入恐怖故事的创作。所以，我想到一个激发你灵感的方法。

"你知道吗？小凤去对面工作的第一天，就见到了这家的女主人，好端端的，根本不是什么植物人。她打电话告诉了我这件事，我本想立刻告诉你，却突然意识到，也许可以借小凤之口编造一些情节，启发你构思故事。那几天我正好看了一部电视剧，里面有植物人的情节。于是，我教小凤说了她打电话告诉你的那些话。"

"小凤同意跟你配合？"

"她理解我是为了帮你，当然她也觉得好玩，乐在其中。你看她后面演得多投入，完全进入角色了。"田沅耸了下肩膀。

米兰望着田沅："你既然想到了能启发我完成故事的情节，为什么不直接告诉我？还需要跟小凤配合演这出戏吗？"

田沅说："你曾告诉过我，灵感的迸发有时需要一些外部刺激，比如你以前在漆黑的地下室里创作，不就是为了寻找这种刺激吗？如果我很直白地把想法告诉你，可能就达不到这个效果了。"

米兰张着口，难以置信地说：“原来是这样。那小凤呢？她在哪儿？”

“小凤早就回老家了。她在覃铭家干了几天，因为实在缺乏城市生活的经验，很多事都做不好，就被辞退了。我给了她一些钱，让她先在老家的县城多锻炼一下。她同意了。”

“这么说，后面她打给我这些电话，全是她在老家打的？”

“是的。米兰，正如你所说，现实生活哪有小说那么戏剧化？这次的事情，从一开始就是个误会，根本没有你想象中那些可怕的事。不过，你倒是通过这件事构思出了一个好故事，也算是颇有收获吧。”

米兰扶着额头叹息道：“天哪，你们居然串通起来骗了我这么久。不过——谢谢你为我做了这么多。”

田沅微笑着搂住米兰：“走吧，回家。我一会儿就去中介那里把租的这套房子退了。咱们明天就搬回我的公寓住。现在你可以安心养胎了吧？”

“嗯。”

田沅挽着米兰往回走：“对了，这件事就不要告诉妈了，她自始至终都不知道。小凤回老家的事，我这两天也会告诉她的。”

两人回到家中，老太太买菜去了，米兰昨晚没睡好，上床补觉。田沅去中介那里办理退房手续。他吻了米兰的额头一下，让她在家好好休息。

田沅出门之后，米兰从床上起来，她拿出高倍望远镜，观察到田沅开车离开了，立刻更衣换鞋，走出家门。

米兰来到对面别墅，自己曾经的家。她在这里住了一年多，非常熟悉其结构。她绕到后门，左右四顾，观察到周围没有人，她捡起附近水池里的一块鹅卵石，用它敲碎了窗户玻璃，再小心地伸手进去，打开房门。

进入室内，米兰十分紧张。她试探着呼喊了几声，没有回应，证明屋内确实没人。她来到客厅的时候，闻到了一股腐臭味。几乎不用判断，她就能相信，味道是从地下室传来的。

果然，当米兰走到通往地下室的楼梯前，腐臭味更浓了。她看到木头盖板挡住了地下室入口，并被一把铁锁锁住了。

米兰再次捡起刚才用来击碎窗玻璃的鹅卵石，用尽力气将锁砸坏。她小心翼翼地揭开盖板，谜底随之要被揭开了，她的心脏怦怦狂跳。

一股熏人欲吐的腐臭味从地下室释放出来，米兰赶紧用手捂住鼻子，努力不让自己呕吐出来。事到如今，不管下面隐藏着多么恐怖的事物，她也必须看个究竟。

通往地下室的楼梯间有一盏小灯，开关在楼梯右侧。米兰把灯打开，微弱的光线照进了地下室，她紧紧抓着扶手，谨慎地一步一步往下走，手心里全是汗。

不用完全走下去，站在楼梯上，已经能看到下面的情景了。当地下室那恐怖的景象映入米兰眼帘的时候，她的脑子嗡的一下炸开了，双手紧捂住嘴，眼睛瞪大到无以复加的地步。

地下室的地上，躺着四具尸体，分别是覃铭、他妻子、小凤和另一具已经腐烂得不成人形的尸骸。而更为恐怖的是，地下室里数以万计的鼠妇，正在吞噬着尸体，特别是那具腐尸，似乎是鼠妇眼中的极品美味，俨然被当作一道饕餮大宴。

这画面实在太过恐怖和恶心，米兰被这巨大的惊骇吓得浑身发毛，她呆立数秒，意识到必须立即离开，迅速报警。然而，她转过身准备走上去的时候，骇然看到，身后已经神不知鬼不觉地站了一个人，正是她的丈夫田沅。

米兰惊叫了一声，头皮发麻，这种惊骇仿佛比看到地下室的恐怖画面更甚。一瞬间，她明白了一些事情，但更多的是迷惘。

田沅悲哀地叹了口气："米兰，我就知道，你刚才是应付我的，其实你根本就不相信我说的话。唉，你为什么非要探索到底不可呢？"

米兰竭力克制着心中的恐惧："你编的那些鬼话，根本就破绽百出，别说我是悬疑作家，就是一个普通人，也不可能相信。"

"没错，我也意识到了，我那番临时编造的谎言的确太过拙劣。不过在这一点上，你也不高明，居然表现得丝毫不怀疑。你演得太假了，米兰。"

米兰心中泛起阵阵凉意：“那么，这一切到底是怎么回事，你现在可以告诉我了吗？”

“当然，到现在还不满足你那超越常人的好奇心，未免太对不起你这么多天付出的努力了。”田沅干脆坐在了楼梯上，挡住了米兰的去路，“我就从最开始说起吧。”

米兰和他保持着两个阶梯的距离，盯着他。

“事情的起源，是我的一个旧情人来找我‘叙旧’。没错，就在这栋房子里。当时我们住在这里，而你那天下午正好做产检去了。本来，我以为她只是想跟我温存一下，没想到的是，事后她居然提出要我跟你离婚，跟她在一起，否则的话，就要把我和她偷情的事告诉你。

“我不想受她胁迫，但这个女人着实不是盏省油的灯，我相信她真的会做出一系列对我不利的事……其中的细节你用不着了解了。总之最后的结果是，我因愤怒而失手杀了她。”

米兰遍体生寒。

“杀人之后，我很慌乱。不过很快我意识到，不管这女人活着还是变成了尸体，她都不能毁了我的人生。所以，我思考着怎样处理尸体，瞒天过海。

“当时是大白天，我不可能把尸体扛出去丢弃，也没有时间分尸什么的，因为你可能就快回来了。无奈之下，我只能把尸体用塑料布裹住，暂时藏在地下室的储物柜里。之后，就以胎儿健康为由，让你绝对不要再进入地下室。”

米兰难以相信，事情居然追溯到了这么早的时候，那是两三个月以前。而此刻，她明白当时田沅一些所作所为的真实目的了：“你当然知道，尸体是不可能长期藏在储藏柜里的。所以接下来，你想到了一个处理尸体的方法。”

“没错，我打算借装修之名把尸体砌在地下室的墙壁里，但这需要一个适当的理由。”说到这里，田沅居然露出几分得意的神色，“米兰，**你想过地下室为什么会变得越来越潮湿吗？**”

米兰瞪大眼睛望着他，难以置信这居然都是那罪恶计划中的一部分。

“这栋房子旁边的花园里，有一根用于浇水的水管，我把水管埋在地下的部分敲破了一些，让大量的水浸入地下，房子——尤其是地下室，当然会变得十分潮湿。你开始厌恶这套房子，考虑卖掉它也是顺理成章的事。”

“而这个时候，你跟我提出，如果不把地下室重新装修一下，房子很难卖出去。于是，我那几天暂时住进了你的公寓，而你，则有充足的时间把尸体砌在地下室的墙里，再粉饰一新。”米兰说。

“没错。接下来，我们就迎来了覃铭夫妇。但事情开始往戏剧化的方向发展，我自以为尸体处理得天衣无缝，却恰好被覃铭洞悉了。”田沅不无遗憾地说，“谁能想到，他恰好是一个**香水制造商**呢？”

一开始，米兰没明白这句话的意思，但几秒钟后，她猛然意识到了什么，骇然道：“原来是这样……覃铭当时蹲在墙边观测被撕开的墙纸和发潮的墙体，结果闻到了里面发出的腐臭味！他是香水制造商，嗅觉比普通人灵敏得多！”

“正是如此。上天似乎有意要跟我开玩笑，居然让一个嗅觉异常敏锐的香水商发现了我藏在墙壁里的秘密。覃铭是个思维敏捷、老谋深算的人。虽然他当时就发现了这个秘密，却并未表现出来，原因是，他想到了一个**敲诈**我的计划。”

米兰开始理解后面发生的事了。

“覃铭不顾妻子的反对，买下了这栋房子。当然，他之后肯定跟妻子解释了买房的真正意图。房子过户之后，他就开始跟我联系，并以此敲诈我五百万。如果我拒绝付款的话，他就报警。

“老实说，我当时还真打算凑足五百万给他，但我告诉他，这需要一些时间。他同意等我一阵。但在这段时间里，覃铭那个比他还贪得无厌的老婆居然想敲诈我更多。她把我约到附近人迹罕至的森林公园，告诉我，封口费已经变成八百万了。

“我恼羞成怒，用一块石头砸向了她的头部，然后逃逸。我本来以为打死了她，后来才知道她只是变成了植物人。”

“等等，”米兰打断田沅的话，“覃铭当然知道，是你攻击了他妻子，他居然没有报警？”

“没错，他当然知道。但是有两个问题：首先，他没法证明我就是袭击他妻子的凶手；其次，另一个更重要的原因是，如果报警，他就不可能拿到我承诺的五百万了。他的公司陷入了困境，非常需要这笔钱。而我答应他，只要他不报警，我同意给他八百万。”

“你哪儿来这么多钱？”米兰问。

“我当然没有。这意味着，我必须设法把覃铭也除掉。而这时，**你构思的小说给了我绝妙的提示。**”

“我的……小说？”

“是呀，你构思的小说中，不是出现了**用鼠妇来处理尸体**这样的剧情吗？这个桥段给予我启示，我觉得，这可能真是个好主意。因为被我敲碎的水管，直到现在也没有被人发现和修缮。这个地下室确实越来越潮湿了，足以繁殖大量的鼠妇。”

米兰的身体抽搐了一下，觉得心中好冷。

田沅继续道：“几天后，我妈和小凤就来了。你居然提出让小凤去覃铭家当保姆。我一开始不同意，后来想了下，也许有了小凤提供的信息，我更能掌握覃铭的情况，比如他什么时候在家。

“于是在一天晚上，我趁你睡着后，悄悄溜了出去，进入这栋别墅……”

“你怎么进得去？”米兰说，“房子过户后，他不可能不换门锁和钥匙。”

田沅浅笑了一下：“当然，我正是想到了这一点，于是在他刚刚得到房子那一天，就抢在他之前来到这一带唯一的一家换锁芯的店，买通了那里的店员，让他们把即将交给覃铭的钥匙，事先复制了一把。

“覃铭根本想不到，我要在夜里潜入他们家，简直易如反掌。于是一天晚上，我来到那里。由于不知道覃铭住在哪个房间，我只能一间一间地找。结果，我走到植物人的房间，恰好被上厕所回来的小凤看到，所幸当时屋里一片漆黑，她并不知道那是我。

“小凤回房间后，我不敢再留在那边，赶紧回来。果然没过多久，她就跟你打了电话。我由此得知，她误以为看到的是植物人在走动。

“几天之后，眼看就要临近付钱给覃铭的日子了。我不得不在夜里再次潜入别墅。我的计划是，不动声色地杀了覃铭，把他和植物人一起丢进地下室锁好。而小凤，我会打发她回到老家。地下室的尸体就交给日趋增多的鼠妇来处理。

“那天晚上，我顺利地潜入二楼，用枕头捂死了覃铭，并在他身上找到了地下室的钥匙。我把他的尸体搬到地下室，再去搬同样被捂死的植物人，结果弄出了一些声响，引起了小凤的警觉，她走出房间，发现植物人不见了，覃铭的房间也没有回应，而地下室的盖板打开了。

“为了不让小凤发现我，我在她去二楼的时候，迅速返回家中。还好距离很近，只有不到五分钟。我躺下不久，小凤的电话就打过来了。她把那边的怪事告诉你，而你，告诉了她报警电话。

“这个时候，我意识到，事情已经到了这一步，只能一不做二不休了。为了守住秘密，我不得不连小凤也一起杀死。于是，我倒了一杯加了安眠药的水给你，让你睡着，然后再次潜入这套房子。”

“我是孕妇，你居然给我吃安眠药？”米兰的眼泪淌了下来，不过面对这可怕的杀人犯，这些细节已不重要了，“这一次，你把你表妹也给杀了。”

田沅叹道：“这实在是没办法的事。我把三具尸体搬到地下室，并把之前曾暴露气味的藏在墙里的尸体也挖了出来，让已经繁殖到上万只的鼠妇来处理。”

米兰畏惧地说：“鼠妇只吃腐肉，不可能连骨头都啃掉。”

“我知道，但以后我再来这里，只处理那些骨骸，不就容易多了吗？”

“你简直是个魔鬼！”米兰怒斥道，不敢相信自己居然跟这样一个杀人不眨眼的恶魔睡在一张床上这么久，“为了保全自己，你竟然不惜杀掉这么多人！”

“话也不能这么说。我杀的四个人中，除了小凤是完全无辜的，另外三个人，都是出于贪欲才招致杀身之祸。如果他们没有非分之想，又怎么会有今天的下场？”

米兰被田沅狠毒的表情吓得不敢开腔了。

田沅舒了一口气，眼神变得温和一些，说道：“好了，米兰，你已经知道了整件事的始末，包括我费尽千辛万苦隐藏的秘密。现在，你有两个选择：第一，跟我一起守住这个秘密；第二，报警抓我——你选择哪一个？”

米兰迟疑许久，流着泪说：“田沅，虽然你做了这么可怕的事，但是……你毕竟是我的丈夫，我肚子里孩子的父亲。我除了和你共进退，还能怎样呢？”

田沅盯着米兰的眼睛看了足有半分钟，冷冷地说：“这次，你表演得比早上好多了，但遗憾的是，我仍然不会相信你。我知道你心里的打算，只要能活着离开这里，你立刻就会寻找机会报警抓我。”

说着，他从楼梯上站了起来，向米兰靠近。米兰脸色苍白，一步步往后退着，惊恐地说：“田沅，我是你妻子呀，还怀着你的孩子！你该不会要把我和孩子都杀死吧？”

田沅露出一丝悲哀的神色：“米兰，说实话，我真的是爱你的，也打算和你好好过一辈子。这件事我多次劝你放弃，你都没听我的。知道吗，为了让你相信覃铭的妻子好好的，我甚至装扮成她的样子，故意让你用望远镜看到。没想到在菜市场碰到覃铭，又引起了你的怀疑。如果你不是这么执着，又怎么会走到这一步？算了，现在说这些也没用了，我走错了第一步，只能一直错下去了。”

“不……如果你在错杀第一个人的时候就自首，后果不会这么严重！”

“已经迟了，米兰，我回不去了。”他靠拢了。

米兰突然从腰包里摸出手机，对田沅说：“你以为我就这么相信你吗？老实告诉你，在你还没来之前，我就已经拨通了报警电话，手机一直处于通话状态。刚才我们的对话，警察已经听到了，他们马上就会赶到！”

田沅的脸倏然变色，狠狠地瞪着米兰。

“所以，田沅，别在继续犯错了，否则……”

然而，米兰的手机居然在这时响了起来，熟悉的来电铃声让米兰和田沅都为之一怔。米兰心中暗叫不好，瞄了一眼手机屏幕，是罗敏打来的。

田沅一把抢过手机，冷哼一声：“你的手机不是处于通话中吗，怎么电话还打得进来？这种小伎俩真符合你……”

话还没说完，米兰一脚踢向田沅裆部。田沅痛得惨叫一声，捂住下体。米兰抓住机会，从他身边越过，一边朝门口狂跑，一边狂喊道：“救命，救命！”

田沅忍住剧痛，转身去追米兰。米兰怀着身孕，根本不可能跑多快，很快就被田沅抓住了。这个男人抛弃了最后的人性和假惺惺的温情，面目狰狞而扭曲，一双大手死命掐住米兰的脖子，疯狂地说道：“我不会让你毁了我的，你们都不行！”

米兰完全没法对抗，她双手胡乱挥舞着，脸渐渐变成了绛紫色，眼看就要窒息而亡了。

突然，一个人出现在了田沅身后，她用尽全力把一块鹅卵石朝田沅的后脑勺砸去。田沅当即昏了过去，脑后溢出鲜血。

那个把他打昏的人惊骇地丢掉了手中的石头，战战兢兢地问：“米兰……这，到底是怎么回事？”

米兰回过气来，定睛一看，站在面前的是她亲爱的出版编辑罗敏。但她已经没有力气来解释这一切了。

罗敏惶恐地说：“本来，我是打算到你家盯着你把故事大纲写出来的。走到门口打你手机，却听到你呼救的声音。我赶紧绕到后门，门没关，进来之后居然发现田沅要杀你！天哪，太可怕了！”

米兰这才想起，她一直忘了告诉罗敏，自己早就已经卖了房子并搬家了，不过现在看来这一点恰好救了她的命。她虚弱地对罗敏说：“快……快报警……”

几分钟后，警车呼啸而来，将昏厥的田沅以及米兰、罗敏一起带到公安局。

警察很快根据米兰的口供和现场确凿的证据，弄清楚了案件的始末。

一个月后，检察院提出公诉，法庭一审判决田沅死刑，立即执行。田沅没有提出上诉，他知道无力回天。

米兰在罗敏的陪伴下，来到云南大理，在洱海边租了一套海景别墅。这里的海水、微风、阳光抚慰着她受伤的身心。她在这里安稳而宁静地度过了六个月，然后在昆明的一家医院，生下了一个健康的宝宝，是个儿子。

田沅的事情败露之后，米兰就没有跟田沅的母亲联系过。老太太也没打过一次电话给她。出了这样的事，婆媳关系自然无法再维系。

儿子出生后，米兰一度想过把孩子交给田沅的母亲抚养。一方面是对老太太唯一的安慰，另一方面是她感觉自己无法面对这个儿子，更没法跟他交代父亲的事。

但最终，米兰还是把儿子留在了身边。她打算用一生的时间教会儿子一个道理：人不能走错第一步。就算走错了，及时回头，人生也还有希望。

《鼠妇》完

——

汽车行驶在高速公路上的时候，我们总会看到道路两旁的荒山上有一些房子。当然我指的不是别墅，而是那种农村的自建房。这些山屋有些距离山脚较近，有些却在半山腰，甚至靠近山顶的地方。

每当这种时候，我都会想，这种鬼地方真的有人居住吗？或者说，这种荒山上，具备人类生活的基本条件吗？

更重要的是，这种地方万一发生了什么意外事件，该怎么办？别指望像城市里面一样，打个110，警察就会在几分钟后赶到。

下面的这个故事，就发生在这样的地方。主角遭遇的状况，已经不能用“意外”来形容了，简直是一场真正的噩梦。

——

山屋惊魂

STRANGE STORY
NIGHTMARE

一

对于很多生活在城市里的学生来说，我的居住环境和生活状况是你永远难以想象的。在你抱怨每天挤着公交车或地铁上学苦不堪言的时候，我要在崎岖的山路中徒步行走一个多小时才能来到镇上的高中；在你计算自己这个月的零花钱可以跟朋友吃几顿洋快餐的时候，我也在计算着家里的口粮能不能撑到月底；当你沉浸在家庭的温馨之中，我却在哀悼自己十六年来噩梦般的生活。

我这么说，指的并不是家庭的贫穷和居住环境的恶劣，而是指我那个十恶不赦的继父长达十六年来对我、哥哥和母亲身体、心灵上的双重虐待。

在我还没记事的时候，我的亲生父亲就因为一场大病而去世了。当时我的母亲为了能养活一对双胞胎儿子，被迫改嫁给村里的一个无赖汉，原因是为了给父亲治病，她已经花光了所有的积蓄，连房子都卖了。而那个无赖汉在山上有间土瓦房，面前还有块耕地。我想我母亲当时只是一心想要养活我们，什么都没多想。但她那时显然没有意识到，这是她一生中所犯的最严重的错误。我相信如果现在再给我母亲一次选择的机会，她就算是带着我们兄弟俩去沿街乞讨也不会嫁给这个恶棍。

这个恶棍——当然，也就是我的继父，是个名副其实的魔鬼。从我母亲嫁给他之后，他就再也没有下地去干过活，全靠我母亲种菜后挑到城里去卖那一点儿微薄的收入养活一家人。而他是一个嗜酒如命的酒鬼，一天三顿必须顿顿喝酒。有时，我母亲卖菜只换回来一些汗津津的零钱，连生活都难以维持，那恶棍却只管自己买酒喝，根本不顾我们死活。为了能保证他天天喝酒，我们娘儿仨不知道挨了多少顿饿。这都是其次，关键是那恶棍每次喝酒后必发酒疯。辱骂、殴打我们三个人是他乐此不疲并持之以恒的娱乐项目。而我的母亲是那种旧观念很强的传统女人，对于他的虐待从来都是逆来顺受。只有年幼时，继父殴打我们兄弟俩的时候，母亲会跑过来紧紧地抱住我们，让那雨点般的拳头或棍棒落在她瘦弱单薄的身体上，那似乎就是母亲对继父唯一的反抗。

算了，我不想再说下去了。对于那个恶棍的种种劣迹，我能说上整整一个月。我还是直接从那件恐怖的事情发生的当天讲起吧。

二

那是暑假的一天傍晚，外面下着只有夏天才有的暴雨。我和母亲、哥哥，还有继父（直到现在，我还是无法将那恶棍和我们合称为“一家人”）坐在一起吃晚饭。所谓的晚饭，其实就是一碗清粥和一盘泡酸菜。不过，对于我继父来说，他还要多出来一碟花生米和一瓶烧酒。

我们娘儿仨默不作声地埋头吃饭——这是我们在家中的基本状态，本来以为这样就惹不到那恶棍，但我们错了。

“砰”的一声——酒瓶底重重地砸在桌子上，我们三个人都被吓得哆嗦了一下。随后，是继父对母亲粗暴的呵斥：“妈的，酒呢？怎么只有半瓶？！你去给我把酒拿来！”

母亲头也不敢抬，战战兢兢地说：“酒只有这最后半瓶了，今天下暴雨，没有到镇上去买……”

“什么？！没有了？”继父暴跳如雷，“老子正喝得带劲，你跟老子说没有了？”

母亲像做错什么事那样小声地说：“今天就少喝点吧，明天雨停了我就到镇上去买。”

“不行！没喝够酒，你叫老子今天晚上怎么活得下来？”继父蛮横地叫嚷着，“你现在就跟老子去买！”

“外面下着这么大的雨……”

“我不管！老子现在就要喝！你去不去？”

母亲紧紧地咬着嘴唇，面色极为难看，我和哥哥更是不敢开腔。多年来，在继父的淫威之下，我们娘儿仨总是对他不敢有丝毫忤逆。但今天的雨确实太大了，而且雷电交加，在这种情况下走那条狭窄、泥泞的山路，将十分危险——正因为如此，母亲久久地迟疑着。

“啪！”地一拍桌子，继父面红耳赤地怒吼道：“臭婆娘，你跟老子反了是不是？叫你去买酒你敢不去？”

他借着刚才那半瓶酒的酒劲，发起疯来，将手中的空酒瓶朝着桌边“砰”的一声砸碎，拿着手中那半截尖刀似的酒瓶指着母亲：“最后问你一次，你去不去买？”

母亲显然是吓坏了，心里非常清楚面前这个疯子是什么事都做得出来的。她赶紧连声应允：“好，好……我这就去买，这就去买。”

说着，母亲连饭都没吃完就离开桌子，在床边的一个破柜子里找出些零碎的票子，用手帕包起来小心地揣在腰间，再到墙边拿了把伞，这就要下山买酒。

我很着急，站起来在门口拦住母亲：“妈，这么大的雨，你怎么下山啊？太危险了！”

“没关系的，柱儿（我的小名），这条路妈走了十几年了，不会有问题的。”母亲安慰着我。

“可是，就算你现在到镇上去买，在这种雨天里走一个来回也要三个多小时啊！”我回过头望了一眼发酒瘾的继父，担心地问，“他忍得了这么久吗？”

“那又有什么办法？”母亲无奈地叹息道，“你也看到他刚才那个样子了，如果我不去给他买，今天晚上消停得了吗？”

“要不我去买吧。”

母亲连连摇头：“不行，你就在家里待着，哪儿也别去。听到了吗？”

我还想说什么，身后那个酒鬼已经不耐烦地叫嚷起来：“你们两个在那里磨磨叽叽的干什么？！还要老子等多久？”

母亲叹了口气，在我的脸颊上摸了一下，将伞撑开，打开门匆匆地走了出去。

我看着母亲瘦小的身影消失在瓢泼大雨之中，心中一阵疼痛。回过头之后，我看到凶神恶煞的继父，这股痛楚立刻转化为强烈的恨意。但我不敢表现在脸上，就像哥哥一样，他也只能站起来，面带忧色地目送母亲离开。我们兄弟俩对视一眼，默不作声地坐下来继续吃饭。

那恶棍没了酒喝，连吃饭也提不起劲，他丢下筷子，骂骂咧咧地离开桌子，躺在床上等着酒买回来。

我和哥哥收拾好碗筷后，坐在桌边，本想拿些书来看，但心中牵挂着暴雨中的母亲，谁都看不下去，只有呆呆地坐在那里，一心期盼母亲早点回来。我们的眼光尽量不望向躺在左边床上那摊恶心的东西。

对了，说到这里，我要补充一下——我们居住的这间土瓦房没有房间的划分，整个就是一间大敞房。东边靠墙是母亲和继父的床，西边靠墙是我和哥哥的床，两张床周围分别扯着一块破布将床圈起来，这就算是各自的“房间”了。屋内还有一张桌子、几条板凳和一个烂柜子，除此之外再没什么别的家具，平时做饭就在门口——真正的一贫如洗。

我和哥哥就这样心神不宁地一直坐到了晚上十点，我算着母亲是七点钟出去的，现在也差不多该回来了。我想打开门迎接母亲，但风雨太大了，雨要飘进来，而且外面漆黑一片，什么也看不见，只有作罢。

又过了许久，窗外划过一道刺目的闪电，随后是一记震耳欲聋的惊雷。我的心纠紧了，惶恐地望向哥哥：“哥，你说……妈，她会不会被闪电……”

“别瞎想。”哥哥阻止我继续说下去，“那是不可能的。你知道吗？闪电看着好像近在咫尺，其实是在很远的地方……所以，不会的。”

我点了点头，眼睛望向桌子上的小闹钟，仍是惶惶不安：“可是已经快十一点了呀，妈怎么还没回来？”

“快了，快了。肯定是雨天山路不好走，所以要慢些……”

就在我们兄弟俩小声说着话的时候，身后那张床上本来已经睡着了的继父翻身起来，猛地问道：“现在几点了？”

“十一点。”我冷冷地回答。

“那个臭婆娘！去了这么久都没把酒买回来！她是存心要让老子难受！哼，看她回来老子不好好地收拾她一顿！”

听到这番话，我全身的血液一下子涌了上来，心中燃起的怒火仿佛要将胸口灼穿——那恶棍不但丝毫不担忧母亲的安危，反而怪她是存心耽误自己喝酒。母亲几乎是冒着生命危险去给他买酒，他却还扬言要在母亲回来后收拾她！

我再也压抑不住胸中的怒火了，咬牙切齿地说：“你以为她是为了什么才出去的？你到底还有没有一点人性？”

继父怔了一下，似乎是没想到平日在他面前大气都不敢出一口的我居然敢对他说出这样的话。然而，他立刻从床上跳了起来，冲到我面前，抡起胳膊一巴掌扇过来，打得我一个趔趄摔倒在地，眼冒金星。哥哥赶紧扑过来护住我，也被他顺势踢了一脚。那恶棍却还没解气，破口大骂道：“你个小畜生，老子供你吃、供你喝，白白养了你十几年，你现在翅膀硬了，教训起老子来了！我看你是好久没挨抽，皮子又痒了，是不是？你他妈以后再敢这样，小心老子打折你一条腿……”

那恶棍没解酒瘾，正在烦躁难耐之际。现在有了这碴，正好借机发泄。他指着我破口大骂了十多分钟，什么恶毒难听的话都骂遍了。我满含屈辱和愤懑地坐在地上，任他发疯、发狂，心中只是暗自责怪自己年龄太小、身子瘦弱，不是那身强力壮的恶棍的对手，不然的话，我真想跟那恶棍拼命算了。

继父还在咒骂着——房间里唯一那盏悬吊在屋中间的电灯突然熄灭了，房间霎时陷入一片黑暗。对于我们这种地处偏远山区的房子来说，停电本来就是家常便饭，再加上今天又雷雨交加，不停电倒成了怪事。所以我一点都没觉得意外，反而觉得停电救了我，因为继父转移了注意力，又去骂那虚无的电去了。

哥哥把我从地上扶了起来，我们没心思听那疯子咒骂，走到桌子前拿起闹钟，那上面荧光的指针显示，已经快十二点了。我和哥哥在黑暗中对视了一眼，虽然谁都看不清对方的表情，却分明能感觉到那目光中蕴含的焦虑和担忧。

“哥，你说……妈不会出什么事了吧？”

“我不知道，应该……不会吧？”哥哥也有些慌了。

也许是因为黑暗降临，也许是因为他终于累了，继父骂骂咧咧的声音渐渐小了下去。他摸索着朝床边走去，脚下却踢到吃饭时被他自己砸碎的玻璃碎片。他又骂了句脏话，也没管那么多，移到床边后，掀开悬挂着的破布就躺下去睡了。

三

我和哥哥躺在床上，辗转反侧、心急如焚，根本不可能睡得着。我们将门虚掩着，盼望着母亲在下一刻推门进来，但等到将近一点钟，母亲还是没有回来。而左边床上躺着的继父却睡得像只死猪，发出阵阵难听的鼾声。我们在心中猜测着母亲可能遇到的各种状况，越来越心慌。过了一点之后，我再也按捺不住了：“哥，我们去找妈吧！我觉得她肯定是出事了！”

哥哥茫然无措地说：“可是……家里只有一把伞呀，已经被妈拿走了。这么大的雨，我们怎么出去？”

“那我们在这里干等也不是办法啊，妈要是有危险怎么办？”

“就算我们出去了，外面漆黑一片，我们连手电筒都没有……”

正在我们小声商量的时候，听到东边那张床上的继父含混不清地哼了一声，接着又喊了一句，这次我们听清楚了，就一个字：“……酒。”

我烦躁地皱起眉头，心想这恶棍的酒瘾已经堪比毒瘾了，实在是让人厌恶到了极点。此刻，他也不知道是在说梦话还是什么，反正我们隔着两块破布，看不见他，也懒得理他。

就在这时，突然听到摔下床的一记闷响和继父发出的一声大叫。我和哥哥对视了一眼。哥哥问道：“出什么事了？”

我冷漠地说：“在梦里发酒疯摔下床了吧——管他呢。”

哥哥顿了片刻，说：“摔下床不爬起来吗？怎么没听到声音了？”

我想了一下：“兴许是瞌睡大，摔下床也没摔醒。”

哥哥说：“不会吧，我听他摔下去的时候大叫了一声，分明就是摔疼了，怎么可能这样都还没醒？”

听他这么一说，我也觉得有些奇怪了，黑暗之中，我俩疑惑的目光碰撞在一起。半晌之后，哥哥说：“要不……我们过去看看？”

我不情愿地把头扭过去：“要看你去看吧，我才懒得管他。”

哥哥叹了口气，迟疑了片刻，掀开挂着的破布，叫了一声：“爸？”

没有回应。

他提高音量又叫了几声，还是没有任何回应。这回我也觉得不对劲了，转过头来望着哥哥。

“我看我们还是过去看一下吧。”哥哥说。

我只有点头答应。我们两个人翻身下床，黑暗中伸手不见五指，我们先摸索到桌子那里，从抽屉里摸出半根蜡烛和一包火柴。蜡烛点燃之后，房间里终于有了一丝昏黄摇曳的微光。哥哥小心地捧着蜡烛，和我一起朝继父的床走去。到了床边，哥哥略微停顿了一下，然后掀开悬挂着的破布。

我们一眼就看到，继父面朝下趴在地上，一动不动，而床边，是一些玻璃瓶的碎片。我们俯下身来，赫然看到继父的脑袋边上有一摊鲜血。我和哥哥惊骇地对视一眼，他把蜡烛递到我手里，说了声“拿好”，然后伸手去将继父的身体翻转过来。

“啊——！”我俩几乎是齐声惊叫了出来，我浑身触电般地颤抖，手中举着的蜡烛差点晃落下来。

眼前的景象实在是骇人到了极点——继父的脸上，插着像尖刀般锋利的半截酒瓶的瓶底，其中最长的一根玻璃尖刺，正好深深地插进了他的眼睛里——我们明白了为什么他摔下床来之后只大叫了一声就再没发出声音——因为这一下，足够使他当场毙命!

看到继父惨死的模样，我和哥哥倒吸了好几口凉气，下意识地朝后退了好几步，心中却仍然是惊骇不已。过了好一阵，我们才渐渐回过神来，哥哥咽下一口唾沫，瞪着一双惊惧的眼睛问我：“怎么会发生这种事？”

我此刻脑中自然也是一片乱麻，但我似乎要比吓呆了的哥哥稍微清醒那么一点——继父睡之前的一个细节在这时浮现出来，我望着哥哥说：“对了，你想起来了吗？起先，他在要去睡觉的时候，脚踢到吃饭时被他自己砸碎的玻璃碎片，也许那一下，刚好把那半截碎玻璃瓶底踢到他自己的床前了。”

“而那时停了电，所以他也不知道。”

“然后他刚才大概是在梦中发起了酒瘾，迷迷糊糊地摔下床来，结果刚好面孔朝下，插在了那半截碎玻璃瓶上。”

“对，一定就是这样……”

我俩合作完成了对继父死亡过程的推理，目光又碰撞到一起，几乎是同时问出一个问题：“现在怎么办？”

呆了好几分钟，我看出要指望哥哥想出什么建设性的意见是不大可能了。我仔细想了想，对他说：“现在没有别的办法了，我们只有立刻下山，一方面是找到妈，另一方面是要通知警察，这里出了人命！”

哥哥犹豫不决：“不行，你想过没有——如果我们和妈恰好错过了，就会发生这样的情况——妈回到家来，发现继父惨死在家中，我们两个又不见了，那她不被吓死也会急死的！”

我愣了，哥哥的分析确实有道理。我不敢想象平时连死老鼠都怕的母亲如果一个人回到家中来，看到这恐怖的场景会被吓成什么样，也许会当场吓疯也说不定。想到这个，我一时也没了主意。

沉默了好一阵，我问道：“那我们到底怎么办？”

哥哥说：“只有这样了——我们今天晚上哪儿也不去，就守在家里等妈回来。如果她明天早上都还没回来的话，那我们就非下山不可了。”

我瞥了一眼那具死状恐怖的尸体，后背泛起一阵凉意：“你的意思是……**我们今天晚上要和这具尸体睡在同一间屋里？**”

“要不……还能怎么样？”

我恐惧地摇着头：“不行……这太吓人了，怎么可能睡得着！”

“那你说怎么办？”

我思忖片刻，说：“我们把它搬出去吧。”

“搬出去？搬到哪里？”

“就搬到屋后。”

哥哥想了想，有些不忍：“这样……合适吗？他毕竟还是我们的继父啊。他这样惨死，我们不给他守孝倒也就算了，就这样把他丢到屋外，我觉得有点……”

“守孝？你还在想这个？”我瞪着哥哥，“这么多年来，他是怎么对我们的，又是怎么对妈的，难道你不清楚吗？远的不说，就说今天吧，他为了喝酒，管过妈的死活吗？这种人根本就是死不足惜！况且他本来就是咎由自取——要不是他自己把酒瓶砸碎威胁妈，又怎么会发生这种事？而且那碎玻璃瓶底也是他自己踢到床前的，我看这一切根本就是天意！”

哥哥低下头不说话了，好一会儿之后，他黯然道：“那好吧，我们把它搬出去。”

我把蜡烛放在桌子上，然后和哥哥一起走到继父的尸体旁。我尽量不去看那张恐怖、狰狞的脸。正准备把尸体抬起来，哥哥说：“等一下，我觉得……起码要把他脸上插着的碎玻璃瓶底取下来吧。”

我想了一下，觉得维持现在这个样子确实太吓人了——考虑到不想让妈也吓着，我点头道：“那好吧。”

哥哥深吸一口气，将脸调到旁边去，然后鼓起勇气伸出手去扯尸体脸上的碎玻璃瓶底。我也闭上眼睛，不敢看这骇人的一幕。但玻璃尖刺从尸体眼睛里抽出来发出的细微声响仍令我感到毛骨悚然。

“好了。”哥哥将碎玻璃瓶底丢到一旁，长长地舒了口气，对我说，“你抬脚，我架肩膀，走吧。”

就这样，凌晨两点钟的时候，我们兄弟俩将继父的尸体丢到屋后的房檐下，没拿什么给那恐怖的尸体盖一下，就匆匆地返回屋内。

后面发生的事，我们始料未及。

四

虽然我和哥哥说好一定要睡上一觉，明天才有精神下山去找母亲，以及处理继父的事，但是这一晚上发生了这么多事情——继父意外惨死、母亲直到现在都生死未卜——我怎么可能睡得着？

哥哥背对着我，我无法判断他是不是和我处于同一种状况。我想唤他两声试探一下，又怕把好不容易睡着的他吵醒。况且我也不知道该跟他说什么好，我想我说出来的所有话题都只会让他产生恐惧和不安。

这时，雨点声稍微小了些，我侧耳聆听，多希望能听到外面传来母亲的脚步声。但过了好久，我并没有听到任何代表母亲归来的声音，反而听到一种怪异的声响。

吱……嘎……

很轻、很细微，如果不是因为我全神贯注于外面，根本就不可能听到这若有若无的声音。即便如此，我还是准确地判断出，这声响来自门口，而且——

似乎是有人在轻轻地推那扇木门。

是母亲回来了吗？这是我的第一反应，但很快，我就否定了这个想法。我太了解自己家门口的状况了，想要从前方步入家门，此刻肯定会踏过许多大大小小的水洼，除非这个人是武侠小说里的轻功高手，否则不可能不发出一点脚步声——但我敢肯定，我之前没有听到涉水声，只听到了有人轻轻推门所发出的诡异声音。

嘎……

当我再次听到这毛骨悚然的声音的时候，整个人一下子从床上坐了起来，全身的毛孔一阵一阵地收缩着。不知道是不是过度的惊骇所致，我现在对这恐怖的声音多了一分诡异的幻想——它既像是推门声，又像是一个垂死之人所发出的呻吟。一瞬间，我的脑子里发生了某种爆炸，我想起了被我们丢到屋外的继父。

我再也无法承受独自一人面对这恐惧的局面了。我使劲推了两下身边的哥哥，颤抖着说："哥……醒醒。"

哥哥显然也没睡安生，他立刻转过背来，问道："怎么了，妈回来了吗？"

"不是，我……听到了什么声音。"

哥哥听出了我声音中蕴含的惊悸，他也坐了起来，望着我："什么声音？"

"好像是……**有人推门的声音。**"

"你是说有人在敲门？"哥哥准备马上下床去。

"不，不是敲门，是门被慢慢推开的声音。"

哥哥愣了片刻，晃着脑袋说："这是不可能的。"

我诧异地望着他那只剩一张轮廓的脸。

"我们从外面回来之后，我把门闩插好了的，就算是母亲回来了，也得敲门才进得来。"

我呆了片刻，继而打了一个激灵，起先便隐约产生的恐怖念头此刻已是呼之欲出，但我不敢说出来，这太可怕了。

哥哥感觉到了我的异常，问道："你怎么了？"

我没有说话，但浑身僵硬得像条冻僵的蛇。这没法不让哥哥疑窦丛生，他再一次追问道："说呀，你到底在想什么？"

我把脸缓缓转过去面对着哥哥，艰难地吞咽下一口唾沫："我在想，如果我刚才听到的不是推门声，那就有可能是……**人垂死的呻吟。**"

哥哥盯着我："你想说什么？"

我终于将那疯狂的想法说了出来："哥……你能确定，**他真的死了吗？**"

不出我所料，哥哥被吓傻了，他倒吸了一口凉气："老天啊，你在想些什么？！那尖刀一样的玻璃刺进了他的眼睛和脑部，还可能活得了吗？"

"可是……"我颤抖着说，"我们怎么知道插得有多深？也许，他并没有……我们就将他……"

"不可能！"哥哥骇然道，"这太疯狂了！"

其实不用哥哥提醒，我也早就意识到了这是一个疯狂的夜晚，但现在，我关心的是接下来我们该怎么办，这是无法回避的问题。"如果……我是说，如果他真的没死，而且现在就在门口的话，我们要怎么做？"我问道。

哥哥迟疑了片刻，深吸一口气说："要不，我们去验证一下？"

我考虑了足足半分钟，然后点了下头。

我俩一起下床，摸到桌子旁，用火柴点燃了蜡烛，哥哥双手颤巍巍地捧着蜡烛，和我一齐走到门边。

开门之前，我和哥哥对望了一眼。跳跃的烛光中，我们的脸上变换着明暗不同的色调，看上去诡异莫名。

“打开吧。”哥哥壮着胆说。不管门口有什么，这都是我们必须面对的。

正如哥哥之前所说，门闩是插好的，我将门闩抽开。把门拉开的时候，我感觉那只手不属于自己。

本来我和哥哥都已经做好了心理准备，并且在脑海里勾勒出了门口可能会出现的惊悚画面，但出乎意料的是，我们没有看到预想的内容。

我俩松了口气，此时勇气也增加了不少，哥哥探出头去左右四顾，然后疲惫地回过头对我说：“没有我们想的那回事。”

我们将门重新关好，哥哥说：“我看你是听错了吧，要不就是睡迷糊了。”

我尴尬地辩解着：“不，我根本就没有睡着。而且，我听到了两次，应该不会听错……”

“算了，既然没事，那我们还是继续睡觉吧。养精蓄锐，明天才好下山去找妈。”哥哥说。

我惆怅地点了点头，哥哥将蜡烛熄灭。回到床上。哥哥不一会儿就睡着了，而我睡觉要困难得多，躺了好久才迷迷糊糊地进入梦乡。

五

第二天早上，是哥哥把我叫醒的。他焦急地对我说，看来妈是真的出事了，否则不会天亮了还不回来。

外面还下着大雨，但我没有迟疑，立刻翻身起来——我知道，不管怎么样，今天必须下山去了。

出门之前，哥哥问了一句：“继父的尸体怎么办？就让它这样摆在外面吗？”

“不然怎样？”

“如果有人路过这里，看到我们屋后的房檐下躺着一具尸体，不吓死才怪。”

“这种大山里，又下着雨，有谁会路过？再说现在下山去找妈要紧，管不了这么多了。”我说。

哥哥想了想，点了下头，刚准备出去，他说：“对了，我们身上不能一点儿钱都不带，到了镇上肯定是要花钱的。”

“可我们哪有钱啊？”

“我找找看妈他们床头的柜子，妈平时好像都把钱放在那里。”

哥哥一边说着，一边朝继父和母亲的那张床走去。在他掀开床边那块破布的刹那间，发出了一阵撕心裂肺的尖叫。

我被哥哥的叫声吓得浑身猛抖了一下，下意识地朝那边望去——不敢肯定我看到的是什么。直到我走近床边，看清楚床上躺着的是那个人，脑子才嗡的一声炸开了。

老天啊，我不是在做噩梦吧？**继父的尸体居然直挺挺地躺在床上！**

我和哥哥惊骇万状地朝后退着，不敢相信自己的眼睛。我相信至少有五分钟的时间，我和哥哥的大脑因为震惊而一片空白。许久之后，我才爆发出来：“这是怎么回事？！”

哥哥恐惧地晃着脑袋说：“我就知道，我们昨天不该这样做的……我当时就觉得不妥，果然发生这种可怕的事了……”

我惊讶地望着哥哥，听他的口气，好像他能解释这种状况一样。“你说的是什么意思？”我急促地问。

“我曾经听村里的老人们说，我们这个地方的人特别讲究**‘落叶归根’**。有人要死了，就必须死在自己的家中。否则的话，会阴魂不散，永世不得安宁……”

我听不下去了，叫道：“这是迷信啊！你该不会认为是这具尸体自己走回来躺在这张床上的吧？”

虽然是为了反驳哥哥，但话一说出口，我自己都被这句话所带来的联想吓得打了个寒噤。

哥哥也是高中生，大概意识到了自己刚才说的站不住脚，他像是问我，也像是自言自语地说：“那这究竟是怎么回事？”

我看出来了，这件诡异的事不是我俩在这里思索、分析就能得出解释的。我对哥哥说：“别管这么多了，我们快下山去报案吧！找到妈，然后把这里发生的一切都告诉警察！”

“对、对……”哥哥喃喃道，“我们这就下山！”

离开了这个恐怖的家，我们就像被放出囚笼的小鸟，恨不得一下就飞到山下去。但当我们赶到下山必经的那条山路时，眼前的景象又像闷棒一样将我们打昏了。

由于一夜的瓢泼大雨（实际上，现在雨也没停），山体出现了塌方，狭窄的山路被垮塌下来的泥土和岩石堵塞、掩埋。下山的路已经被阻断了。

我和哥哥彻底蒙了，站在大雨中发呆。好一阵之后，我听到自己绝望的声音：“怎么办……我们下不了山了……”

哥哥说：“先回去吧，我们不能再淋雨了，会生病的。”

“不！”我恐惧地叫道，“我不想再回去面对那具尸体了！”

“我也不想，但我们现在没有别的选择。”

“我们翻过这些垮塌的泥石吧，那样就能下山了！”

“你疯了吗？！这太危险了，一不小心就会掉下山崖！而且雨没停，塌方也还在继续，我们会被埋在里面的！”

我双手捂着脸，痛苦地蹲了下来。

哥哥也蹲下来，揽着我的肩膀安慰道：“这样吧，我们回去之后，在附近挖个坑，把继父的尸体埋了。这样应该就没问题了。等雨停了之后，我们就下山。”

我抬起头，凝视着哥哥——现在也只能这样做了。

六

回到家，我们一分钟都没等，用家里的锄头和铁锹在屋外不远的地方挖了一个坑。由于我和哥哥都没有吃早饭，没力气把那个坑挖得很深，只是估计能放下一个人就够了。之后，我俩鼓起十二分的勇气，到屋里抬起床上的尸体，把它丢到坑里，匆匆埋葬了。

做完这一切，我俩筋疲力尽，自然也没人有心情去烧火做饭，我们找到了一些红薯，生吃充饥。

将继父埋葬后，我们体会到了“入土为安”这个词的含义——当然我的理解可能有些片面，仅仅指的是我和哥哥感觉到心安，至于死者是否得其所，我才懒得去管呢。我只知道，他入了土之后，我们的恐惧感似乎也一起被掩埋在那黄土之中了。这一天，我们剩下的就只有对母亲的担忧和对停雨的期盼。但该死的雨又下了一整天，而且到了夜里更变本加厉。我就在这哗哗作响的雨声中睡着了。

第二天早上起床后，我和哥哥立刻感到不对劲，我们看到屋里多出来一溜稀泥的痕迹，而且这些混杂着雨水和腐臭的稀泥从门口一直延伸到继父的床前。

看到这一幕，任何想象力再贫乏的人都会联想到此刻那张床上躺着什么，我和哥哥几乎都不用去确认就已经崩溃了。而事实上，当我们像木偶一样掀开床边那块破布的时候，崩溃的就不只是精神，还有我们的五脏六腑。看到（和闻到）床上那具开始腐烂的尸体的第一眼，我和哥哥就立刻狂吐起来，直到把肚子里的酸水全都呕了个干净，再也吐不出什么来为止。几分钟后，哥哥脸青面黑地对我说了一句话：

“我们……必须离开这里了。”

这还用说吗，这根本就是不言而喻的。我和哥哥像逃命一样披上外衣就朝外面奔去，而这时，我无意间注意到了一些东西，心一下揪紧了。但当时哥哥不断催促我走快一点，所以我没有太多思考和质疑的时间，我当时只感觉大脑里一片混乱，而解决的途径只有一条——那就是下山。

在这恐怖的两天当中唯一幸运的事就是，雨终于在这个早上停了。我们跑到昨天塌方的山路，看到坍塌的状况和昨天几乎一样，这说明塌方没有继续恶化。我们现在没有别的选择了，只有互相牵着手，小心翼翼地翻过垮塌的泥石——还好，前面的路没有被堵塞。我们就这样一口气都没歇地狂奔到了镇上，在镇上那些人的眼里，我们就像两个从山上跑下来的疯子。但我们顾不了这么多了，见一个人就向他打听母亲的下落，把母亲的照片给他们看（昨天白天，哥哥找到了一张母亲的照片，带在身上）。

终于，一家面馆的老板告诉我们，两天前的晚上，一个妇女从山上摔了下来，具体是什么时候摔下山的不知道，因为发现她的那个农妇说，那时她看上去已经昏迷很久了，还以为是个死人呢。还好那农妇用手指试探了一下鼻息，才知道这女人还活着，便把她背到了镇上的医院。面馆老板捏着母亲的照片说，我看就是这个人。

我和哥哥心急如焚，径直来到了镇医院。在医生的带领下，我们看到了病房里仍然昏迷着的母亲。

以上的内容，就是我们在山上发生的事，以及后来下山的整个过程。我不知道我有没有说清楚，你们是不是都听明白了。

我说的“你们”，是指现在面对着我的两个人——一个是警察，一个是医生。

七

我望着面前的两个人，他们也望着我。

旁边坐着的是我的母亲，她的头上还缠着纱布。

戴眼镜的男医生长长地吐出一口气：“你确定吗？这就是你们在山上发生的

事的全部过程？没有遗漏什么吧？”

我很认真地想了一会儿，说：“没有了。”

“那我提醒你一下吧——你刚才提到——你和哥哥下山之前，你注意到了一些不寻常的东西，这一点你没有说清楚。”

我沉默着。

“没有关系，说出来吧。”医生循循善诱。

“我哥哥呢？他现在在哪儿？”我问道。

“我敢保证他现在肯定在一个安全的地方，等我们跟你谈完话之后，你就会见到他的。”

我知道他是在说瞎话，只是为了套出我的话而随口说的。我犹豫着：“可是，我不敢相信，那是我的哥哥……”

“也是真相。”警察说话了，明显要严肃得多，“这是我们必须了解清楚的。”

我望了一眼母亲，她握着我的手，眼神里充满担忧。

警察逼视着我，我只能说了：“逃出家门之前，我和哥哥匆匆地穿上外衣，就在这个时候，我才看到……**他的后背和手臂上，有一些稀泥**。但是，睡觉之前，他是洗了澡的……”

男医生微微张开嘴：“你的意思是说……”

“不，也许不是我想的那回事。只是巧合……我……不知道。”我捂着脸说。

警察站起来，对医生和我母亲说：“这样吧，先让他静一静，我们到病房外面去谈谈。”

母亲在我的手背上拍了两下：“柱儿，妈很快就回来，你坐一会儿。”

“嗯。”我听话地点了点头。

他们三个人走出了这间病房，将门关拢。我紧跟而起，蹑手蹑脚地靠近门边，将耳朵贴在门上——很好，听得很清楚。

“怎么样，医生，从心理学专家的角度来看，你认为这种状况可能发生吗？”警察的声音。

“你指什么？他哥哥半夜起来梦游把继父的尸体搬回床上这件事吗？”

“不止这个，我的意思是，他讲的这个故事成立吗？你觉得他的精神有没有问题？”

“如果他哥哥真的有梦游症的话，我认为这种事是有可能发生的。至于他的精神，我觉得没有什么问题，他讲话时思路和条理都很清晰。”心理医生有些纳闷地说，“我们为什么不找他的哥哥谈谈呢？”

这时，我听到母亲的哭声。

“你怎么了？”心理医生问，“他哥哥出什么事了吗？”

“医生，我求你，帮帮我的儿子吧，他真的……受刺激了，脑子出了问题……”

“怎么回事，你为什么这么说？”

“柱儿他……**根本就没有什么双胞胎哥哥！**我只有一个儿子呀！”母亲哭喊道。

“什么？”医生和警察都震惊了，“这么说，那个所谓的‘哥哥’，是他臆想出来的？”

“我不知道他怎么会这样，也许是那天晚上发生的事太可怕了，把他的脑子吓出了毛病。也有可能是这孩子从小就性格孤僻，再加上长期被他继父打骂，所以他就幻想身边有个‘哥哥’来寻求安慰——不管怎么样，医生，求你一定要帮帮他呀！”

我听到了“咚”的一声，似乎是母亲下跪的声音，我的心揪紧了。

“大婶，站起来好好说话。我答应你，一定会帮你儿子的，好吗？站起来吧。”

母亲还在呜咽着，心理医生似乎是在跟警察说话：“现在我基本上明白了，那孩子长期生活在孤独、压抑的环境中，非常渴望有一个同龄人能陪伴在自己身边，跟自己说话，分担继父的虐待。所以，‘哥哥’这个人格便产生了。有了‘哥哥’的存在，他便没有那么害怕，可以两个人共同面对很多事情。其实，所有一切全都是他一个人做的。”

“也就是说，将他继父的尸体搬到屋外并埋葬，又在晚上背回来，这都是他一个人做的？而他自己却意识不到？”警察问。

“对，患有精神分裂症的人无法清醒地认识自己的行为，他是典型的例子。”

“好吧，那我最后再问一个问题——你认为他的继父到底是如他所说，自己摔下床插在碎玻璃瓶底上而死；还是实际上，是他杀了人？”

“啊！警官，这不可能，我儿子他不会做这种可怕的事……”

“大婶，我现在想听医生的意见。”警察严肃地说。

“这么跟你说吧，警官，我无法判断这一点。但不管是哪种情况，精神分裂症患者都是不承担法律责任的。他现在需要的是治疗。”

“好吧，我明白了。谢谢你的配合，医生。那现在病人交给你了，我也希望这可怜的孩子能早日康复。”

“当然，这是我分内的事。”

听到这里，我意识到他们的谈话到尾声了，医生和我母亲可能马上就要推门进来。我赶紧退回去，坐在刚才那张椅子上。当他们进门的时候，看到的是我木讷呆滞的脸。

八

故事讲到这里，我猜所有的人都会这样想——是我杀死了自己的继父，并编造出这样一个离奇的故事，目的是为了替自己逃脱罪名。但我要说，你们错了，不是这样的。我才不会为了要那恶棍的命而赌上自己一生的前程，我没那么傻。

真实的情况是——那恶棍确实是自己摔下床插在碎玻璃瓶底上而死的。本来我一开始觉得这是件大快人心的事，他的死跟我一点儿关系都没有。但很快，我意识到一个问题——所有认识我的人都知道我对继父恨之入骨。现在家里只有我和他两个人，而他又以如此凑巧的方式死亡——别人会相信这是场意外吗？会不会认为是我谋杀了他？我仔细分析，越想越觉得情况对我不利，因为没有任何人能证明他的死是一场意外——别人不相信倒也就算了，要是警察也不相信的话，我可真是百口莫辩了。

意识到问题的严重性之后，我冷静地思索，最终决定编一个把我自己塑造成精神分裂症患者的故事。只有这样，我才能避免可能出现的冤情。

现在，我在市精神病院接受治疗，虽然这不是件愉快的事，但我毕竟摆脱了恶魔般的继父，而且母亲每天陪在我身边，倒也让我感到心安。我相信我再装那么一阵子，控制着每天戏份儿的逐渐减少，很快就能出院了。

我说的“装”，是指为了让那些医生、护士相信我真的有精神病，所以每天我都不厌其烦地向他们描述我所编那个故事的某些细节，力求营造出真实感。我想，既然我都这么做了，就把这场戏演到底吧。

只有一点，我于心不忍，那就是每次母亲听到我讲那些胡话的时候，总是露出痛苦而惧怕的表情，看上去心如刀绞。我心里也不好过，却不敢表现出来，我知道，要是我一不小心露馅儿了的话，就糟了。

这天下午，我又在医生面前表演那些老桥段，只是控制了分寸。医生走后，母亲似乎受不了了，当时病房里只有我跟她两个人，她捧着我的脸，严厉地对我说：“儿子，你听着，我不许你再说起那天晚上的事了。你必须忘掉那些可怕的事情。别再去回想，也别再告诉任何人你是怎样处理你继父的尸体，还有他左眼插进碎玻璃瓶底的可怕模样，你听懂了吗？”

母亲很少这样严肃地跟我说话，我当时有些蒙了，只有点头。突然，我怔了一下，问道：“妈，你怎么知道继父是**‘左眼’**插进碎玻璃瓶底的？”

母亲愣了一下，脸色突然变得一片煞白。

本来我问这个问题的时候没怎么细想，但现在看到母亲这种表情，我彻底呆了——自从发生那件事后，母亲就一直陪在我身边，她不可能看到过尸体，而我也从没跟任何人讲过继父是“左眼”插进了玻璃（继父的尸体是警察收殓的，并且当时已经高度腐烂了）——想到这里，我缓缓抬起头，和母亲对视着，在她惶恐不安的眼神中，我什么都明白了——那天晚上，为什么刚好在继父殴打我的时候停了电；继父为什么会以如此“凑巧”的方式死去；走惯了山路的母亲为什么偏偏会在那天“不慎”跌落下山——所有的一切，我都在母亲的眼睛中找到了答案。

“妈，难道是你……”我颤巍巍地说。

母亲一把将我抱住，眼泪扑簌簌地掉落下来：“柱儿！别说了，都结束了！听妈的，再也别提起那件事。妈只希望你知道，我做的一切……都是为了你！”

我被母亲拥在怀中，因惊惧而瞪大的双眼渐渐松懈下来——是啊，一切都结束了……不，也许才刚刚开始呢。

《山屋惊魂》完

——

在跟“梦”有关的事件中，最恐怖的便是“托梦”了。这件事几乎直接证明了灵魂的存在。真实的例子很多，比如一个被人杀害的弟弟，托梦给姐姐，告知尸体所在之处。警察赶至该地点，发现果然如此，并根据现场疑点抓到了杀人凶手。

然而所有“托梦”事件，都有一个共同点，被托梦的人，都是死者的至亲。想来也是，灵魂不找亲人帮忙，又找谁呢?

那么，假如被素不相识的人托梦，又是怎么一回事呢?

——

托梦

STRANGE STORY
NIGHTMARE

一

“典型的悬索式吊桥，样子就跟美国金门大桥或者香港青马大桥差不多吧。我乘坐的黑色轿车开上了这座桥，当然桥上还有别的车辆和行人。不知道是这座桥确实太长，还是不安全感带来的错觉，我觉得司机开了很久，很久……桥的另一端还是遥不可及。我开始感到恐慌，仿佛永远无法到达彼岸。

“这时，一阵狂风刮来，吊桥被吹得左右摇晃，令人心惊胆战。桥上的车辆都加快了速度行驶，想要尽快到达对岸。不幸的是，车祸发生了，十几辆车连续追尾，桥上一片混乱。我乘坐的车无法变道，被堵在了桥上。

“几分钟后，真正恐怖的事情发生了，我仿佛听到了撕裂的声音，还没反应过来，我惊恐地看到，吊桥被飓风吹得变了形，桥面出现了巨大的裂缝。接着，我看到了此生中最惊骇的画面——吊桥被硬生生扯成两截，上百辆汽车像玩具车一样坠落水中。

“而我所乘坐的轿车，就是这些车辆中的一员，我坐在车里，感受到了坠落时真实的恐惧感和失重感，甚至还有坠落海中的疼痛和窒息。所幸的是，这个时候，我醒来了。否则的话，我怀疑我会在这个噩梦中死去。”

梁平双手交叠，注视着坐在他面前的女士——国内某大型科技公司的女总裁，平素干练、沉稳的她，此刻却瑟瑟发抖，全然不见霸道女总裁的魄力和威风。可见再强的人，都有脆弱的一面。

“确实是很可怕的噩梦，但是恕我直言，李总——坠落山崖、海中，或者是遇到各种天灾人祸，是最常见的噩梦。几乎每个人都做过这一类的梦，这不奇怪。”梁平温和地指出。

“您说得没错，梁老师，但真正让我感到不安的，是接下来的事。”

“您接着说。”

“这个梦境太过真实了，以至于我醒来后很久，心脏都怦怦狂跳。当时是凌晨四点，但我已毫无睡意。由于我今天下午要去日本的神户，就打开电脑，上网查看神户市的一些资料。很快我注意到，神户有一座跨海大桥，叫‘明石海峡大桥’，和刚才噩梦中的那座大桥一模一样！

“我惊呆了，因为我从来没到过神户市，自然从没见过这座大桥。但是，我却梦到了它！梁老师，我不是一个迷信的人，但我不得不怀疑，这是一种不祥之兆。我无法对上天的警告置之不理。所以，我急切希望得到您的解读和诠释。”

梁平问：“您几点的飞机？”

“下午四点，”女总裁看了一下手表，“还有三个多小时。”

“您担心去神户后，噩梦会成为现实？”

女总裁有些局促地说：“我知道，跨海大桥断裂垮塌这种事情……太夸张，也太荒唐了。但是，我该怎么理解这一点呢？从来没见过的大桥，却清晰地出现在了我的梦境中。”

“您怎么知道您从没见过这座大桥？”

“我说了，我从未去过神户，自然……”

“我明白，但是在您人生的前三十多年，您真能确定从来没通过任何途径，比如电视、电影、图书、照片等见过神户的这座大桥吗？”

女总裁是聪明人，她微微张开嘴，似乎有些明白了。

梁平指了指自己的脑袋：“**潜意识，又称右脑意识，是人们‘已经发生但并**

未达到意识状态的心理活动过程’。具体来说，您之前可能在无意识的情况下见过这座大桥，比如小学时随便翻阅的一本画册。多年过去，正常的记忆中早就抹掉了这件事。但是您并不知道，这座大桥其实一直存储在您的潜意识深处。

“当您多年后将要前往神户市，真正看到这座大桥之前，潜意识就从大脑深处跳了出来，以梦境的形式出现。至于您为什么会梦到大桥垮塌，我猜跟您即将前往神户市要做的事情有关，也许这次和日本方面洽谈的项目您没有绝对的把握，所以内心深处有些焦虑？”

女总裁惊呼起来：“天哪，梁老师，您说得太准了，正是如此！”

梁平微笑道：“所以李总，您放心去日本吧，不必有任何关于安全方面的担忧。路过那座大桥的时候，建议您拍照留念，听说桥上的风景很美呢。”

女总裁微笑着站起来，看得出来心情已经大为好转了。她礼貌地跟梁平握手：“那我就准备前往机场了，不怕您笑话，我之前都打退堂鼓了。真是太感谢您了，梁老师，我回来一定好好宴请您和夫人。”

“您客气了，李总，祝您一路顺风。”

女总裁走出房间，和客厅里梁平的夫人张玥微笑致意。张玥送客之后，走进丈夫的书房，说道：“梁平，又有客人来了。”

“什么？”梁平抱怨道，“今天早上预约的不是只有李总一个人吗？这可是星期日，我在家都不能休息一下吗？”

张玥耸了下肩膀：“他已经来了，要不你自己打发他走吧。”

话音未落，一个三十多岁、身着米色风衣的男人跨进书房，说道：“梁平，我知道你现在是专家，不过再耍大牌也不至于把我赶走吧？”

“冯驰！”梁平高兴地走上前来，握着老同学的手，重重地拍了他的肩膀一下，“是你呀！什么时候来北京的，怎么不跟我说一声？”

“今天才到，专程来找你的。忘记预约了。”冯驰说。

“预约个屁，少跟我假正经。”老同学面前，梁平用不着客气，“你来找我玩，随时都欢迎！”

冯驰哈哈大笑，跟梁平一起坐到沙发上。张玥给冯驰倒了杯水，冯驰接过来道了声谢，之后收住笑容，对梁平说：“说实话，我还真不是来找你玩的，我是来找你咨询的。”

“少来，咱们是大学同学，都是学心理学的，你找我咨询什么？”

冯驰严肃地说：“没错，咱们都是学心理学的，但我主要研究微表情，而你在**‘梦的解析’**这方面特别有研究和造诣。我早就听说了，京城很多达官贵人都会来找你解梦，寻求指点。我这不也慕名而来了吗？”

“怎么，你也做了什么噩梦？”梁平问。

“不是噩梦这么简单……”冯驰突然有些局促，“这事说来话长。”他瞄了坐在对面的张玥一眼。

张玥捕捉到了这个细节，不满地说：“干吗呀，咱们仨都是大学同学，我还是梁平的老婆呢。我就不能听呀？”

冯驰说：“不是张玥，我知道，你也是著名心理学家。但这事吧，我确实只想跟梁平一个人讲，对不起呀。”

张玥识趣地站起来：“好吧好吧，你们两个男人聊吧。估计这话题里有些女人不宜的内容！”

冯驰苦笑了一下。张玥出门后，把门关拢了。

梁平：“说吧老同学，什么事呀，搞得神神秘秘的。”

冯驰沉吟片刻，问出一个突兀的问题：“梁平，**你相信这个世界上有‘托梦’这种事吗？**”

梁平一怔，说道：“跟‘梦’有关的课题，我都研究过，‘托梦’也不例外，我的咨询者中好些都说起过死去亲人给自己托梦的经历，不过我认为这都是潜意识作祟，并不真的是死者灵魂在跟活人沟通。”

冯驰不置可否，他从随身携带的皮包中摸出一叠文字资料，递给梁平：“这是我近期收集的一些关于‘托梦’的案例，不能说百分之百可信，但我相信有些是真实的。”

梁平大致翻阅了一下。其中一些案例他之前也看到过，总的来说，无非是某人梦到死去亲人托梦给自己，嘱咐某件事，醒来之后，发现果然如梦中所说。诸如此类。梁平没有看完，就把资料还给了冯驰，说道：

“‘托梦’这种事，世界各地都有发生，但对其真实性的判断，有一个永远无法解决的问题，那就是——**讲述者的梦境，都是他自己讲出来的**，谁也没法去查证他说的到底是不是实话。就算他们不全是胡诌，也没法得知到底有多少杜撰成分。所以，我还是不相信所谓‘托梦’的。”

冯驰凝视着梁平的眼睛：“那么，**你相信我吗？**”

二

梁平跟冯驰对视了片刻：“你被托梦了？”

冯驰长叹一声，神色低迷地说道：“这件事，简直怪异到了极点。如果不是亲身经历，我根本不敢相信世界上会有这种怪事。而这件事，我也不敢讲给别人听，一方面是怕吓着别人；另一方面是怕人家不相信我，以为我有妄想症或精神病。所以专程到北京来找你，希望你能帮我做出解答。”

梁平看出冯驰的确深受困扰，而他对这件“怪异之事”也产生了兴趣，问道：“你到底遇到什么事了？说吧。”

冯驰开始讲述：“你知道，我家在南京。但今年因为工作关系，需要经常到紟州市出差——你知道紟州吧？”

梁平：“知道，虽然是个小城市，但是挺不错的，山清水秀，民风淳朴。不过都是听说，我没去过。”

冯驰缄默片刻，说道：“去年年底到今年，我大概到紟州去了十多次。而接待我的单位，都给我订的是同一家酒店。”

“一开始没有什么不对，但是有一次，我住在这家酒店的507房间，当天晚上，就做了一个**怪梦**，梦境非常恐怖……”

说到这里，冯驰打了个寒噤，脸色也变得苍白了。他努力遏制恐惧，继续道：“梦中，一个黑衣女人慢慢靠近我的床，那种感觉既真实又迷幻，就像处在半梦半醒之间一样。我知道是在做梦，却又无法醒来，身体也无法动弹，只能眼睁睁地看着这个女人走到我的床头，慢慢俯下身来，对我说了一句话。之后，我就醒了。”

“她对你说了什么？”梁平好奇地问。

“她要我去做一件事情，并告诉我，时限是59天。”

“做什么事情？”

“先听我把整件事说完。”冯驰说，“我做了这个梦后，并没有引起重视，认为只是一个离奇的怪梦罢了。我在約州办完事之后，就回到了南京。

“十多天后，我再次到約州出差，仍然住在这家酒店，但这次的房间不是507，而是六楼的一个房间。这次，我没有做什么怪梦，一切正常。

“大概又过了一周，我再次来到約州并入住酒店。这回的房间凑巧又是507。结果当天晚上，我又做了同样的噩梦——那个黑衣女人像上次一样来到我的床边，俯下身来，在我耳边说了一句话。”

“内容跟上次的一样吗？”梁平问道。

“不一样，有了进一步的提示。而且……我说出来你肯定会觉得我疯了，但这是事实——她说完之后，提示我，**时限还有38天。**”

梁平和冯驰对视了半分钟，忍住没有问出“你不是在开玩笑吧”这句话。因为冯驰的样子实在是没有半点说笑的迹象。

冯驰说：“你能想到，我醒来后有多么震惊和恐惧。我已经忘了上一次在这个房间梦到她是几月几号了。好在我有工作记录，调出来一看——**上次距离这**

次，刚好过去了21天。所以她告诉我，时间还剩下38天。

“这个时候，再迟钝的人都会想到，这件事绝非寻常了。我意识到，这就是传说中的‘托梦’。可问题是，托梦不是一般都发生在亲人之间吗？我跟这个紟州市的女人素不相识，她为什么要托付我去帮她做这件事？”

“也许女鬼觉得你是个值得托付的人。”

“我现在没心思开玩笑。”

“我没开玩笑。《聊斋》里面，吸引女鬼的那些书生，都有着跟你差不多的‘特质’——老成、踏实、办事牢靠。”

冯驰摆着脑袋苦笑了一下。

梁平：“接着说。”

“之后我又去紟州出了一次差。这次我非常犹豫和纠结，一方面，我感到害怕，不想再住这家酒店了；另一方面，我又想验证一下这次会不会再做同样的怪梦，或者说，在好奇心的驱使下，我想知道这一次‘她’又会跟我说什么……结果是，我不但入住了这家酒店，还特别请接待我的单位帮我预订了507房间。”

“那么，发生了吗？”

冯驰脸色阴沉地点了下头：“对，再一次发生了。她果然给了我新的提示，然后告知我，时限还有26天。而距离我上次住在这里，确实过了12天。”

梁平眉头紧蹙，问道：“说了半天，这个黑衣女人到底拜托你去做一件什么事？她每次给出的提示又是什么？”

“对不起，这个我不能说。”

“什么？你来找我解梦，或者说是咨询吧，却连梦的内容都不肯告诉我，那你要我怎么做出解答？”

“不是我不想说，”冯驰露出十分为难的表情，“是……托梦的这个女人，她每次都会告诫我，**这件事只准我一个人去办，不能告诉任何人。**”

“梦里的话你都信？”

“梁平，你真的认为这只是一个普通的梦吗？”冯驰反问道，“换成是你，会对梦中的告诫完全置之不理？”

梁平一时难以回答。他承认，这么多年来，他从未听说过如此怪诞之事，所以真的很难想象，遭遇此事的人，会是何种心态。

“那么，你照办了吗，她托付你去做的事情？”梁平问。

“没有。但是她说的那个时限，只剩15天了。这几天我感到十分不安，总觉得如果没有在规定的时间内办到这件事情，会发生非常不好的事……但她托付我的事情，我又没有办法去做。”

“为什么？”

“因为还差最后一个提示。”

梁平微微张嘴：“你的意思是，你还得再去那个房间住一次，获得某个提示，才能知道这件事到底该怎么完成？”

“对，就是这个意思。”

梁平思忖良久，问道：“那么，你希望我为你做什么？”

冯驰的表情突然变得十分窘迫：“我觉得，这件事的怪异程度，已经超出一般噩梦的范畴了。而我这次来，也不仅仅是想让你帮我解梦。我有一个不情之请……希望你能抽出时间，跟我一起去趟紟州……”

“什么？”没等冯驰说完，梁平就大叫起来，“你要我也去那个闹鬼的房间，被那女鬼托梦？！”

冯驰望着他：“你不是无神论者吗？再说，这件事情，若非亲身经历，是不可能感受到那种真实感和……恐惧感的。”

梁平一时语塞。半晌后，他讷讷道：“对不起，我工作很忙……”

冯驰听出来了，他失望地说：“我当然不可能强迫你去，这毕竟不是度假或旅游。不过，我还以为你作为研究‘梦’的专家，会对这样一件事情感兴趣。我相信这是你从未遇到过的最特殊的一个案例。你真的没有兴趣研究吗？当然，也算是帮我。我真的非常迷茫和无助。”

梁平想了想，说：“你让我考虑一下，好吗？”

“好的，但是记住，时间不多了。我刚才说了，**只剩15天了。**”

三

中午，梁平夫妇请冯驰在一个四合院里吃了一顿别有风味的私房菜。冯驰当天下午就乘飞机返回南京了。晚上，梁平犹豫再三之后，把冯驰说的这件事告诉了张玥。

张玥听后脸色大变，说道：“不行，绝对不行！你不能跟他去紾州。这事听起来都瘆人，你去了要是真把什么不干净的东西招回来了，那可怎么办？”

梁平说：“我记得你以前都是不相信这些鬼神之说的，怎么现在张口就能说出‘不干净的东西’这种话？”

张玥叹道：“以前听人说起那些神神鬼鬼的事，都觉得不可信。但这次不一样，你想想，冯驰会千里迢迢来开玩笑吗？再说我们跟他都是同学，知道他是个严谨的人。所以这事从他嘴里说出来，怎么能叫人不在意呢？”

梁平低头沉思。张玥又说：“而且，我今天中午跟他吃饭的时候就注意到了。冯驰的脸色真不是一般的差，而且有时候神情有些恍惚……梁平，咱们都是受过高等教育的人，我真不想说出带有迷信色彩的话。但是你不觉得，他的样子看上去，就像**被什么东西缠住**了一样吗？”

“你别瞎说。他只是长期被噩梦困扰，精神状况当然会受影响。”

“好吧，不管怎么样，梁平，你绝对不能去紾州。”张玥严肃地说，“我会有心理阴影的，也会非常害怕。请你为我着想，好吗？”

其实梁平内心也有些不愿蹚这浑水，只是觉得错过这个研究机会有些可惜。既然张玥把话都说到这份儿上了，他也就没什么好纠结的了，放弃算了。

过了两天，梁平跟冯驰打了个电话，说自己这段时间工作忙，实在是抽不开身。冯驰自然十分失落，但也不好勉强朋友，说那就算了吧，我自己想办法解决。听到冯驰这么说，梁平又觉得有些对不起老同学。他对冯驰说，这段时间咱们随时联系，我争取通过电话给你一些帮助和建议。

接下来的几天当中，梁平接到过冯驰打来的一次电话。冯驰说，这回不是出差，他是专门去了紟州一次，住进了那个507房间。毫无悬念的，“托梦”又一次发生了，而这次，他获得了**“最后的提示”**，知道该怎样去做这件事了。

梁平好奇地问“最后的提示”到底是什么，而女鬼托付的究竟是怎样一件事情。冯驰的回答还是一样：女鬼反复强调此事不可泄露。

又补了一句：“但她没说，不能带其他人到这个房间来，也接受托梦。所以我才想让你跟我一起……唉，算了算了，我知道你工作忙，也不好强人所难。就这样吧，再见。”

说完就兀自挂了电话。梁平握着手机发呆，许久，长叹一口气，缓缓摇头。想起大学时代他和冯驰是最好的朋友，这回，他是真不够意思。

后来冯驰就没再打过电话来。梁平的工作确实也忙，彼此没有再联系了。其间，梁平去美国参加了一个国际心理学专家的学术研讨会。回到北京，才想起已经有接近一个月没跟冯驰联系过了，应该打个电话询问一下老同学，看事情到底怎么样了。

梁平拨通了冯驰的手机，却提示该手机已停机。发微信也没回复。梁平想起冯驰留了一个南京家中的座机号码，他打了过去。

电话响了很久才被接起来，是一个女人的声音。梁平一听就知道是冯驰的老婆孟佳，以前见过两次面。他说道：“孟佳，我是梁平，冯驰在家吗？打他手机说停机了。”

对方沉默了片刻，抽噎着说：“梁平……你还不知道吧，**冯驰他，死了。**”

这句话犹如晴天霹雳。梁平的脑子嗡的一下就炸了，他张着嘴愣了半晌，嗫嚅道："什么……这怎么可能？他一个月前才来找过我呀！"

"冯驰是半个月前死的。"孟佳抽泣着说。

"他怎么死的？"

"我……我不知道该怎么说。这件事，很可怕……我不想再去回想了……"

梁平的心口就像被石块堵住了一样，除了难受，还有一种莫名的恐惧感压在他的心头。他问道："那么，你能告诉我冯驰具体是哪天去世的吗？"

孟佳说："11月16日。"

梁平心中咯噔响了一下。他记得冯驰来北京找自己的那一天，是11月的第一个星期日，他赶紧看了一下手机上的日历，那一天是11月1日。

时间还剩下15天。

梁平想起冯驰说过的这句话。

天哪，冯驰真的在15天之后出事了。死了。

傻子都能想到，这跟他遭遇的"托梦"事件有关。

梁平突然感到寒意砭骨。

他握着手机发呆的时候，电话那头的孟佳说道："梁平，很抱歉，我没有告诉你冯驰去世的消息。他的所有朋友、同学我都没有通知，只有亲人们参加了葬礼。"

梁平心里很难受，却又不知道该说什么好，只能说句安慰的话："孟佳，你节哀顺变。"

孟佳哽咽着说："我过几天就会搬到我母亲家去住了，这个家没有了冯驰，就是一栋了无生气的房子，不能再叫'家'了。我受不了……好了，就这样吧，梁平，我挂了。"

四

梁平心情沉重地回到家中，这才想起张玥也去外地出差了，还没回来。现在是下午五点，他没心情去外面吃饭，翻了下冰箱，还有些罐装食品，将就对付了。

吃了东西，梁平打开电视，但不管换到哪个频道、画面是什么，他脑子里浮现的都是跟冯驰有关的事。

这件事太蹊跷了。固定的地方，一个鬼魂连续地托梦，还有时限。被托付的人（冯驰）在时限的最后一天丧命了。从逻辑上来看，冯驰应该是没有完成鬼魂托付的事，鬼魂才会将其索命的。但问题是，世界上真有冤魂索命这样的事情吗？

而且，冯驰是怎么死的？当然最简单的，就是询问他老婆孟佳。但对方已经明确表示，**“这件事很可怕”**，她不想再去回想，显然更不愿去讲述了。梁平无法去逼问一个才失去了丈夫的可怜女人，但他大致能猜到，冯驰的死绝非寻常，可能是极度诡异，甚至是不合理的。所以孟佳才会感到非常害怕，也因此不愿让别人知晓此事。

梁平闭上眼睛，头脑里难以自控地浮现出一些他臆想中的关于冯驰死亡场景的恐怖画面：冯驰悬吊在卧室中，眼珠突出、舌头伸长，或者是他被幽魂控制，拿着尖刀在卫生间自残自戕……

不行，不能再任由思绪被这些恐怖的想象所占据了。梁平使劲揉搓着脸庞，告诫自己不要再想了。也许这件事真的超越了常识和普通人理解的范畴。他不应该再被此事纠缠。冯驰已经死了，不管这个消息是多么令人悲伤和惋惜，但他已经死了，这件事就该画上休止符了。

梁平敛定心神。他来到厨房，烧水调了一杯热牛奶，去浴室泡了个澡，之后喝了牛奶，进卧室睡觉了。

今天晚上，他不敢关灯。他自己都觉得可笑，三十多岁的大男人了，居然会怕黑。

半夜的时候，梁平被尿憋醒了。他昏昏沉沉地坐起来，想上个厕所，赫然发现床前站着一个人。

梁平悚然一惊，全身却像麻痹了一般动弹不得。他直愣愣地望着站在床前，距离自己只有两三米的人影。恐怖的感觉难以言喻。

黑暗中的这个人影，分明就是个男人的身影。而且这个身影，看上去有几分熟悉。

当梁平意识到这个人是谁的时候，全身的汗毛都直立了起来。这不可能。他告诉自己，冯驰已经死了。他怎么会出现在我家里，站在我的床前？

然而，黑暗中如鬼魅一般的冯驰慢慢走了过来。梁平害怕极了，但他只能眼睁睁看着眼前的一切，什么也做不了。

冯驰走到梁平身边，附身下来，望着梁平的眼睛，用一种不寻常的语调说道：“梁平，对不起，我不知道事情会变成这样。那女鬼知道我来找过你了。她把你当成了下一个目标。记住，紟州饭店，507房间。只有解开谜团才能获救。否则，你会跟我一样的下场……”

说完这番话，冯驰望了一眼窗外。梁平也随之望去，发现卧室的窗户竟然打开了，一阵阴森冷风从窗外吹进来，梁平顿时感到寒意砭骨。他转过头来，冯驰已经不见了。

梁平想要呼喊冯驰的名字，喉咙却始终发不出声音。在极度的恐惧之下，他却清醒了一些，开始意识到这一切并非现实，而是一场梦。但这个梦真的太可怕了，他不想再留在梦中，拼命地眨眼。终于，他睁开双眼，从梦境中醒来了。

梁平大口大口地喘着粗气，片刻后，他意识到不对——他睡之前没有关灯。现在，屋里却是漆黑一片。而卧室的窗户，之前是关着的，现在却跟梦境中一样，被打开了。

梁平遍体生寒。他知道，现在不可能还在梦中了。他翻身下床，迅速打开屋里的所有灯，用光亮驱散恐惧。但他仍然不敢再待在这个房子里，拖着从美国带回来的行李箱出了门。

现在是凌晨五点。梁平招了一辆出租车，却不知道该去哪儿。想了想，告诉司机：“去机场。”

首都机场任何时候都是川流不息，人来人往。梁平身处宽阔明亮的T3航站楼，找到了一丝莫名的安全感。但他并不是来此寻求慰藉的，买了一张七点五十分飞南京的机票。

坐上飞机后，梁平被倦意笼罩，但他无法入睡。他意识到一个问题：之前在家里做的那个梦，显然不是一个普通的梦——他实在不愿承认这一点，但似乎没有别的解释了——**这是死去的冯驰在跟他“托梦”**。

“见鬼了。”梁平在心中骂道。先是冯驰被女鬼托梦；现在他死了，又变成鬼魂跟我托梦。而且这显然还不算最糟的，除非我对他梦中的告诫视若无睹。

解开这个谜团，才是唯一的解救方法。

五

飞机在九点五十分准时到达南京禄口国际机场。下飞机后，梁平立刻打冯驰家里的电话，谢天谢地孟佳在家。梁平告诉她自己来到了南京，必须马上跟她见面。孟佳犹豫了片刻，告诉梁平一个地址，就是她家旁边的一家咖啡厅。

梁平一分钟都没耽搁，打车来到这家咖啡厅。孟佳已经等候在此了。

现在是上午，且不是周末。咖啡店里只有他们两个客人。孟佳选择的是角落的位置，或许她猜到接下来的谈话具有一定的隐秘性。

两人各自点了两杯咖啡。梁平对孟佳说：“抱歉，我知道突然拜访很唐突，但我实在是没有办法，请理解。”

孟佳问：“你找我什么事？”

梁平望着孟佳的眼睛说道："我必须了解一些事情，这对我很重要。请你务必告诉我，**冯驰究竟是怎么死的？**"

孟佳的脸微微抽搐了一下，沉吟许久，说道："你为什么非要逼我去回忆这一幕呢？不是每个女人都会有这种经历的——早上醒来，发现自己的丈夫双眼凸出，大张着口，全身都冰冷僵硬了……"

她捂着嘴，眼泪流淌下来。"没有目睹的人，根本无法想象这场景有多么惊骇和恐怖，更无法体会我的痛苦和悲伤……他的样子，就像是见到了恶鬼一般，毫无疑问是被吓死的。医生说他死于心肌梗死，而且是在梦中……"

"他是在噩梦中被吓死的？"梁平心中的恐惧猜想得到了证实。他之前就考虑过这种可能性。

"我不知道世界上会有这种死法，但是……我该怎么说……他会突然死去，却并非出乎意料。因为他在出事前的一段时间，就已经表现出极度的反常了。"孟佳痛苦地说。

这正是梁平想要了解的。他试探着问道："他做了些什么？"

"他来找过你，跟你说起过这件事吧？其实我也很想知道，冯驰到底跟你说了些什么？"

梁平犹豫着该不该把冯驰被托梦的事情告诉孟佳。从她这样问来看，冯驰应该是瞒着她的，也许是怕她被吓着，令她担心吧。既然如此，梁平也不好和盘托出，只能含糊其词地说道："他来找我，就是说他被一个噩梦困扰，希望我帮他解梦，或者给他一些建议。"

"他把噩梦的内容告诉你了吗？"

"没有，只淡淡提了一下。这么说，他也没有告诉你？"

孟佳哀伤地点着头："我知道他肯定遇到了什么事，但他就是不肯对我说。出事前的几天，他的行为明显怪异了起来。他背着我去买了铁锹和手电筒。

"我当时感到很诧异，问他要干吗。他却不肯告诉我。我只知道，他在一个晚上，独自背着背包，带着工具出门了。三天后才回到家来。

“他进门的时候，我吓坏了，差点认不出他来。他全身都是污泥，脸上、身上散发着恶臭，整个人看上去失魂落魄。我惊讶地问他发生什么事了，他没有回答我，只是神情黯然地摇着头，看起来十分沮丧。”

说到这里，孟佳停了下来。她呷了一口咖啡，缓和一下情绪。梁平问道：“之后呢？”

“他回家后只过了一天，就在噩梦中死去了。”孟佳说。

梁平陷入深思当中。

片刻后，孟佳说道：“我已经把知道的所有情况都告诉你了。现在你能回答我一个问题吗？你为什么必须知道这些事情？冯驰已经死了，他之前经历的事，对你有什么意义吗？”

梁平迟疑很久后，实言相告：“昨天晚上，我也做了一个噩梦。冯驰他……跟我托梦。”

“什么？！”孟佳惊叫一声，手中端着的咖啡杯差点打翻在地。她睁大眼睛，看上去惊惧万分。

梁平从心理学的角度意识到孟佳的这个反应有些不寻常。他问道：“怎么了？”

孟佳脸色发白，不住地摇着头，讷讷道：“他真的跟你托了梦……天哪，怎么会有这种事……”

梁平诧异地问道：“什么叫**‘他真的跟我托了梦’**？你说清楚些！”

孟佳不安地说道：“冯驰死之前在做一项研究——关于托梦。”

梁平想起了冯驰拿给自己看的那一叠资料，说道：“是的，这个我也知道。”

“你真的知道吗？我都是在他死后，看了他最后几天的笔记和手稿，才知道他在研究这个：**一个人死后，怎样才能跟活着的人托梦。**”

梁平呆若木鸡：“你的意思是，他猜到自己可能会死去，所以在设法研究死后跟活人——实际上就是我——托梦的方法？”

“没错。”

梁平的脊背泛起一股寒气。

这实在是太诡异了。从古至今，都是活人被动地被亡者托梦。大概从来没有谁在还活着的时候，就探索死后跟某人托梦的方法！

关键是，冯驰为什么非得跟我托梦不可？梁平眉头紧蹙。只有一个解释，他要告诫我——只有解开这个谜团，才是唯一的解救方法。否则，我就是下一个在噩梦中死去的人。

梁平知道没有选择了，他只能前往紟州市。

六

辞别了孟佳，梁平打车来到火车站，准备乘坐南京到紟州的动车。途中，他接到了张玥打来的电话。张玥已经从外地回到家中了，问梁平在哪里。思量过后，梁平认为这事还是不该瞒着老婆，他把冯驰离奇死亡、自己即将前往紟州调查此事的想法全都告诉了张玥。

张玥听完后十分焦急，说道：“冯驰都已经死了，你还敢参与这件事？这不是惹祸上身吗？”

梁平说：“张玥，你还没明白吗？不是我想参与这件事，是我‘被参与’了。你以为我不到紟州去就平安无事了吗？后果可能更严重！”

“听我说，梁平，这件事也许不是我们想象的这么简单。说不定有什么隐情。你现在先回北京，我们坐下来好好谈谈，分析一下。”

“来不及了张玥，我现在已经上动车了，两个小时后就到紟州。没关系，我知道自己在做什么。你不用担心，咱们随时电话、微信联系。”

“等等，喂……”

梁平已经挂断电话了。他知道解释没有太大的作用。

坐在动车的软座上，梁平又收到了几条张玥发来的劝阻自己去紟州的微信。他以动车上信号不好为由，干脆关机了。

下午两点的时候，梁平抵达紟州。他这是第一次来，却没工夫欣赏一下几个四面环山、独具特色的小城，只觉得有几处场景看起来有几分熟悉，大概是之前在一些图书或电视上看过吧。梁平招了一辆出租车，前往“紟州饭店”。

到了酒店门口，他发现这是一家准四星规格的中档酒店，一共有七层楼，看上去还比较新，应该是最近几年才修建的。梁平走进大堂，询问前台507房间有没有订出去。不巧的是，这个房间已经被客人在网上预订了。

梁平说：“我出双倍的房价，能把这个房间安排给我吗？”

前台小姐迟疑了一下：“行吧，我帮您跟那位客人换一下房间。”又好奇地问，“您为什么非得要住这个房间呢？”

梁平随便编了个理由，说自己喜欢这个房间从窗外看出去的景色。前台小姐帮他登记入住了。

乘坐电梯来到五楼，梁平走到507房间的门口，用房卡打开房门。展现在他眼前的，就是最普通的酒店大床房。面积十多平方米，玻璃卫生间、壁挂电视、电脑桌、茶几、椅子、衣柜……一切都很常规，没有任何特殊之处。

要说稍微特别一点的，就是正对大山的一排窗户了。刚才梁平随口说订这个房间是为了窗外的景致，不料这理由居然真的成立。他走到窗前，推开玻璃窗，欣赏着对面郁郁葱葱的山景，感慨这番景致只有在紟州这种依山傍水的小城市才能看到，北京城内要想推开窗户望见大山，完全是痴人说梦话。

突然，梁平觉得有些头痛，脑子里好像有根神经被拉扯了一下似的。他揉了揉额头，回想从凌晨五点到现在就没有好好休息过，正好到了酒店，可以小憩一下。

躺在宽敞、柔软的大床上，梁平却无法放松。现在是白天，那女鬼会跟我托梦吗？

想到这里，他又随即联想到另一个问题——**这女鬼为什么非得跟住这个房间的**

人托梦？难道这间屋曾经发生过什么事情？也许这女人就是死在这个房间里的，甚至跟曾经的某位客人有关。或许她是个为男性客人提供性服务的酒家女……

想着想着，梁平睡着了。他确实太疲倦了，一觉睡到了下午六点。起来后天色都有些暗了，他肚子也饿了，出门吃饭。

他发现自己并没有做梦，睡得很好。

酒店的门口有不同档次的餐馆，梁平走进一家中餐馆，随便点了几个菜，味道还不错。

晚饭之后，梁平步行来到附近比较热闹的一条大街。这条街上正在摆夜市，各种小吃摊、烧烤摊和小饰品、小工艺品摊子应有尽有，甚至还有卖宠物的，好不热闹。梁平好久没逛过这种小城市的夜市了，倒有几分亲切感。其实为什么会有亲切感他也说不上来，他从小就是在大城市长大的——大概是以前旅游的时候，曾经逛过类似的夜市吧。

虽然刚才已经吃饱了，梁平还是有兴趣尝尝本地的特色小吃。他在一个烧烤摊前坐下来，点了炭烤猪蹄和烤玉米。等待的时候，他望着夜市上熙熙攘攘的人群出神。

突然，人群中出现了一个短暂的空缺。梁平赫然看到，街对面站着一个**披着长发的黑衣女人，**似乎正直愣愣地盯着自己。梁平浑身一颤，头皮倏然绷紧，他迅速站起来，但人流已经遮挡住了他的视线。等他拨开人群，再次望去的时候，街对面已经看不到这个女人了。

梁平感到毛骨悚然。这代表什么？**我已经被盯上了？**

他没有心情吃东西了，付了烤猪蹄和烤玉米的钱，对老板说不要了，请别人吃吧。老板呆呆地望着他。

回到酒店，是晚上九点。梁平打开电视看了一会儿，心绪却始终有些混乱。十点钟过后，他洗了个澡，上床睡觉了。

他有心理准备，会做一个梦。

他确实做了一个梦。

但是跟冯驰描述的不一样，没有什么黑衣女人到床前来托梦，甚至都不是一个噩梦，而是一个美梦，就像在看一部爱情电影。

唯有一点体会跟冯驰一样。梁平知道自己在做梦，却没有醒来。

一对年轻男女，挽着手在夜色中散步，就算只能看到背面，也能感受到他们的甜蜜和浪漫。女孩留着一头瀑布般的乌黑长发，靠着男生的肩膀，或者依偎在他怀里，情意绵绵。

然而两人同时驻足，恐怖的一幕发生了。

女孩的头以不可能的方式转动了180度。这个过程缓慢而惊悚，当她整颗头转到背后的时候，梁平看到了她的脸。这是一张被扒了皮的血肉模糊的脸，失去了眼皮的血红色的眼珠直愣愣地盯着他。

“啊！”梁平惊叫着从梦中醒来，发现自己的睡衣已经被冷汗浸湿了。

在没有心理防备之下受到的惊吓是最大的。如果一开始就有噩梦的暗示，倒不至于吓成这样。但之前分明就是一个普通而美好的生活场景，毫无预兆地转变画风，任何人都会受不了。

梁平甚至可以理解，冯驰为什么会在噩梦中被吓死了。

他从床上起来，喝了一杯温水压惊。然后开始思考这个梦境带来的启示。他没有忘记，自己是研究“梦”的专家。

梦中的这个女孩，跟冯驰所说的“黑衣女人”，显然是同一个人。但不同的是，黑衣女人通过托梦要冯驰去做一件事。而这个梦，却旨在展示某个故事，或者某件发生过的事情。

也许是上次托梦失败，这个女鬼换了一种方式，让我直接通过梦境获知关于她的事情？梁平揣测。

这是唯一合理的解释。梁平从行李箱里拿出笔记本电脑，将刚才的梦境记录下来。

然后，他意识到，因为从梦中惊醒，导致他没能完整地“看完”和获知整件事情。他只能像观看连续剧一样，明晚继续。

七

这个晚上，他无法再入睡了。现在的时间是凌晨四点二十分。梁平穿好衣服，离开酒店。

此刻的街道冷清而寂寥，梁平朝夜市的方向走去，途中找到了一家通宵营业的卖炒龙虾的夜宵店。他随便点了一两个菜，只求食物能温热自己的心。

在等待上菜的过程中，梁平双眼无神地望着前面的一桌人发呆。五六个年轻人，啤酒瓶堆了一地。其中一个大声讲着什么段子，引得同伴阵阵发笑。不过梁平一句没听进去，独自想着心事。

这桌人当中，一个背对着梁平的长发女孩无意识地扭头望了梁平一眼，梁平也正好看见她了。突然，他眼前出现了幻觉，这长发女孩的脸变成了刚才梦中那张血肉模糊的脸。

梁平“啊！”地惊叫一声，身体往后一仰，竟然摔倒在地。所有人都被他这一声惊呼吓着了，几个年轻人一起回头望着他。那长发女孩更是满脸惊诧。

“怎么了，怎么了？”店老板赶紧过来把梁平扶起，“你怎么摔倒了？没事吧，先生？”

“没事，没事……”梁平从地上爬起来，脸色苍白。他又望了长发女孩一眼，幻觉消失了，却仍是心有余悸。

长发女孩带着怒气说道：“你什么意思呀？我长得有这么丑吗？把你吓得栽一跟头？”

话音未落，这女孩的男友噌地一下站了起来，借着酒劲就要发飙。他指着梁平骂道：“你他妈什么意思，我女朋友是怪物吗？把你吓成这样！”

说着几个年轻男人一起围了过来，准备发难。梁平只身一人，不敢在外地惹事，只有解释自己并不是看到女孩才被吓到，而是另有原因。为了息事宁人，他表示愿意请客。

几个年轻人见这么大一桌酒菜有人埋单，这才罢休。梁平也没心思吃东西了，一共付了七百多元给老板，自认倒霉。

结果，梁平在附近找了一家小旅馆，昏昏沉沉地睡去了。

第二天起床已经十一点了，洗漱之后，他压根儿不知道该干吗，在百无聊赖中度过了白天的时光。

晚上，梁平又住进了紒州饭店的507房间，并早早地入睡了，等待着今晚的梦境。

果不其然，连续剧一般的噩梦再次上演了。

又是那对年轻男女。夜晚，他们手牵着手在河边漫步，同样甜蜜温馨。走到河岸的某一处，女孩观察到四下无人，就大大方方地脱掉裙子，穿着内衣跳进了河里。男生也脱掉了衣服，穿着短裤跃入水中。两人在水里嬉戏打闹，好不快活。

但是梦境中，始终只能看到他俩的背面，或者是黑夜中一两个不清晰的侧面，无法看清其长相。

两人在水里玩闹了一阵，男生捧着女孩的脸，亲吻着她的嘴唇。女孩看起来十分享受。

然而，就跟昨天晚上的梦境一样，恐怖而意想不到的画面瞬间就出现了——男生捧着的，其实是女孩的头颅，只有一颗头颅！女孩的四肢慢慢漂浮到了水面上，河水变成了暗红色。女孩只剩一颗头，脸色也变得像纸一样白，却还能伸出舌头和男生亲吻，仿佛两个人都毫不介意、浑然不觉……

这个画面太吓人了，令人生理和心理都无法接受。梁平再次从惊叫中醒来。

这一次的惊骇程度，比昨晚更甚。但毕竟是有心理准备的，梁平擦掉额头上的冷汗，跳下床来，打开笔记本电脑，把这次梦境的内容记录下来，并对比了两天晚上的记录。

第一晚噩梦的关键词：

情侣；散步；背面；血肉模糊的女孩（暗示女孩已经死去）。

第二晚噩梦的关键词：

情侣；河边；侧面；身体七零八落的女孩（暗示女孩可能被肢解，并抛尸于河中）。

很明显，比起第一天晚上的噩梦，第二天晚上有了进一步的提示。

梁平意识到，这个女鬼是想通过这个“递进式”的噩梦告诉他，自己的遭遇和整件事情的过程。而最关键的，应该就是传达凶手（极有可能就是她的男友）的样貌信息。第一天晚上是背面；第二天晚上是侧面；那么第三天晚上……

应该就是这个杀人凶手的正面了。

也就是说，明天晚上，就是这场“噩梦连续剧”的**大结局**。

梁平深吸了一口气。突然感觉头有些痛，又是那种脑子里有根筋被拉扯了一下的感觉。他知道，这件事太令他伤神了。

白天，梁平询问了酒店服务员，得知紟州市内确实有一条河。梁平坐车来到河边，沿着河岸走了一个多小时。走到某处时，他浑身一震。

这个场景，跟他昨天晚上梦中看到的一模一样！

他从没来过紟州市，却在梦中见到了跟现实一模一样的河岸景致。

梁平感到自己快要揭开谜底了。就在**今晚**。

八

九点，吃过晚饭的梁平回到了紟州饭店的507房间。他早早地洗了澡，喝了帮助入眠的温牛奶，准备上床迎接“噩梦的结局”。

然而，门外传来了敲门声。

梁平感到诧异，他在紟州市没有任何亲戚朋友，会是谁呢？

带着疑惑，他打开了房间的门。

站在门外的人，居然是他的妻子——张玥。

梁平惊讶地说：“张玥？你怎么知道我在这儿？”

张玥带着愠怒的口吻说：“这两天打你电话，你要不就不接，要不就几句话敷衍我。你把我当老婆了吗？”

梁平让张玥进屋，关上门说道：“我不是跟你说过了吗，这事我必须解决，不然会有很严重的后果。”

张玥说：“我后来也没硬要你回北京呀，我说我过来陪你，有什么事咱们夫妻俩一起解决，这都不行吗？”

“不行！”梁平说，“我不想把你也牵扯到这件事情中来。”

“那我已经来了，你要怎么着？把我轰出去？”

梁平摇头叹息，又问了一遍：“你到底是怎么找到这儿的？”

“怎么找到的？哼！”张玥气呼呼地说，“我挨个儿一家一家问的！还好紟州不大，好点的酒店也就这么十来家。要是北京，我累死也不一定能找到你！”

梁平心里有些感动，他搂着老婆的肩膀，两人一起坐到床边。

张玥环顾了一下这个房间，问道：“这就是冯驰住过的，闹鬼的房间？”

梁平：“不能说是闹鬼吧，是托梦……”

张玥瞪着眼睛：“有什么区别？”她顿了一下，骇然道，“这么说，你住进来两天，也被托梦了？”

梁平沉吟片刻，点了下头，又摇头，说：“我不知道这算不算托梦，但我确实接连两个晚上，都梦到一些连续的、诡异的情景。”

张玥紧张地问：“你梦到什么了？”

梁平：“一男一女，在街上散步，或者在河里玩水。那女的突然像被大卸八块一样，变成残肢碎肉了……”

他没法继续说下去了，因为张玥已经被这段描述吓得浑身发抖、面无人色了。梁平赶紧抱着她："好了，不说了、不说了……"

张玥却一下子跳了起来："梁平！我们今天晚上必须离开这里，返回北京！"

梁平烦躁地叹了口气："你不是说来陪我的吗？怎么又变成游说我回北京了？"

"我没想到你会做这么可怕的噩梦呀！你不觉得这一切不对劲吗？我跟你说梁平，现在回北京，远离此事，才是最正确的做法！"

"你怎么知道？"

"我……"张玥一时语塞，她叹着气、摆着头，焦躁地在房间里来回踱步，之后站在梁平面前，一字一句地说，"听我说，梁平，这件事肯定有什么隐情，不是你想象的那么简单。你相信我，咱们先回北京，从长计议，好吗？"

梁平说："我当然知道这件事是有隐情的。不然的话，那女鬼会跟冯驰和我托梦吗？我要做的就是揭开谜底。"

"梁平，**你为什么认为冯驰说的一定是真的？**"张玥问。

"什么？"梁平没听懂。

"我的意思是，你怎么知道冯驰在这个房间确实被女鬼托过梦？"

梁平沉吟片刻，说道："我想不出他有什么理由要骗我。再说了，我住进来之后，不是确实也遇到类似的状况了吗？"

张玥不知道该说什么好了。她最后问道："你今天晚上真的不跟我回北京？"

"不回。"梁平坚定地说，"而且我要提醒你，你现在也回不去。这个点已经没有飞北京的班机了。"

"好吧，就算不回北京，咱们另外找一家酒店住。"

"可以。这正是我想跟你建议的。但我不会去，我今天晚上就住这里。"

张玥看出来了，梁平心意已决，无法劝阻了。她悲哀地叹了一口气："如果你非得要一意孤行，我也无可奈何。**但我有种预感，你会后悔的。**"

梁平说："我是一个成年男人，知道自己在干什么。就算真的发生了什么事，我也会去面对和承担——如果这是我的宿命的话。"

张玥凝视着梁平的眼睛，两人对视了一分钟。张玥妥协了："好吧，我也不去找别的酒店了。今天晚上我跟你一起住在这里。我说过，有什么事我们夫妻俩一起承担——**一直都是这样的**，对吗？"

梁平也无话可说了，点了点头。

梁平等着张玥洗漱完毕，之后，两人表情凝重地，像举行某种仪式般地躺上了床。

张玥抱着丈夫的身体，依偎在他的怀里。梁平也紧紧抱着妻子。其实他的心情很复杂，他不知道这间屋里的女鬼对今晚突然加入的"观众"是否接受，今晚的梦境是否因此而发生改变。

不管怎样，他还是睡着了。

不知过了多久，梁平在黑暗中睁开了眼睛。他感到诧异，今天晚上他居然没有做噩梦，而是在半夜醒来了。这代表什么？

当他的眼睛适应黑暗之后，骇然看到**床边坐着一个人**。正是前两晚出现在他梦中的那个年轻女人！

梁平倏然紧张起来，毛孔不断收缩，呼吸急促。他怀疑是因为张玥的突然加入，破坏了游戏规则，从而激怒了这个女鬼。她不再以梦境的形式出现，而是直接来到了这个房间，来到了自己面前。

这个女人转过身来了。梁平想喊，想跳起来逃走，却发现无法控制身体，就像遭遇鬼压床一样无法动弹。

女人——或者说是女鬼缓慢地朝梁平压上来，脸离得越来越近，鼻子贴着鼻子，嘴唇挨着嘴唇。她的眼睛是血红色的，脸上却没有一丝活人的血色。她捧住梁平的脸，开始亲吻他。

梁平恐惧到了极点，他不明白这个女鬼为什么会亲吻自己。她的男友呢？

突然，他在那双血红的眼睛中看到了**自己的脸**。

这是梦，一个无比真实的梦。梁平骤然意识到了。**但这个梦境，为什么如此熟悉？**

不知为何，他的头剧烈地疼痛起来。仿佛脑子快要爆炸一般。他受不了了，大叫出来。

九

躺在梁平身边的张玥，本来就没怎么睡着。当她发现丈夫的胸口剧烈起伏的时候，意识到梁平已经开始做噩梦了，她正想把他摇醒，还没来得及做出举动，就听到梁平大叫了一声，从噩梦中醒来，全身像洗过澡一般，被冷汗浸湿了。

张玥赶紧打开床头灯，双手摇着梁平的身体，问道："你做噩梦了？"

梁平神情恍惚，片刻后，竟然流下泪来，对张玥说："**我明白了，我知道这一切是怎么回事了……**"

"别说！"张玥大喝一声，随即也流下泪来，"求你，别说。"

梁平抱着张玥，像孩子一样啜泣。张玥抚摩着梁平的背，然后将他推开，扶着他的肩膀说道："现在，我们穿上衣服，离开这家酒店，天一亮就返回北京。"

梁平茫然地点着头。两人迅速穿好衣服，准备收拾行李离开，突然，房间的灯熄灭了，他们陷入一片黑暗之中。

梁平和张玥惊恐地对视了一眼。梁平颤抖着说："不会是'她'……真的来了吧？"

张玥看起来比梁平沉着得多，她只吐出了两个字："快走！"

两人拖着行李箱快步朝门口走去，却赫然看到，门厅站着一个人。

梁平感到毛骨悚然，发出战栗的呻吟。反观张玥，却表现出难以置信的冷静。她盯着那个人影看了一刻，说道："是你。"

“没错，是我。”站在门厅的人把房卡重新插进卡槽，房间里的灯亮了。

梁平看清了站在他面前的人，他惊呼道：“冯驰？！”

冯驰带着冷漠而悲伤的神情向梁平和张玥一步一步走来，把他们逼回了房间。他说：**“梁平，真的是你。”**

梁平沉默良久，说道：“冯驰，你没有死。这一切全是你精心策划的，目的就是为了……”

“为了让你想起八年前，你犯下的罪孽。”冯驰说，“你知道我为此付出了多少时间和精力吗？”

梁平痛苦地抱住头，坐在了床上。他闭上眼睛，往事纷至沓来，回忆像电影片段一样浮现心头……

八年前，已经跟张玥结婚三年的他，却机缘巧合地重逢了大学时代的小师妹。这个年轻、美丽的女孩，叫曲丽。

她知道他已婚，他也知道自己不该背叛妻子。但当时的他们年少轻狂、激情似火，爱情的火焰一经点燃，就难以熄灭。

曲丽当时在紟州独居。梁平经常谎称出差，来到紟州跟曲丽幽会。地点是曲丽的出租屋里。

欢愉过后，梁平除了对妻子张玥产生愧疚，也对这段地下恋情深感不安。张玥不是傻瓜，她已经开始怀疑了，总有一天会东窗事发的。换来的就是身败名裂。

终于有一天，梁平鼓起勇气告诉曲丽，这是他们最后一次见面了。这种偷情的日子，他不能再继续下去，否则会毁了一切。

但他没有想到的是，曲丽已经无法自拔了，她深深地爱上了梁平。要她失去爱情，她宁愿去死。

或者两个人一起死。

梁平忘了他们从争吵发展到动手的细节了，他只记得曲丽说什么都不准自己离开。最后，她疯了，居然想要杀死他。但结果却是，在争斗的过程中，梁平错手杀死了曲丽。

梁平知道一切都完了。他万念俱灰地摸出电话，打给张玥，痛哭着向她道歉，然后准备自杀谢罪。

然而，张玥不愿失去丈夫，她哀求梁平千万别做傻事。并让他等在原地，她会在几个小时之内赶到。

五个小时后，张玥从北京赶到了紟州，在夜里悄悄来到了曲丽的出租屋，见到了曲丽的尸体。

接下来发生的一切是一场真正的噩梦。梁平想不起张玥是怎样劝说自己的了。他只记得张玥说的一句话："你不能被这个女人毁了一生，我们可以让她从这个世界上彻底消失。"

接下来，他们化身为魔鬼，在夜里把大卸八块的尸体抛到了河里……

然后，他们花了一整天时间把出租房里的血迹和痕迹处理得干干净净，直到他们累倒并相信警察不可能看出破绽为止。

他们认为警察很难怀疑到他们头上的一个重要原因是——**梁平跟曲丽偷情的事，双方都没有告诉过任何人**。这意味着，曲丽"失踪"之后，很难有人会把她的"失踪"跟千里之外的梁平联系在一起。

事实证明，他们的判断是对的。曲丽"失踪"的事情很久之后才被人注意到。因为曲丽并不是紟州市的人，也没有固定工作。谁会关注这样一个外地女孩呢？甚至最后房东发现她不见了，也怀疑这女孩只是不辞而别罢了。

或者，充其量成为这个城市若干失踪人口之一而已。

一个外地女孩的失踪，就像一颗投入大江大河的小石子一样，涟漪都没能泛起，就复归于平静了。

除了一个人——梁平。他每天都在恐惧、自责和愧疚中度过。他无法走出这件事的心理阴影。

最后，张玥实在没有办法，决定利用心理学知识对梁平实施**"忘却疗法"**。

经过一系列催眠和心理暗示。梁平彻底忘掉了这件可怕的事情，走出了人生的阴霾，开始专注于事业和研究，几年内，成为京城有名的“解梦师”……

十

“看你的神情，你全都想起来了，对吗？”冯驰打断了梁平的思绪。

梁平缓缓抬起头来：“你怎么会知道我跟曲丽的事？特别是……你怎么会知道是我杀了她？”

“她是我们大学时代共同的小师妹，你认识她，我就不该认识她？当然你不可能知道，我除了认识她，还深爱着她。”冯驰的表情黯淡下来，“但是八年前，她却告诉我，她爱上了一个‘不该爱的人’。而这个人，正是跟我同一届的同学。不过，她坚持不肯告诉我名字。

“我只能祝福她，希望她找到属于自己的幸福。但我没想到的是，她居然在爱上这个人之后不久，就神秘地‘失踪’了。

“我意识到这件事情可能不是失踪这么简单，怀疑她已经遇害了，而最大的可能性，就是那个‘不该爱的人’杀了她！”

梁平打断他的话：“我们那一届的同学这么多，你怎么会猜到是我？”

“我从一开始没有想到是你。但我发誓一定要找到凶手，于是就筛选出一些可疑的对象，再依次对他们进行试探。你无法想象，这件事我进行了好几年，在我们那届同学中排除了不下十个男生。直到我来到北京，找到你，居然几句话就试出你有问题。”

“什么？”

“你记得我找你‘咨询’时，问过一句什么话吗？”

梁平露出困惑的表情。

“我问你**‘知道紒州这个城市吗？’**你是怎么回答的？**‘知道，挺不错的，**

不过都是听说，没去过。’——对吧？”

梁平茫然地点了点头。

冯驰凝视着他说：“你可能根本没意识到，你的这个回答暴露出了疑点。因为读大学的时候，你亲口告诉过我，**你在十多岁的时候，就跟父母一起去紟州旅游过！**”

梁平张开嘴，瞠目结舌。

“我当时听到你居然说没去过紟州，心中立时一震，再联系到你娶的是张玥——咱们班最优秀的研究‘**忘却疗法**’的女生，突然产生了一个大胆的猜测，似乎有点明白这是怎么回事了。但我不可能仅仅通过这一点就断言你是杀死曲丽的凶手。我还需要进一步地试探和取证。”冯驰说。

“你谎称在紟州饭店的507房间被女鬼托梦，实际上就是想把我引到紟州来，特别是引到这个房间来！”梁平站起来，朝窗口走去，“我全想起来了，**这个房间望出去的风景，跟当初曲丽的出租屋望出去的风景一模一样！**这里其实就是曲丽当初住过的地方，是吗？那些老房子被拆迁之后，在原来的地方修建起这家‘紟州饭店’的，是吧？

“你猜到张玥对我使用了‘忘却疗法’，让我彻底忘掉了紟州这个城市，忘掉了曲丽，以及跟此事有关的一切。但你知道，‘忘却疗法’最重要的一点就是，**不能让当事人回到任何能唤醒他记忆的地点和情景中，**否则就有可能让已经被隐藏在**潜意识**中的记忆复苏！”说到这里，梁平发出干瘪、苦涩的笑声，“真是讽刺，我经常用潜意识理论为来访者做诠释，结果我自己就是这种情况，哈哈哈哈……”

“现在你知道，为什么我一听说这件事，就坚决反对你来紟州了吧？”张玥悲哀地说，“你为什么不听我的劝告呢？‘忘却疗法’只能使用一次，我没法再让你忘一次了。”

“其实我是听了你的劝告的，我从一开始并没有打算来紟州。”梁平对张玥说，然后又指着冯驰，“但我怎么会想到，他为了引诱我到紟州来，竟然不惜跟自己老婆演戏，甚至谎称自己已经死了，还跟我‘托梦’……”

说到这里，梁平为之一怔，望向冯驰：“对了，我那天在家里梦到你跟我托梦，那并不是梦，对吧？你居然偷偷溜进我家里来了？”

“住美式大宅最大的弊端就是，很容易被人从窗户翻进家中。那天晚上，我偷溜进你家里，躲在某处，然后在你调好的牛奶里加入了一定剂量的致幻剂。所以当你看到我夜里出现在你面前的时候，会相信这只是一场梦。”

“你可真是处心积虑呀，”梁平说，“我不愿前往紟州，你不惜‘托梦’都要把我骗到这里来。好了，你的目的达到了，这里的一切——场景、梦境——如你所愿地唤醒了我的记忆。我承认，我当时是错手杀了她，然后分尸并抛尸。你说吧，要我怎样？”

冯驰严肃地说：“梁平，你是我的朋友，也是我羡慕的人。但你做过的错事，就该自己去承担。我只是希望还曲丽一个公平，仅此而已。”

梁平缄默许久，说道：“我明白了，我会去自首的。”

“等一下。”张玥走到冯驰面前，对他说道，“这件事情，其实还有你不了解的部分。”

冯驰注视着她。

“当年，我赶到曲丽的出租屋，发现曲丽倒在地上，我和梁平都以为她已经死了。但是，事情发生了戏剧化的转变。”张玥放慢声调，“我检查她的鼻息，发现她其实只是昏死过去了，还有一丝微弱的气息。”

“于是，我摸出了这个。”张玥像变魔术一样从腰包里掏出一把弹簧刀，熟练地推动按钮、弹出刀身，“一不做二不休，我知道事已至此，没有回头路可走了。”

“原来是你……”

“没错，我有一种理念，认为办事与其留有余地，不如做尽做绝，以免后顾之忧。那天晚上，我是这样想的。**今天晚上，亦是如此。**”

说完，她以迅猛的速度朝冯驰捅去。冯驰虽然有所戒备，也没料到这女人如此心狠手辣，居然真的要杀人灭口。他赶紧朝一边闪避，小腹却还是被刺了一刀，鲜血涌了出来。

冯驰捂住伤口，朝房间的角落退去，负伤的他，无法跟并不娇弱的张玥抗衡。张玥举着尖刀，恶魔般步步逼近。

“冯驰，你唯一的失误，就是忽略了我。”

张玥用尽全身力气，把尖刀朝冯驰的胸口插去。但是，令她始料未及的状况发生了。

梁平突然从旁边冲过来，挡在了冯驰面前，张玥反应不及，尖刀不偏不倚地刺进了梁平的胸膛。

张玥惊叫一声，她费解地望着梁平，眼泪簌然流下，问道：“为什么？”

“不要……一错再错。让我来……赎罪吧。”艰难地说完这句话后，梁平用最后一丝力量把张玥往后一推，然后双手握住刀柄，倒在地上，死去了。

“梁平、梁平……不，不！！”张玥痛苦地扑下去，伏在梁平的尸体上，放声痛哭。

冯驰捂着伤口跌跌撞撞地走出房间，他拨打了报警电话，警察和救护车会在几分钟内赶到。

伤口的剧痛让豆大的汗珠从冯驰的额头上浸出来，他瘫坐在走廊上，望着这个能看到大山的房间，深情地说道：**“曲丽，我完成你的托付了。”**泪水溢出眼眶。

《托梦》完

（《怪奇物语》第一季《噩梦》（*Nightmare*）完）

图书在版编目（CIP）数据

怪奇物语·噩梦 / 宁航一著. — 南京：江苏凤凰文艺出版社，2018.12

ISBN 978-7-5594-2517-1

Ⅰ.①怪… Ⅱ.①宁… Ⅲ.①中篇小说—小说集—中国—当代 Ⅳ.①I247.5

中国版本图书馆CIP数据核字（2018）第152437号

书　　名	怪奇物语·噩梦
著　　者	宁航一
责任编辑	王　青
特约编辑	李　彤
出版发行	江苏凤凰文艺出版社
出版社地址	南京市中央路165号，邮编210009
出版社网址	http://www.jswenyi.com
印　　刷	北京嘉业印刷厂
开　　本	700mm×980mm　1/16
印　　张	15.5
字　　数	220千字
版　　次	2018年12月第1版　2018年12月第1次印刷
标准书号	ISBN 978-7-5594-2517-1
定　　价	45.00元